KiWi
PAPERBACK
977

Life is. It goes. It does not count ... No one transcends. There is no future and no past. There is no remedy for death – or birth – except to hug the spaces in between. Live loud. Live wide. Live tall.

Jim Crace, ›Being Dead‹

Der Autor:
Sven Lager ist 41, lebt mit seiner Familie in Hermanus, Südafrika, und schreibt für »Mare«, »Merian«, »FAZ«, »GQ«, »Quest« und »La Repubblica Delle Donne«.

Weitere Titel bei Kiepenheuer & Witsch:
»Phosphor«, KiWi 570, 2000. »the buch – leben am pool« (mit Elke Naters), KiWi 611, 2001. »Im Gras«, KiWi 672, 2002. »Durst, Hunger, Müde« (mit Elke Naters), KiWi 849, 2004.

Sven Lager

Mein Sommer als Wal

Eine südafrikanische Geschichte

Kiepenheuer & Witsch

1. Auflage 2007

© 2007 by Verlag Kiepenheuer & Witsch, Köln
Umschlaggestaltung: Barbara Thoben, Köln
Umschlagmotiv: Granser/laif
Gesetzt aus der Stempel Garamond
Satz: hanseatenSatz-bremen, Bremen
Druck und Bindearbeiten: Clausen & Bosse, Leck
ISBN 978-3-462-03783-8

Der Wal

»Der Wal! Der Wal!«, schreien zwei Mädchen hinter der Absperrung.

»We love you, André!«, kreischt eine Rothaarige, als ich mit den Taschen an ihr vorbeikomme.

»Baie chrrut!«, rufen andere. Ein großer Pakistani schlägt mir auf die Schulter. Er hält ein Namensschild vor sich: *Mr. Yamamoto.*

»Good boy!« Ein Mann mit Schnauzbart geht in die Knie und schießt ein Foto von uns.

Die Mädchen von eben drängen sich durch die Menge vor der Abflugtafel und winken mit Stift und Zettel. Ich gehe schnell auf die Glastür am Ausgang zu.

»André!«, schreit jemand, und ich renne in die Nacht.

Die Luft riecht mild und würzig nach Sommer. Es ist Mitte Oktober. Der Horizont leuchtet, ringsum ist Stadt, Menschen, das Leben schwefelig und strahlend.

»Taxi?« Der Mann vor mir trägt ein gelbes Trikot. Ich erkenne das schwarze Gesicht kaum in der Dunkelheit. Autos kriechen über die Schwelle vor dem hellerleuchteten Terminal. Zwei Frauen mit dünnen Gesichtern hocken auf Koffern und rauchen. Eine Mutter im Sari diskutiert mit dem Taxifahrer, der auf seinen rostigen Datsun klopft. Er bekreuzigt sich und zeigt nach oben zur Laterne.

Am anderen Ende des Parkplatzes lehnt ein hagerer Mann an einem VW-Bus. Er trägt einen zerdrückten Strohhut.

»Sommerdal?«, frage ich.

»Wenn's sein muss«, antwortet er auf Deutsch und wirft meine Taschen auf den Rücksitz.

»Johan.« Er gibt mir die Hand.

»Matthias.«

»Ich weiß«, sagt er und steigt ein.

Als wir auf die Autobahn kommen, gibt Johan Gas und legt eine Kassette ein. Eine Querflöte mit Rockband jault aus den Boxen. Links und rechts liegen Hütten, Häuser, die Lichteralleen der Vororte. Und über uns der Himmel, riesig.

»Wer ist André der Wal?«, rufe ich. Der Bus dröhnt. Berge stehen hell im Mond, davor eine weiße Wolke. Ein Kleinbus überholt uns. Müde Gesichter sind an die Scheiben gedrückt. Auf den Bus ist *John Q* gesprüht und das schiefe Gesicht von Denzel Washington.

»Ist es weit?«

Johan nickt und dreht die Musik lauter.

Ein Schlag weckt mich. Mein Kopf stößt gegen die Scheibe. Wir rasen einen Feldweg entlang. Abrupt hält der Bus auf einer Wiese, und die Musik verstummt.

Weiße Bauernhäuser mit Reetdächern liegen vor uns, dazwischen große Bäume, in denen die Nachtluft raschelt. Um uns Berge. Grillen sind im Gras zu hören, ein Hund, der in der Ferne bellt. Johan lehnt sich zurück und reibt sein Gesicht. Um seine Augen sind tiefe Falten.

»Alles klar?«

»... Hab keine Papiere und so. Kein *Führer*, kein *Schein*«, sagt er und grinst.

»Warum?«

»Bin damals untergetaucht. Und hier wieder aufgetaucht.« Er deutet auf das stille Dorf.

»Na ja, in Berlin fragt einen auch keiner.«

Er nickt. »Berlin«, murmelt er leise. »Gibt's den *Dschungel* noch?«

»Keine Ahnung.«

»War 'ne Disco. 86. Am Kudamm ... schöne Frauen.«

»Kudamm ist jetzt Vorstadt. Da gehen nur noch Russen hin.«

»Biste aus dem Osten?«

Ich lache. »Mauerfall, Wiedervereinigung?«, frage ich. Johan seufzt. Er steigt müde aus, setzt den Hut auf und zieht mein Gepäck vom Rücksitz.

»Is'n Kricketspieler«, sagt er, als wir auf das erste Haus zugehen.

»Wer?«

»De Waal, André de Waal. Haben gerade gegen Australien gewonnen.«

»Oh, gratuliere.«

»Wie alt biste?«, fragt er mich, als wir durch einen schwammgetupften Gang gehen. Grasgrün und brotbraun.

»23.« Ich lache über den Zettel an der Tür. Darauf steht *WILKOM MARTIAZ*. Johan mustert mich.

»Hier biste richtig als Verrückter.«

Im Zimmer riecht es muffig, und ich finde den Lichtschalter nicht.

»Haste schon mal im Garten gearbeitet?«

»Sind Sie der Gärtner?«

Johan sieht mich erstaunt an.

»Siezt man sich jetzt wieder in Deutschland?«

»Ältere Mitbürger?«

»Werd mal nicht frech. Hier ist jeder du. Arbeit morgen, Punkt acht.«

»Gute Nacht«, wünsche ich ihm. Vor mir die Umrisse eines Betts und eines Schranks. Ich bin am anderen Ende der Welt.

Nackt

»Ma-matt!«

»Ja!« Ich schrecke auf.

»Matti-matt, wo bist duuh?! Du sollst nicht a-ab-schließen!«

»Lasst mich schlafen!« Ich drücke mein Gesicht ins Kissen. Jemand kichert hinter der Tür. Sie flüstern, und ihre Füße scharren. Ich drehe mich zum Fenster.

Zwei Männer ziehen draußen Äste über den Feldweg. Ihre Gesichter unter den Wollmützen glänzen dunkel in der Hitze. Eine Staubwolke folgt ihnen, dahinter eine Schar Kinder in Gummistiefeln und eine dicke Frau mit Pfauenfeder in der Hand. Ich bin seit zwei Tagen in Sommerdal, Betreuung von Behinderten, Bäckerei und organischer Ackerbau.

Madonna und Elvis hämmern gegen die Tür. Als ich sie aufreiße, spielen sie erschrocken und halten die Hände vor ihre runden Gesichter.

»Ich heiße Matthias, okay?«

»Ma-Matthiias, M-Monster Matthias!«, singt Madonna. Sie keuchen beide, ihre Wangen sind rot. Ein Stromprüfer steckt vorne in Elvis' Latzhose und ein Kamm.

»Kommt rein.«

»You like it?« Madonna dreht sich im Kreis. Sie trägt ein Sommerkleid, das mit Gürteln und Schals festge-schnürt ist. Danach drückt mich Elvis. Er riecht nach dem Haargel in seiner schwarzen Tolle.

»Super!«

Madonnas Haar ist aufgebauscht, ihr Lidschatten dun-kelviolett. Beide können keine dreißig sein.

»Besser als Vivienne Westwood.«

Madonna sieht mich ratlos an.

»Punk? Leopardenstiefel, riesige Krägen? Ich zeig euch mal ein Bild. Sie macht auch so Sachen, Schnüre und Gürtel …«

»I-ist sie deine M-mutter?«

»Nein.«

»Du h-hast einen kleinen Pimmel!«, ruft Madonna.

»B-bist du schwul?« Elvis hält mir mit schwitzigen Händen die Augen zu.

»Was!?«

»Is o-okay!«, tröstet mich Madonna.

»Mac-MacFarlaine ist auch schwul.«

»Wer?!« Ich lache, aber Madonna macht ein ernstes Gesicht.

»T-Tilda hat ein schw-waches Herz, weißt du.«

»Wer ist Tilda?«

»M-ma-mathilda!« Elvis leckt seine Lippen.

»Unsere Hausmutter?« Ich muss mich an das Wort ge-wöhnen.

»Und M-mama Schuh i-ist traurig.« Madonna zeigt aus dem Fenster.

»Warum?« Ich suche meine Boxershorts.

»Weil sie s-so dick ist!«, ruft Elvis, und beide lachen. Nur ihr Keuchen ist zu hören.

»Was hast du-du in deinem Gesicht?«

»Wo?« Ich falle darauf rein, und sie werfen mich aufs Bett.

»Da-da wirst du wach, Matti!«

»MATTHIAS, ich heiße Matt-hi-aaaaas!«

Sie stoßen mir die Finger hart in die Seiten.

»Au, das tut weh. Ihr kitzelt gar nicht.«

»D-doch!«

Ihr Atem riecht nach grasiger Morgenluft und Rührei.

»Ma-matthias heißt er!« Madonnas Brüste schlagen mir ins Gesicht, als Mathilda energisch anklopft. Ich decke mich schnell zu.

»Es ist offen!«

»Elvis, Madonna!« Ihre Stimme ist rau. Blonde Korkenzieherlocken fallen der Hausmutter ins Gesicht. Ihr Teint bleich, die Hände rot von der Arbeit.

»Wir haben Besuch.«

Neben ihr steht eine stämmige Frau in einem hellblauen Gewand und mustert das Zimmer. Der Gegensatz zur elfenhaften Mathilda kann nicht größer sein. Hartes, dunkles Gesicht, als hätte sie Magenschmerzen.

»Können wir?«, fragt Mathilda. »Will nur kurz mal zeigen, was wir aus den alten Schweineställen gemacht haben.«

»Klar, nur rein mit der Besuchergruppe.«

Ein Mädchen folgt ins Zimmer. Sie macht sich kleiner neben den Frauen und überragt sie dennoch. Die kurzen Haare über dem ovalen Gesicht sind zu Zöpfen geflochten. Als sie mich sieht, lächelt sie und hebt schnell die Hand vor den Mund.

»Matt ist der neue Praktikant«, erklärt Mathilda. »Er kommt aus Berlin und arbeitet im Garten bei Johan drüben. Wir haben ein neues Feld für Zuckerrüben, biodynamisch.«

»Matthias«, sage ich lahm. Offensichtlich spricht hier jeder Deutsch.

»Was studierst du, Matt-hi-as?«

»Geschichte. Aber hab's geschmissen.«

Die Frau mit dem Männergesicht zieht scharf die Luft ein. Sie hat Ähnlichkeit mit Desmond Tutu. Mathilda mit Nicole Kidman.

»Wie lange?«, fragt sie mit hartem Akzent.

»In Sommerdal? Zweieinhalb Monate«, antworte ich.

»Ladendiebstahl«, sagt Mathilda. Ich betrachte ihre Krähenfüße. Das Licht Afrikas ist greller als in Deutschland.

»Wiederholungstäter, aber harmlos«, erklärt Mathilda. Das Mädchen zupft an ihren Zöpfen. Sie steht hinter der kleinen Frau und betrachtet das U2-Poster an der Wand.

»Ist von meinem Vorgänger«, erkläre ich. Sie reagiert nicht.

»Ihr beiden habt Küchendienst, hopp!« Mathilda klatscht in die Hände. Madonna deutet einen Knicks an, und Elvis reißt mir mit einem Ruck die Decke aus der Hand.

»Fuck!«, rufe ich. »... Tschuldigung.« Ich bin nackt.

»Und du räumst dein Zimmer auf!« Mathilda wirft mir ein Handtuch zu.

»Jawohl! Auf Wiedersehen!« Ich salutiere mit der freien Hand. Die Frauen verschwinden fröhlich, das Mädchen leicht gebückt hinter ihnen her.

»Wie spät?«, frage ich Elvis. Kurz der Schrei einer Frau im nächsten Zimmer, dann Mathildas ordnende Stimme.

Elvis zieht umständlich eine alte Taschenuhr hervor.

»Ha-halb zehn.«

»Shit, Johan wartet schon.«

»W-warum hast du ge-gestohlen, Matthias?« Madonna legt ihren Kopf schräg.

»Bist du a-arm?«, fragt Elvis.

»Nein, nur so ... Ist ein Sport, versteht ihr?«

»Kommt man nicht ins Ge-gefängnis?«

»Nein«, lache ich. »Nur nach Sommerdal.«

Sie sehen mich erstaunt an. Ihre Münder stehen offen.

»A-aber das ist doch eine Be-belohnung«, seufzt Madonna.

»Ja«, sage ich. Obwohl ich mir nicht sicher bin. Sommerdal scheint eine esoterische Blase außerhalb jeder Gesellschaft zu sein.

»Und, hey, Mund zu, ihr beiden.«

»K-kann ich doch n-nicht!«, lacht Elvis. Madonna zieht geräuschvoll die Nase hoch.

»Meine Nase i-ist zu k-k-klein.«

»D-das haben alle D-downies, Matt«, sagt Elvis ernst.

»Downies? Ihr nennt euch selber so? Nicht *Menschen mit Downsyndrom* oder so?«

»Ja. Weil w-wir sind fröhlich!«, ruft Madonna.

Elvis drückt seinen Kopf an meinen, Madonna küsst mich auf die Wange und flüstert mir ins Ohr.

»V-versuch mal!« Sie hält mir die Nase zu.

Als sie im Gang sind, sehe ich den Frauen nach. Das Mädchen dreht sich um. Unsere Blicke treffen sich kurz. Sie ist schön.

Dorf

»*Sangoma Erika, die Heilkundige der Xhosa*« steht auf dem Plakat. Vortrag um sieben unter anthroposophischen Winkeln und Kreisbögen. Um acht ist der Saal der Che-Guevara-Halle halb voll. Die gedrungene Frau von heute Morgen steht auf der Bühne. Neben ihr das Mädchen, in einer Hand das Plakat eines Wals, mit der anderen schreibt sie eine SMS. Ihr Gesicht schimmert blau.

Das Gemurmel verebbt. Leonard, Mathildas Mann und unser Hausvater, legt den Arm um die Sangoma. Er überragt sie trotz ihres Huts. Sie trägt ein schwarzes Kostüm mit roten Perlen, zwei große Rasierpinselbüschel stehen von ihrem Kopf ab.

»Zehn Jahre«, ruft Leonard beschwörend, »und wir sind immer noch hier.« Sein Deutsch ist breit und gemütlich. Er fährt sich durch seine dunkelblonden Haare, die vorne kurz sind und hinten lang.

»Zehn Jahre sind es bald, dass unser kleines Dorf ein Vorbild für dieses Land und die Welt ist! Erinnert ihr euch an Tutus Besuch vor zwei Jahren? Desmond hat neulich wieder nach unserer Quiche fragen lassen.«

Eine Frau lacht hysterisch auf.

»Er wollte nicht wissen, was drin ist«, scherzt er.

»Zehn Jahre, die wir unseren Schützlingen ein Zuhause geben, ... und«, sagt er auf Kölsch, »den verlorenen Kindern der Postmoderne.«

Wieder Heiterkeit. Mathilda dreht sich um und zwinkert mir zu.

»Und wir haben alle Hände voll zu tun, Freunde. Denkt nur an das internationale Symposium in ein paar Tagen!«

»Energie!«, ist ein Ruf zu hören.

»Power to the people!« Kichern.

»Und lasst uns das nicht vergessen«, unterbricht Leonard, »wir sind hier dank der Holistischen Gesellschaft. Und dank dieser Frau.«

Kurzer Beifall. Die Frau neben ihm verzieht keine Miene. Sie schwitzt in ihren Stofflagen.

»Und sie wird nicht müde, ihr Wissen mit uns zu teilen!« Wenige Hände klatschen, Leonard wird mit einer kurzen Handbewegung entlassen.

»Zola!«, zischt Erika das Mädchen an. Zola lacht, und der Wal in ihrer Hand springt auf und ab.

»Meine Tochter …«, ruft die Sangoma, »… Zola Ngosi Mdekanibe!« Zola verbeugt sich. Freundlicher Beifall.

»Der Wal in Zolas Hand ist ein südlicher Glattwal«, ruft sie. Ihr hartes Deutsch hallt über den Köpfen.

»Und die Legende sagt, er wurde von einer Buschfrau mit Namen *Bientang* hierhergelockt.« Der Saal ist still.

»Aber«, kreischt sie, »wie soll eine verrückte Buschwoman Hunderte von Walen anlocken? Sie kommen jeden September hier nach Pietersdorp! … Die Kultur der Xhosa«, ruft sie aufgebracht, »ist *superior* zu den Buschleuten!«

Die Köpfe der Dorfbewohner nicken beifällig.

»Haaalloo!« Hände winken wild in der Reihe vor mir. Getuschel. Marianne, eine der trollhaften Downiefrauen, steht auf, hebt das Kleid und zeigt ihre altertümliche Unterwäsche. Ein lauer Abendwind weht durch die offene Tür.

»Psst!« Eine Hand zieht sie auf den Stuhl zurück. Die anderen Downies sehen sich mit offenem Mund um, die meisten verstehen kein Deutsch.

Ich sehe dem großen Mädchen zu, Zola, die nicht weiß, wohin mit ihren Händen. Sie starrt an die Decke, macht jemandem kichernd Zeichen hinter dem Vorhang und bekommt schließlich Schluckauf, und mit ihr der papierne Wal. Trotz der Hitze trägt sie einen rosafarbenen Pullover und eine enge Jeans.

»Hamba!« Die Sangoma macht eine ungeduldige Geste. Zola rollt den Wal ein und verschwindet hinter der Bühne.

»Die Buschpeople«, fährt Zolas Mutter fort, »sie sind alle Trinker, Verbrecher. Jeder von ihnen.«

»Nelson Mandela ist zur Hälfte ein San«, ruft eine Stimme. Die Sangoma stapft mit dem Fuß auf.

»Propaganda!«, ruft sie. Wieder Gelächter. Sie wackelt mit dem Kopf und legt die Hand aufs Herz. »Madiba, der große Madiba ist ein Xhosa!«

Der Vortrag geht weiter über die Walkühe, die in den Buchten von Pietersdorp kalben, während die Bullen weiterziehen, den Walschreier, ein Xhosa wie sie, und plötzlich über die Preise beim Metzger. Allgemeine Heiterkeit. Die Bewohner von Sommerdal sind Vegetarier.

Das heisere Geräusch aus einem geschwungenen Algenhorn sorgt für mehr Fröhlichkeit. Die Sangoma stößt ein zweites Mal hinein und erklärt das getrocknete Kelprohr für käuflich. Nur zwanzig Rand.

»Sorry!« Ich drücke mich durch die Reihe. Vor der Küche biege ich ab und gehe raus.

Dunkel schwebt die Sommernacht über den Wiesen. Als wäre der Himmel größer hier.

»Matthias!«, flüstert Evelyn und winkt mit der Glut. Sie ist neu als Praktikantin wie ich.

»Hast du diesen Arsch gesehen!?«, sagt Werner neben ihr. Beide kichern. Er riecht nach Knoblauch und gräbt seine kurzen Finger in meinen Arm. Ich mache mich los. Werner ist Vater von Haus Frankfurt, neben der Bäckerei.

»Wessen Arsch?«, frage ich, aber beide grunzen nur hysterisch. Evelyn reicht mir den Joint und steckt sich die Haare hoch. Werners Augen glänzen im Schatten. Er

17

trägt eine speckige Jeans. Neben Evelyn wirkt er wie ein kleiner, haariger Bär.

Ein Minibus rumpelt hupend über den Feldweg. Die Scheinwerfer streifen die gekalkten Wände unter den Schilfdächern. Der Bus hält neben einem Mann mit Strohhut und Laterne.

»Hey, hat einer noch was zu trinken?«, fragt Evelyn.

»Ralf hat was in seinem Büro«, flüstert Werner.

»Was seid ihr für ein verfickter Gesundheitsverein?«, seufzt Evelyn.

»Nur äußerlich.« Werner rülpst. »Innen drin sind wir immer noch die guten alten Rocker.«

»Aua«, kommentiert Evelyn.

Ich entdecke Zola, die an der Seitenwand der Halle steht, mit einer Tasche um die Schulter. Ihr Gesicht glänzt im Schein einer schwachen Laterne. Die Flügel ihrer kleinen Nase bewegen sich. Sie flüstert etwas, aber niemand ist da.

»Hey Zola! Hi!«

Sie ignoriert meine Hand und mustert meine billigen Strandschlappen, dann mein Gesicht. Ein Wiedererkennen lässt ihren Mund breiter werden. Mit verschränkten Armen richtet sie sich auf und ist fast so groß wie ich.

»You like it?« Sie nickt Richtung Saal. Der Minibus löst sich von Johan. In den Scheinwerfern sind wir einen Augenblick lang nur Licht und Schatten.

»Lauren Hill. Du siehst ihr ähnlich.«

»Wie?«, fragt sie auf Deutsch.

»Die Sängerin.«

»German?«

»Nein! The Fugees?«

Der Fahrer lässt den Motor laufen und ruft Zola etwas auf Xhosa zu. Ihre Antwort klingt rau.

»Ah! Laureen Hiil?« Sie lacht und hebt schnell die Hand vor ihren Mund.

»Ja«, sage ich verwirrt. Zola steigt in den Bus, und als rosa Punkt verschwindet sie auf dem Weg unter den Eichen.

Die Grillen fallen zurück in ihren leisen, gleichmäßigen Rhythmus.

»Du siehst aus wie Lauren Hill«, äfft Evelyn mich nach. Ihre Stimme kommt von der Wiese.

»German?«, macht Werner Zola nach. Evelyn stolpert mit einem spitzen Schrei aus dem Busch und hält sich den Bauch. Sie breitet die Arme aus.

»Und ich?«

»Was?«

»Wem ähnle ich?« Evelyn zieht sich das T-Shirt zurecht.

»Weiß nicht, keine Ahnung.« Evelyn hat eine dünne, lange Nase und bleiche Lippen. Werner wirft sie fast um.

»Aber Werner sieht eindeutig aus wie Wiglaf Droste.«

»Geil!«, ruft er.

»Werner war mal bei der RAF«, stellt Evelyn ihn vor.

»Nee, ich war Mao, der letzte in Hannover. Johan war zweite Generation RAF, dann beim ANC im Exil!«, erklärt Werner. Evelyn verdreht die Augen, und Werner schlägt ihr auf den Hintern.

Sangoma Erika steht noch auf der Bühne. Der große Rasierpinselhut sitzt schräg. Ihr Gesicht glänzt. Sie streicht über die Ketten aus bunten Perlen und breitet ihren Umhang aus wie eine Fledermaus. Die Downies von der Musikgruppe bauen hinter ihr die Xylophone auf. Ein Junge bringt Blumen auf die Bühne, und sie streicht über seinen Kopf.

Erschöpft, aber mit lauter Stimme, lädt Sangoma Erika alle Anwesenden zu ihrem Geburtstag ein. Diesmal auf Englisch. Und nicht ohne zu erwähnen, was sie sich wünscht:

»Eine Waschmaschine! Einen Kaffeekocher! Eine elek-

trische Heizdecke und süßen Wein und eine Schuluniform für ihren Enkelsohn, sechs Jahre alt, Größe …«

Das letzte Detail geht im Applaus und im Rücken der
Stühle unter.

Lagune

Es ist heiß, selbst für einen Tag Ende Oktober. Vor uns im Eukalyptuswald liegt das fleckige Ocker und Rot des Feldwegs. Leonard ächzt am Steuerrad des VW-Busses und flucht. Das Vorderrad schlägt wieder in einen Graben.

Meine Gedanken mäandern. »Dienst an der Gesellschaft« heißt meine Strafe. Der Job auf Sylt wäre vielleicht ruhiger gewesen. Eine einsame Hütte, Vögel beobachten. Oder beim Roten Kreuz in der Charité Blutbeutel beschriften. Statt in einem deutschen Aussteigerdorf als Gärtner zu arbeiten. An meinen Händen wachsen Schwielen.

»Hat einer von euch ein Aspirin?« Meine Kehle ist trocken.

Leonard macht ein dummes Gesicht. Er hat Ähnlichkeit mit Götz George. Er weiß es wahrscheinlich.

Evelyn und die dickliche Janine reagieren auf jede Frage mit albernem Kichern. Sie sind aus Kiel und haben angeblich jemanden zu Klump geschlagen. Mein Kopf knallt gegen die Scheibe, die Mädchen kreischen auf, und die Kinder neben ihnen lachen mit.

»Na Dicker?« Evelyn legt die Arme auf meine Lehne. Sie zupft an meinem Haar.

»Au.«

Tiefblau leuchtet der Atlantik zwischen den Bergen auf. Die felsige Landschaft mit Büschen könnte auch in Spanien sein. Links und rechts die ranchartigen Toreinfahrten der Weingüter mit geschwungenen Mauern, dahinter die gebückten Armeen der Reben.

»Mallorca.«

»Was?« Evelyn riecht nach Lakritz und Bett.

»Am Flughafen«, sage ich, »in Kapstadt, da dachte ich, ich wäre auf Mallorca.«

Evelyn fällt ohne Antwort zurück. Wir umrunden den letzten Hügel, unter uns die Vororte, ein Teppich aus roten und grünen Fertigdächern. Das Meer dahinter so groß, als wäre der Horizont höher gezogen. Kurz vor der Kreuzung an der SevenEleven-Tankstelle weicht Leonard zwei Beinen aus, die aus einem Busch ragen.

»Pappsack«, sagt er, als sich Evelyn und Janine erschrocken umdrehen.

»Pappsack ist billiger Wein«, lacht Leonard. »Freitags gibt's Geld, dann geht's zum Schnapsladen. Zu Fuß. Und sonntags geht's wieder zurück.«

»N-nach Hause g-geht er!«, ruft Elvis.

»M-meine Nase ist zu k-klein«, sagt Madonna.

»Was?«, ruft Leonard.

»Eine N-nase kann man n-nicht abschrauben!«, erklärt Elvis.

»Lenni. Ich will einen R-ring in der Nase. Wie E-evelyn!«

Leonard sieht in den Rückspiegel, Evelyn sucht seinen Blick.

Ich beneide den Mann im kühlen Schatten der Büsche. Irgendwann kommt einer und nimmt ihn mit. Ihm fehlt ein Schuh.

Auf beiden Seiten der Straße nach Pietersdorp stehen lange Mauern. *Security villages,* dahinter die beigen Fertighäuser der Pensionäre. Eine Siedlung heißt *Golden Harvest,* die andere *Zeezicht.* Aber ohne Seesicht. Dazwischen Palmen, ein Feldweg mit roter Erde, ein Holzkreuz mit Blumen am Seitenstreifen. Arbeiter in Blaumännern gehen daran vorbei, zwei Collies bellen auf der Ladefläche eines Pick-ups. Hinter Stacheldraht ein bunkergraues Haus. *Zeugen Jehovas* steht über die ganze

Länge geschrieben. Auf einem Poster: *Jetzt mehr Platz im Himmel!*

Die Sonne brennt aufs Blechdach, und es riecht nach Schweiß. Die Kleinen zappeln vor Aufregung. Elvis hämmert gegen die Scheibe. Der Verkehr stockt. Aus dem alten Ford neben uns dröhnt Yvonne Chaka Chaka. Der bleiche Mann am Steuer trägt einen Ziegenbart und hebt die Faust. An seinem Arm ein Kupferarmband. Elvis und er grinsen sich zu.

»Wofür ist das?«, frage ich Leonard, der das gleiche Armband trägt.

»Das ionisiert die Blutkörperchen.«

»Ist das für Sex?«, fragt Janine. Evelyn und sie klatschen ab. Leonard dreht die Klimaanlage hoch. Wir fahren am Spar-Supermarkt vorbei, an dessen Backsteinwand Männer hocken und den Fahrern zuwinken.

»Suchen Jobs«, sagt Leonard. »Hat sich nicht viel geändert seit der Apartheid.« Er wendet im Stau an den alten Fischerhäusern und Burgerläden und überfährt eilig die Stoppstraßen des leeren Vororts, bis wir das Meer wiedersehen. Kleine Gärten liegen im Schatten alter Eukalyptusbäume.

Mit roten Köpfen steigen wir aus dem Bus. Die Kleinen laufen mit Evelyn zwischen den Büschen durch ans flache Sandufer der Lagune. Elvis, Madonna, Leonard und ich tragen die Picknickkörbe über das raue Gras der Wiese.

Hinter einer Sandbank wate ich ins tiefe Wasser und lasse mich auf dem Rücken treiben. Die anderen folgen mir mit Geschrei.

»Nein, nein!« Keiner hört auf Leonard. Er bleibt resigniert auf einem grasigen Hügel stehen. Hinter ihm verliert sich das Ende der Lagune im Dunst über den Dünen.

»Komm, Lenni!« Evelyn wirft eine Handvoll Wasser auf ihn. Er zieht den Bauch ein und lächelt ihr zu.

Als wir auf einer der Sandinseln picknicken, spricht

Elvis ein Gebet. Evelyn, Janine und ich beobachten die anderen, die ihre Köpfe senken. Das Einzige, das mir an Evelyn gefällt, sind ihre grünen Augen.

»Lenni? Kann ich dich was fragen?«

Leonard richtet sich unter Evelyns Worten auf.

»Wie bist du eigentlich hierhergekommen?«

Leonard streicht sein Haar zurück und holt Luft.

»Das ist eine lange Geschichte. Also …«

»Kurzfassung bitte!«, ruft Janine. Leonard ist unsicher.

»Ich war Lehrer. Berufsverbot. Ausgewandert. Kurz genug?«

»Und was ist das mit der guten Tat?«, fragt Evelyn freundlicher. Leonard und sie sehen sich in die Augen.

»… Mathildas Idee. Vor vier, fünf Jahren hat ein Freund von uns aus Frankfurt angefragt, ob wir Praktikanten für den Sozialdienst brauchen. Und die Holistische Gesellschaft hat ja gesagt. Die zahlen die Flüge. Und wir haben euch am Hals.«

»Uhh!« Janine schüttet ihren Tee mit angewidertem Gesicht runter. »Gibt's keine Cola?«

»Was ist Co-Cola?«, fragt Madonna.

»Und damit das Ganze Sinn ergibt, haben wir uns die gute Tat überlegt.«

»Wie zum Beispiel?« Evelyn beugt sich vor.

»Was haben die vor uns gemacht?«, will ich wissen.

»Müsst ihr selber rausfinden.«

»Drei Monate Abspülen?«, fragt Janine naiv.

»Nein«, lacht Leonard. Er weicht Evelyns Blick aus. »Es ist mehr eine Tat … für andere. Etwas Selbstloses …«

»Und wenn nicht?«

Leonard zuckt mit der Schulter.

»Dann musst du deine Strafe bezahlen«, erklärt Evelyn Janine.

»Ey, wo soll ich die 1.500 Euro hernehmen?«

»Wir könnten eine Bank überfallen!« Beide lachen.

»Euch fällt schon was ein.« Leonard schlägt eine Zeitung auf.

Ich atme die kühle Meersluft ein. Das Gras auf den Dünen wiegt sich sanft. Evelyn schmiert den Kleinen Brote. Janine ist unruhig.

»Elvis!, Elvis, mach den Shake!«, ruft sie.

»Den Shake, Elvis!«, rufen Evelyn und Janine. Elvis will nicht.

»Bittteeee!« Janine sieht ihn flehend an.

Elvis springt auf und drückt die Tolle hoch. Er schlägt in eine unsichtbare Gitarre und schlenkert mit dem Becken. Madonna klatscht begeistert. Wir spielen Luftgitarre zusammen. Ich krächze den elektrisch verzerrten Klang eines Solos dazu, und Elvis verbeugt sich. Alle außer Leonard applaudieren.

»Und was kannst du?«, fragt Leonard Janine.

Janine deutet mit Hand und Mund etwas Obszönes an. Evelyn verdreht die Augen, und Leonard grinst.

Elvis und ich rennen durch das flache Wasser, über den Sand bis auf die große Düne.

Vor uns liegt das Meer, endlos bis zur Antarktis. Die Oberfläche leicht gekräuselt, schieben die flachen Wellen ihre Schaumkronen ans Ufer. Der helle Sand ist eine ununterbrochene Linie bis ans ferne Ende der Bucht.

»Ei-eine süße Ph-Phantasie«, sagt Elvis andächtig.

»Wie gemalt«, antworte ich ergriffen.

»… aber nicht anfassen!«, schreit er aufgedreht.

Über den geduckten Melkbos-Bäumen am Ufer glänzen die Panoramascheiben der Ferienhäuser. Die Kanten der knorrigen Bäume sind scharf vom Wind abrasiert. Weiter vorne stehen mit grünen Planen abgeschirmte Wohnwagen.

»Ma-Matthias!« Elvis bricht unter einem imaginären Schuss zusammen und rollt den Abhang hinunter. Im letzten Moment erschießt er mich, und ich springe mit einem Schrei hinterher. Maschinengewehre feuern aus seinem Mund, ich werfe eine Handgranate, und wir fliegen in Zeitlupe auseinander.

Als wir am Fuß der Düne liegen, weht der feine weiße Staub uns ins Gesicht. Elvis dreht sich zu mir um.

»Matthias, de-denkst du an M-mädchen?«

»Klar.«

Elvis keucht.

»E-Evelyn mag d-dich. Ich glaub, ich glaub, s-sie will m-mit dir …!«

»Was?«

Elvis stößt mit seiner Zunge gegen die Backe. Ich wundere mich, von wem er das hat.

»Du meinst ›Ficken‹?«

»D-du bist böse!« Elvis ist ärgerlich.

»Ficken! Ficken! Ficken!«

»Nein, nein, neeein!« Elvis legt die Hände an die Ohren.

»Fiiiiicken!«

Elvis trottet zu den anderen zurück.

»Elvis!« Ich laufe ihm nach und lege meinen Arm um ihn. »Tut mir leid.«

Er geht langsamer.

»Bist *du* scharf auf Evelyn?«

Elvis schüttelt den Kopf und lächelt.

»I-ich lach so gern. Und Madonna auch.«

»Was?«

»W-wie wenn ein Vo-vogel zw-witschert!«

»Wie ein Joghurt, von dem du den Deckel ableckst?«

Elvis überlegt, dann stößt er seinen Kopf in meine Seite.

»Bruder!«, sagt er leise. Ein Fleck Pomade bleibt auf meinem T-Shirt zurück.

Von weitem sehen wir die Kinder zitternd im Wind auf der Sandbank. Handtücher liegen um ihre Schultern. Leonard und die Mädchen reiben sie warm. Eilige Wolken haben sich vor die Sonne geschoben. Madonna kommt mit Decken vom Auto.

Evelyn und ich helfen den anderen in ihre trockenen Badesachen. Gute Laune kommt wieder auf, weil die Verrenkungen die meisten zum Stolpern bringen. Die Downies wollen nicht einsehen, warum sie nicht mehr ins Wasser dürfen. Sie rennen auf die Lagune zu, rufen »Leonard!« und machen Luftsprünge.

Leonard ist mit einem Jungen beschäftigt, der immer wieder sein nasses T-Shirt überziehen will. Madonna und Elvis trappeln in Decken gewickelt über den Sand und verschwinden hinter einem Busch.

Im knietiefen Wasser wirft eine Gestalt ein Netz aus. Eine dunkle in Gummistiefeln verstaut daneben die glänzenden Fische in einer Plastiktüte.

Auf der Terrasse eines Hauses erscheint eine nackte Frau. Sie und die Fischer winken sich zu. Eine zweite Frau kommt dazu und umarmt innig die erste. Sie streicheln sich.

Eine Mücke hat mich über Nacht wach gehalten. Seltsame Geilheit, denke ich. Die Frauen auf der Terrasse sind verschwunden.

»Matt!«, ruft Leonard, »hol Elvis und Madonna!« Er zeigt auf die Büsche vor mir.

Am Ufer liegt eine Decke, einige Meter weiter Elvis' Latzhose.

»Elviiiis!? Madonna!? Au!« Die Kiesel sind scharf. Ein Tropfen Blut quillt aus meinem Zeh. Äste schlagen mir ins Gesicht.

»Scheiße! Wo seid ihr Idioten schon wieder!«, rufe ich und habe vergessen, dass sie mich verstehen.

»Sorry!«, rufe ich vorsichtshalber.

»Mami!«, antwortet jemand. Ich höre ein Keuchen.

Hinter einem zerschossenen Schild, auf dem »Marine Reserve« steht, sehe ich ihre Beine aufeinander. Madonnas Kleid ist zu den weichen Brüsten hochgeschoben. Ihre Hände reißen an Elvis' Ohren, und beide lachen.

Dali

›Keep Zwelihle clean‹ steht auf einer Mauer, als ich den De Kerkdam entlang ins Township fahre.

Vor den flachen Betongebäuden links werden gebrauchte Möbel angepriesen und Fleisch in großen Mengen. Daneben liegt eine kleine Tankstelle, auf dem Schild der Preis für Paraffin. Rechts ein Brachfeld, auf dem Kinder Fußball spielen, dahinter die Müllverbrennungsanlage und die ersten Wellblechhütten.

Zwei Frauen mit gemusterten Kopftüchern schieben Bierkisten auf einer Schubkarre ins Mosaik der losen Siedlung. Sie tragen ihre Babys in Decken auf dem Rücken, andere große Säcke Kartoffeln und Reis auf den Köpfen. Ein Junge im Trainingsanzug schlendert lässig mit einem Bündel Holz auf den Schultern. Kinder scharen sich um ein Fahrrad, eine Ziege steht bei ihnen. Den Straßenrand säumen Chipstüten.

Überall sonst am Kap sind die Farben sanft. Das ruhige Beige der Gartenmauern um die niedrigen Häuser, das zarte Gelb und Orange der Eukalyptusblüten, das über den stillen Straßen der Vorstädte steht, das Heidelbeerblau und die Pfirsichfarben über den Bergen nach Sonnenuntergang. Die Zweizimmerhäuser zu meiner Linken sind leuchtend rosa. Die Bretterhütten rechts davon rot, blau und gelb.

Meine Hände, sonst braun von der Arbeit im Garten, wirken dagegen bleich. Mädchen stehen am Straßenrand in kanariengelben Wattejacken, die Kinder tragen leuchtende Hemden und Hosen. Nur die lehmige Erde zwischen den Hütten ist unbeeindruckt ocker.

Ich suche Zola. Die Adresse der Sangoma steht sogar

in den Reiseführern. Und Mathilda erwähnte, ich könnte jederzeit vorbeifahren. Aber die einzige Asphaltstraße endet in einem Schotterweg und einem Müllhaufen, den ein schwarzer Hund untersucht. Vor mir ein babyblaues Einzimmerhaus. Mehrere Paar Sneakers hängen auf einer Leine in der Sonne. Ein Mann mit Zahnstocher zwischen den Zähnen sieht hinter einem schiefen Fensterladen hervor. Er kommt zum Wagen und fragt, wen ich suche.

»Zola.«

»Hi, I'm Samuel from Ghana.« Er drückt nur Handfläche auf Handfläche.

»Hi, Matt.«

»Ah, American«, schnalzt er zufrieden.

»Jean!«

Jean trägt seinen Stoffhut schräg wie Samuel.

»Tu sais où Zola habite?«, fragt ihn Samuel.

»Come!« Jean deutet auf ein Loch im Zaun.

»Il est de *America*«, erklärt Samuel.

»Ahh, ça y est! Tu es ici en vacances?«

»Oui.« Ich nicke. Die Jungs bewegen sich langsam auf ein minzgrünes Haus zu.

»Zola!«, ruft Jean. »Zola, Zola!«

Ein alter Mann tritt aus dem Türrahmen. Seine tellerdicke Brille ist mit einem Gummiband am Kopf festgespannt.

»Ce mec là ici te cherche!«

Jean feixt: »Speak English man!«

»Sofu ululele« oder so ähnlich antwortet der Alte verwirrt auf Xhosa, und ein Mann mit rundem Kindsgesicht in Jeans erscheint hinter ihm. Er wischt sich die Hände an einem öligen Lappen ab und gibt uns die Hand.

»Das ist mein Vater Thabo«, erklärt der Mechaniker in holprigem Englisch.

Der Alte wischt seine Brille sauber und setzt sich auf eine Bank. Er lädt uns ein, mit ihm im Schatten zu sitzen. Sein Sohn reicht uns Wassergläser, Samuel und

Jean nehmen sie, die rechte höflich mit der linken Hand gestützt. Jean bietet Benson & Hedges an, und wir sehen den Hühnern zu, die zwischen den Steinen im kahlen Vorgarten des Hauses picken. Eine junge Frau mit hüftlangen Zöpfen schleppt eine Tüte, und Orangen rollen heraus. Die Männer schnalzen anerkennend.

Wir lauschen einer Ambulanz, die sich mit quäkendem Horn entfernt. Auf der Wiese gegenüber beginnen Jungs, Fußball zu spielen.

»Cool drink«, sagt der Alte und gibt Jean einen Schein.

»No, no!«, ich ziehe Geld heraus und gehe in die Richtung, in die Jean deutet.

An der nächsten Kreuzung ist ein Kramladen. *Ubuntu Spaza* steht in rosa Handschrift auf dem Schild. Ein Mädchen sitzt davor und reicht gegen eine Münze einem Alten eine Zigarette. Ihre Haare sind rot gebleicht und in den Nacken gegelt. Als ich eintrete, steht sie missmutig auf. Über den wenigen Chipstüten in den Drahtregalen flackert eine Neonröhre.

»Cola please.«

Sie zieht einen Stift aus ihrer grünen Schürze und schreibt den Preis auf eine Ecke Zeitungspapier. Ich nicke, und sie wartet, bis ich das Kleingeld abgezählt habe. Sie steckt es ein und öffnet den Kühlschrank.

»No Cola«, sagt sie.

»Fanta?«

»No.«

Statt mit einer Flasche kommt sie mit einer ausgeblichenen Dose Sprite zurück. Sie wischt den Deckel mit ihrer Schürze ab. Die Dose macht kein Geräusch beim Öffnen.

Ich sehe die Staubstraße runter. Endlos ziehen sich die Hütten hin unter den hohen Laternen und dem Gewirr der Stromdrähte. Wie soll ich je Zola finden?

Kinder stehen zusammen und gaffen mich an. Ein Junge tritt vor, ruft »You fuck!« und lacht. Ich zeige ihm den Finger, und die Kinder rennen freudekreischend auseinander.

»You mama bitch!«, schreit er aufgekratzt.

»Motherfucker!«, antworte ich fröhlich. Die Verkäuferin sieht mich erschrocken an.

»Deutschländer!« Zolas Mutter packt mich am Arm. »Das sind Kinder«, sagt sie streng.

»Sorry, sorry.«

Sie lässt nicht los. Sie mustert mich, dann den rostigen Fiat.

»Dein Auto?«

»Ja«, antworte ich erleichtert, »also von meinem Vorgänger. Quasi geliehen.«

Sie wartet an der Beifahrertür, bis ich ihr öffne. Als sie sich festgeschnallt hat, zeigt sie die Straße runter.

»Hamba!«, befiehlt sie und ruckt nach vorne, als könnte sie den Wagen damit bewegen.

»Woher können Sie Deutsch?«, frage ich. Sie wackelt nur mit dem Kopf und dreht am Radio. Als ein seifiger Schlager auf Afrikaans erklingt, lehnt sie sich zufrieden zurück.

Wir halten an einer Halle, deren Plakate mit Sonderangeboten bis unters Dach reichen. Auf der Rampe werden große Säcke mit Reis verladen. Nach einer Viertelstunde winkt sie mir, und ich trage ihre Einkäufe in den Kofferraum.

»Guter Junge«, sagt sie und tätschelt meine Schulter. Sie dreht das Fenster herunter und unterhält sich mit einer Frau, die einen großen Kürbis auf dem Kopf trägt. Ihre Zungen schnalzen und klicken zu den gutturalen Wörtern, die für Heiterkeit sorgen.

Die Straßen im Township tragen keine Namen, nur die Hütten sind nummeriert. Mit einer Kopfbewegung deutet Zolas Mutter an den engen Kreuzungen die Richtung an. Ich soll langsam fahren. Sie unterhält sich mit Leuten, die neben uns Schritt halten müssen.

Vor einem gelben Haus schält sie sich aus dem Auto.

»Komm!« Sie lässt keinen Widerspruch zu.

Meine Hände schwitzen. Ich stehe in einem blaugetünchten Zimmer mit einem großen Fernseher. Über der Resopal-Schrankwand ein Bild von Dali. Die schmelzende Uhr in der Wüste. Auf dem roten Sofa gegenüber ein Kind in den Armen einer dicken Frau, beide starren auf den Bildschirm.

»Hi!« Ein ausgemergelter Mann in ärmellosem Unterhemd hebt die Hand. Ich nehme neben ihm Platz. Die dicke Frau bietet mir Erdnussflips an, während zu sanfter Musik eine afrikanische Familie glücklich Windeln wechselt. Zolas Mutter ist verschwunden. Es riecht nach Erbsensuppe.

»Dein Freund ist da!«, herrscht die Mutter auf Deutsch, und eine Tür knallt. Mit einem Ringordner und Büchern im Arm kommt Zola ins Zimmer und erschrickt, als sie mich sieht. Ich will sie zur Begrüßung auf die Wange küssen, aber sie weicht mir aus, ich falle beinahe über den Tisch.

Zola steht leicht gebückt vor mir und senkt den Blick. Sie trägt einen ausgewaschenen Kapuzenpullover, den sie zurechtzieht.

»Hallo«, sie gibt mir kraftlos die Hand.

»Porceline«, Zola zeigt auf die Frau mit Kind, die ihre abstehenden Haare runterdrückt, »meine Schwester … und Kwazelihne, mein Cousin.« Der Mann schlägt sich auf die Beine und lacht mit kurzen Luftstößen über einen Witz in der Soap. Ihm fehlen die Schneidezähne.

Hof

Zola und ich sitzen schweigend nebeneinander. Sie steckt die Hände zwischen die Beine. Über ihrer Lippe ein Milchrand. Ein rastloser Ansager im Sporttrikot erscheint, und Leben kommt ins Wohnzimmer. Die Schwester steht schnaufend auf und brät etwas in der Küche. Der Junge mit der Rotznase hüpft auf dem Sofa. Zola ermahnt ihn auf Xhosa, und ein Plastikglas mit Grenadilla-Twist wird vor mich auf die gestickte Tischdecke gestellt.

»Zola!«, kommt die Stimme ihrer Mutter aus der Küche und darauf ein Schwall Xhosa. Zola nimmt folgsam mein Glas und winkt mich nach draußen an einen Holztisch im Hof.

»Wie geht's?«, grinst sie.

»Bestens. Woher könnt ihr Deutsch?«

»Wir haben in Windhuk gelebt. In Namibia.«

»Ihr alle?«

»Nur Mama und ich«, Zola schlägt die Hand vor den Mund. »Ich war auf einer deutschen Schule.«

»Oh, tja. Ich auch.« Ich muss mich beherrschen, nicht den Milchrand von Zolas Lippe zu wischen. Eine Ader schlägt an Zolas Hals. Mein Mut verlässt mich.

»Meine Mutter sagt Dank, dass du sie nach Hause gefahren hast.« Das Braun ihrer Augen ist hell. Ich mache ein fragendes Gesicht, und wir beginnen zu lachen. Diesmal hält sie nicht ihre Hand vor den Mund. Zwischen ihren Schneidezähnen ist eine Lücke. Ein Zahn seitlich steht leicht hervor. Als sie doch den Arm hebt, halte ich ihn fest.

»Du lachst schön.« Mein Herz klopft, Zola zieht ihren Arm zurück. Ihre Finger sind lang. Sie hat kleine Ohren.

»Was?«

»Nichts«, sage ich ertappt. Dunkle Sterne in ihren Pupillen. Zola sieht zum Haus. Ein Vorhang bewegt sich, und ihr Lächeln verschwindet.

»Was liest du?«

Zola dreht mir das zerfledderte Buch hin.

»Isabel Allende«, sagt sie vorsichtig, »eine Amerikanerin?«

»Nein, ich meine«, ich zeige auf ihren Ringordner.

»Ach so, Businesskurs, ... aber Mama hat gerade kein Geld dafür.«

Zola dreht mein Glas in ihrer Hand. Ein alter Ford Granada rollt langsam am Haus vorbei mit einem scheppernden Lied von Outkast. Zola ruft etwas mit rauer Stimme, die Jungs in den Fenstern lachen.

»Warst du schon mal in Deutschland?«

»Nein.« Zolas Augen wandern über die leere Straße.

»Gefällt dir deine Arbeit in Sommerdal?«, fragt sie höflich, fast zu leise. Ihr Deutsch ist seltsam dialektfrei, nur mit einer ungewohnten Betonung.

»Nein. Na ja, Verrückte eben.«

Zola mustert mich. Ich habe offensichtlich etwas Falsches gesagt. Mein Gesicht schmerzt vom Grinsen.

»Und jetzt soll ich was Gutes tun, aber sie sagen nicht, was.« Ich würde gerne aufstehen und ihren Nacken küssen.

»Zola?«

Zolas Blick ist freundlich, nicht mehr.

»Kann ich?« Ich hebe die Hand, sie weicht zurück, aber errät die Richtung. Sie streicht sich über die Lippe.

»Milch«, sage ich entschuldigend, und sie lächelt.

»Heißt du wirklich Matt?«

»Matthias. Aber ich mag den Namen nicht besonders.«

»Matthew, ... Matt ist nicht schlecht.«

»Zola«, sage ich langsam, weil mir der Name gefällt.

Der Junge vom Sofa klettert auf ihren Schoß. An seiner Nase bläht sich Rotze.

»Das ist Mnbdzonga.«

»Mebzonda?«

»M N B D Z O N G A«, Zola lässt die Buchstaben leicht über ihre Lippen gleiten wie eine Melodie. »Wir nennen ihn Zonga.«

Der Junge drückt sich in ihren Arm. Er berührt ihre Brust und sieht mich misstrauisch an. Mir ist heiß. Ist Zola seine Mutter? Warum habe ich nicht daran gedacht? Wie viele Kinder hat sie außer Zonga? Wo ist der Vater? Wie alt ist Zola überhaupt?

Der Kopf der Mutter erscheint in der Tür, und ein kurzes Lamentieren erhebt sich. Zola antwortet ärgerlich, bis der dicke Kopf wieder verschwindet.

»Sie sagt, ich soll mich mehr um den Gast kümmern.«

»Ich glaub, sie mag mich.«

Zola lächelt unsicher.

»Magst du Kinder?« Sie streichelt Zongas Kopf.

»Ja, ja, klar.« Zonga weicht vor meiner Hand zurück.

Ich gebe ihm die Limo, die er mit Blicken längst ausgetrunken hat.

»Also, ich meine«, unterbreche ich das Schweigen, »ich habe noch keine Kinder oder so …«

Zwei Mädchen in Schuluniform schlendern vorbei und sehen uns neugierig an.

»… aber ich ziehe meine kleinen Schwestern mit auf. Ich bin so was wie ein Vater für sie.«

Zola sieht mich neugierig an.

»… weil, na ja, der Vater ist weg.«

»Wie alt?«

»Sieben und neun. Mareike und Anja.«

»Vermissen sie dich nicht?«

»Mich? Ja, klar. Wir telefonieren halt. Wie's so zeitmäßig hinkommt.«

»*Zeitmäßig?*«

36

»Na ja, ihre Schule … und meine Arbeit.«

»Was ist *zeitmäßig*?« Zolas Blick ist ernst.

»Ach so. Wenn Zeit dafür ist.«

Zola legt die Hände auf den Tisch, nah an meine, und scheint zu überlegen.

»Was hast du vor heute?«, komme ich ihr zuvor.

»Ich hab keine Schule heute.«

»Schule?« Ich starre die Lücke in Zolas Lächeln an. Die großen hellen Zähne. Ich stelle sie mir in Schuluniform vor.

»*Businessschool*«, erklärt sie und sieht mir in die Augen. Ich sehe Neugier, eine dunkle Wärme, die sie schnell wieder verbirgt.

»Ist dir schlecht?«, fragt sie amüsiert.

»Nein, wieso?«

»Du machst so ein komisches Gesicht.« Wir lachen beide, und Zola zieht dabei den Kopf zwischen die Schultern. Ihre Mutter erscheint wieder und redet auf Zola ein.

»Sie fragt, ob du Zeit hast.«

»Jetzt? Nein, ähm.« Ich sehe auf eine Uhr, die nicht da ist.

Die Mutter sieht mich enttäuscht an.

»Was musst du machen?«, fragt Zola.

»Jäten. Johan legt ein neues Feld an und …«

Die Mutter nickt, als würde ich einen Verdacht bestätigen.

»Hamba! Samstag!«, befiehlt sie und dreht sich um.

Mosselrivier

Sommerdal ist ein Durcheinander vieler Sprachen. Die Kinder babbeln je nach Herkunft Xhosa oder Afrikaans, vermischt mit deutschen und englischen Ausrufen wie »Willnich!«, »Rise and shine!« und »Hoppe-reiter!«.

Evelyn, Janine und ich sind die einzigen Praktikanten und reden mit den Hauseltern Deutsch, Elvis und Madonna verstehen irgendwie alles, und Leonard kann ein paar Worte Sotho, die er mit Mama Schuh, der dicken Kindergärtnerin, spricht, obwohl ihr Englisch einwandfrei ist. Nur MacFarlaine, der ehemalige Pfarrer aus Simbabwe, versteht ausschließlich Englisch. Mit seinem Bauch und der Halbglatze erinnert er an einen mittelalterlichen Mönch. Seine Hände sind stets gefaltet, das Gesicht mit der schmalen Nase ist fleckig.

Mit den Downiedamen aus seinem Haus führt er lange Gespräche. Vermutlich über ehemalige britische Kolonien wie Simbabwe und Botswana, oder über Lady Di. Nicht nur deswegen werden die Frauen *Royals* genannt. Wie die Queen sind sie faltig und tragen gerne zu große Hüte.

Leonard liest uns beim Mittagessen die Lokalnachrichten vor. Er spricht gerne das kehlige Afrikaans mit uns.

»Grabouw se goue diva en die wenner van Idols, Karin Kortjé, was die afgelope tyd in die nuus omdat haar kêrel na bewering die eienaar van'n gastehuis waar hulle gebly het, wreedaardig vermoor het …«

»Man s-soll nicht schlecht v-von anderen r-reden!«, sagt Madonna.

»Heißt?«, fragt Evelyn.

»Heißt, dass ein Nasenring viel über dein Selbstbewusstsein sagt.« Leonard grinst.

»So wie Sich-beim-Rasieren-Schneiden etwas über mangelndes Ego ausdrückt?«, entgegnet Evelyn. Leonard streicht sich verlegen durchs Haar. Er ist mindestens Ende 50. Ich sehe Evelyn überrascht an, als sie ihm zärtlich über die Wange streicht.

Madonna kitzelt mein Kinn.

»La-lass dir doch einen Ba-bart wachsen.«

»Ei-einen Goatie!«, ruft Elvis. Mein Gesicht ist so haarlos wie seins.

»Guck mal.« Madonna deutet auf ihre Eireste. »Ein Wirbelwind, der ta-tanzt«, sie krallt die Finger, »und eine Hexe, die lacht, he he he he he!«

Ich halte ihnen meine Spiegeleier hin, die zusammengewachsen sind. »Das seid ihr. Zwei Königskinder.«

Elvis klatscht in die Hände und leckt vorsichtig über die ölige Oberfläche der Eier. Eine Blume fällt aus seinem Haar.

»Kinders!« Leonard zwinkert Evelyn zu. »Wir haben eine Stunde. Vielleicht zwei. Wir holen die Saat bei Coetzee ab in Mosselbay, und Matthias testet sein Board.«

»Au ja!« Elvis blinzelt schnell.

»Ich weiß nicht, ob mir der Anzug passt.«

»Fertig?«, fragt Leonard.

»Ja, ja!« Elvis knetet meine Schulter.

»Elvis und Madonna lieben es, den Surfern zuzugucken.« Leonard und die anderen sind schon aufgestanden.

Mein Vorgänger hat neben dem Fiat und der Marillion-CD noch ein Schaumstoffbrett, einen Neoprenanzug und Flossen hinterlassen.

»Jo!«, ruft Leonard, als wir im Bus sitzen. Johan lässt die Hacke fallen und steigt ein. Er schnäuzt sich umständlich in ein Stofftaschentuch, und Evelyn dreht das Radio auf.

Es läuft Abba, ein Stück nach dem anderen. Aber statt weiterzusuchen, singen alle außer mir und Evelyn den Text von Waterloo mit.

»Hey, der blonde Sound des neuen Südafrika«, rufe ich zu Evelyn, als mein Telefon klingelt.

»Hallo? Mama?«

»Waterloo! Waterloo!«, brüllen die anderen.

»Ja, geht's gut … Hippies wie du!«

Plötzlich ist meine Schwester dran.

»Mareike, wieso bist du nicht in der Schule?« Ich versteh kein Wort.

»Ruhe!«, rufe ich, und Johan dreht lauter. Meine Mutter redet ohne Punkt und Komma. Unterhosen, Kondome, ganz wichtig, jemand hat mich zu einer Party eingeladen, eine Sybille und …

»Wie geht's euch?«, unterbreche ich.

… Ein Brief von der Uni, ich soll aufpassen wegen Aids, schickt mir Schokolade, die gute …

»Rock 'n' Roll, und lang lebe Rastafari!«, schreie ich in den Hörer. Das Stück ist zu Ende, alle sehen mich an.

»Der ist gar nicht so doof«, sagt Johan und stößt mit Leonard die Fäuste aneinander. Meine Mutter hat aufgelegt.

Parkplatz und Strand von Mosselbay sind voll von Urlaubern, Kindern, Familien und Männergruppen, die sich Rugbybälle zuwerfen.

Glatt liegt das Meer in der Bucht. Die Surfer lassen sich mit der Strömung an den Felsen raustreiben. Leonard zeigt mir, wie die kurzen Flossen übergezogen werden und dass der Reißverschluss des Anzugs hinten ist.

»Sonst liegst du drauf.«

Er drückt mir ein Stück Wachs in die Hand, und ich reibe es auf die Unterseite. Johan lacht. Er und Evelyn sitzen mit Madonna und Elvis erwartungsvoll in einer Reihe am steilen Sandufer.

»Das sind doch keine Ski!« Leonard wachst das Boogieboard oben ein, damit ich nicht abrutsche.

»Und hopp.« Er stößt mich ins Wasser, und ich lasse mich mit einem rothaarigen Jungen raustreiben. Er kickt gelangweilt mit den Beinen.

»Howzit?« Er duckt sich unter einer Welle.

»Good«, antworte ich. Aufregung pocht in meinen Ohren. Das Wasser des Atlantiks ist eisig, salzig, Algenperücken tanzen in der Strömung.

»Howzit«, sage ich, als ich draußen bin. Die Surfer sehen weiter auf den Horizont.

Plötzlich baut sich eine Welle auf. Alle beginnen gleichzeitig, zu paddeln, aber nur einer erreicht den Kamm rechtzeitig und verschwindet. Dahinter der Strand mit bunten Sonnenschirmen und den hellen Flecken der Körper.

Das Brett liegt steif unter mir. Ich schwimme nach links, in die Mitte der Bucht, und eine Welle treibt mich vor sich her bis an den Strand. Einer der Boogieboarder schießt entlang eines Wasserrückens. Mit einem Seitwärtssalto lässt er sich mitreißen und erscheint gelangweilt wieder in der Gischt. Wir lassen uns zusammen raustragen.

»Super Tag, großartig«, sage ich, er ist keine 15.

»Mann, ich könnte den ganzen Tag bleiben«, rede ich weiter. Der Junge mit Bürstenhaarschnitt grinst schief. Zurück bei den anderen, sagt er etwas auf Afrikaans. Ich sehe ins trübe Wasser auf einen Schatten.

»Hey, ich glaube, da ist eine Robbe.« Es ist ein Witz. Zwei Surfer paddeln von mir weg.

»Wo kommst du her?« Der Blonde auf dem Boogiebord neben mir spricht Deutsch. Er ist um die 40.

»Berlin.«

»Ich auch.«

»Mann, die kriegen ihr Maul nicht auf«, sage ich.

»Buren«, antwortet er leise. Wir nehmen die nächste Welle. Er versucht eine Seitwärtsdrehung, aber ich rutsche vom Brett. Das Wasser hält mich zu lang unten, die Leine vom Board zieht am Hals. Als ich den Boden spüre, springe ich hoch und schnappe nach Luft.

»Gute Wellen, hä?«, sagt der Deutsche neben mir.

»Super.«

»Is schon geil hier, oder?«

»Ja.«

» ... «

»Und was machst du hier?«, will ich wissen.

Er deutet einen Stift an, mit dem er aufs Board schreibt.

»Und du?«

»Sommerdal.«

»Was hast'n ausgefressen?« Er lacht und winkt einer Frau auf der Bank am vordersten Felsen. Zwei Kinder heben gelangweilt die Hand. Zwischen ihren Beinen wedeln Hunde. Plötzlich macht die Frau Zeichen, sie ruft und deutet auf das Wasser vor uns.

»Shaaaaark«, brüllt ein Surfer und schwimmt panisch aufs Ufer zu. Die anderen bleiben liegen. Keiner bewegt sich. Das Meer ist glatt, graugrün. Meine Zehen sind taub. Eine ganze Herde von Rückenflossen nähert sich uns.

Leonard und die anderen erscheinen neben der Frau. Elvis zeigt aufs Meer, Madonna springt auf und ab. Ich sehe die Augen der Tiere, die sich neugierig zu uns hochdrehen, aber Abstand halten. Die Surfer rufen sich erleichtert etwas auf Afrikaans zu.

Der Schwarm schwimmt weiter zum Strand. Ihre Schatten surfen verspielt in den Wellen. Väter ziehen ihre Kinder zum Ufer.

»Geil«, sagt der Deutsche und winkt seiner Frau. »Es ist so ein geiles Land, Mann!«

»Ja.« Meine Hände zittern. Die Delphine sind weitergezogen.

42

Hinterzimmer

Am Abend warten Evelyn, Janine und ich in der Bäckerei zwischen den Teigtrögen. Es riecht nach Holzkohle, Sauerteig und süßem Gras, das die beiden ohne Erfolg suchen. Wir spielen Stein, Schere, Papier um Zehnrandscheine. Als Leonard uns zur Willkommenszeremonie ruft, hat Evelyn all mein Geld gewonnen.

Am anderen Ende der Wiese flackert Kerzenlicht in einer Tür. In dem fensterlosen Abstellraum hinter der Halle albern die Downies auf Matten herum, die Hauseltern sitzen im Schneidersitz entlang der Wände. Harfen und Xylophone stehen zusammengeschoben in einer Ecke. Es riecht nach Weihnachten und Orangen.

Elvis und Madonna führen uns in die Mitte zwischen die Kerzen. Jemand furzt. MacFarlaine flüstert mit Werner. Mathilda sitzt in Yogaposition neben Ralf, Vater von Haus Bern. Sein Gesicht mit der rahmenlosen Trotzkibrille ist verborgen unter dem Lederhut, den er selten absetzt. Eine Frau mit großen Brüsten lehnt schlaff an ihm. Wir sitzen in einer Reihe auf alten Kissen.

»Ich hab Hunger«, sagt Evelyn.

»Ich hab meine Tage«, flüstert Janine.

Leonard summt ein *Ohmmmm,* die Kinder verstummen. Der Schein tanzt auf den Gesichtern, die Männer fallen in Leonards Brummen ein.

»Willkommen Matthias, willkommen Evelyn, willkommen Janine«, ruft Ralf, die Hände zur Decke erhoben.

»Willkommen«, murmeln die anderen. Schweigen. Atem ist zu hören, Ächzen, Schluckauf. Ich schließe meine Augen. Ein Magen knurrt.

»Käsekuchen«, stöhnt jemand.

»Scho-schokolade«, antwortet Elvis.

»Schweinebraten«, seufzt Leonard. Die Kinder gaffen.

»Der Tod, der Tod«, klagt die Frau neben Ralf.

»Cordon Bleu mit Pilzen in Sahnesoße«, versuche ich mein Glück. »Nur einzelne Wörter, Matt«, ermahnt mich Ralf.

»Assoziiere, assoziiere!«, murmelt die zusammengesunkene Frau und schwankt leicht.

»Kolonialismus!«, wirft Werner ein.

»Zentralismus!«, antwortet Ralf.

»Gaza-Streifen!«, ächzt Leonard plötzlich, dann prasseln die Wörter auf uns ein.

»Blut!« »Ohh!« »Brüder.« »Raketen.« »Atomkraft! …«

»Iran!« »Ja!« »Bärte …« Lautes Atmen. Ich öffne kurz die Augen. Die Hauseltern wippen in Trance.

»Megaphon!«, schreit Leonard. »Imperialismus!«, ruft Werner zurück. »Guantanamo Bay!« »Kriegsverbrechen …«

»Orange.« »Islam.« »Schwestern!«, sagt Mathilda traurig. »Tschador …«

»Gott i-ist eine Frau«, summt Madonna.

»Imperialismus«, wirft MacFarlaine ein. Jemand schnalzt abschätzig wegen der Wiederholung.

»Sommerdal!«, unterbricht Janine. »Gruppensex, Tantra!«, ergänzt Evelyn. Jemand kichert, aber niemand wagt den Faden aufzunehmen.

»Vater, Keller«, spricht Janine atemlos, »Zunge …, Mutter!«, ruft sie. Die Luft knistert im Schweigen.

»Gesellschaft«, spricht Mathilda besänftigend.

»Hilfe«, murmelt eine andere Frauenstimme, »Liebe.«

»E-eltern«, flüstert Madonna.

»Mami«, sagt Elvis. Ich schlucke. Die gesenkten Köpfe erholen sich in der Stille. Zwei Kinder schubsen sich und werden rausgeschickt.

»Xwasweme«, sagt Mama Schuh, die Kindergärtnerin.

»Xwasweme«, wiederholt sie zufrieden und klatscht in die Hände.

»Ubuntu«, wirft Werner sanft ein. Ich sehe zu Ralf. Die Frau an seiner Seite murmelt aufgeregt. Er legt den Arm um sie.

»Autobahn«, sagt MacFarlaine auf Deutsch. »Angst«, fügt er hinzu und grinst schief. Es passt nicht. Keiner antwortet.

»Kühe«, flüstert Elvis.

»Ja, Kühe«, sagt jemand schwer.

»Erdbeermilch«, versuche ich. »Ba-bananen«, antwortet Elvis. Janine schluchzt. Die Frau neben Ralf zittert und macht sich frei. Sie redet zu schnell, um sie zu verstehen.

»Vatersöhneisraelscometogethergodvictimperestroikalustdesmondtutudunkelheitjoschkajoschkaduunddeinbuchladenschweinschweinhaschisch!« Sie atmet schwer. Der nächste Schwall ist unverständlich, aber niemand ist beunruhigt. Leonard räuspert sich.

»Elefantenherden!«, ruft sie klar und mit unwirklich tiefer Stimme. Die Spannung löst sich. Sie sinkt in Ralfs Arme. Evelyn gibt Janine ein Taschentuch. Madonna streichelt ihr Haar.

Arme und Beine werden gestreckt. Elvis kitzelt einen der Kleinen.

»Danke«, murmelt Leonard nach einer Weile. »Danke«, murmeln die anderen und stehen auf. Es wird sich umarmt, gedrückt. Mathilda hält Janine fest, Evelyn wischt Elvis' verschwitztes Gesicht ab, Ralf bringt seiner Frau ein Glas Wasser, einer der Kleinen umschlingt kurz mein Bein und rennt davon.

»Was war das?« Ich und Leonard trocknen unsere Gesichter in der lauen Abendluft.

»So was Ähnliches wie Kundalini. Ralf hat es eingeführt letztes Jahr.

»Und wozu?«

Leonard legt kurz die Hand auf meinen Rücken. Ich fühle mich leicht.

»Wörter … Poesie … Wir sind Sprache, Matt. Und manchmal muss man seine Fesseln … abschütteln, oder?«

»So wie die Verrückte?«

»Johanna? Ralfs Frau?« Leonard lacht. »Sie glaubt, sie redet in Zungen. Aber es muss locker sein, frei. Wir sind ja keine Sekte.«

»Sondern?«, frage ich. Leonard grinst.

»Freie Geister, Matt. Frei!«, ruft er und hüpft auf einem Bein. Mathilda und Mama Schuh gehen Arm in Arm vorbei und lächeln uns zu.

»Lenni!«, ruft Werner aus der Küchentür und schwenkt eine Flasche.

»Das Jahr davor hat Mathilda mit uns *Familienaufstellung* gemacht.« Leonard stöhnt. »Da kommt eine Kacke hoch …« Er entlässt mich mit einem Schlag auf die Schulter.

Evelyn und Janine stehen hinter der Küche. Evelyn zündet sich eine an und nimmt einen tiefen Zug.

»Mann, jetzt fallen mir Wörter ein.«

»Und ich dachte, wir müssen uns ausziehen«, sage ich.

»Kommt noch«, antwortet Evelyn mit einem Grinsen.

»Was'n Hippieverein«, seufzt Janine. Ihre Wangen sind rot.

»Das mit dem Keller und … ähm, und deinem Vater, war das … *echt*?«, frage ich.

»Mann! Das ganze Leben ist *echt* … Schon gemerkt?« Evelyn schnippt die Kippe ins Gras. Janine legt den Arm um sie.

»Sind hier eigentlich alle Jungs behämmert?«, sagt sie im Gehen.

Aus der Halle riecht es nach Omelett. Elvis rennt über die Wiese und ruft »Autobahn« zu MacFarlaine, der ihm den Finger zeigt. Er spricht mit Johan, der seinen

Teller ins Freie trägt. Ich setze mich zu Elvis und Madonna.

»Warum gibt es hier jedes Mal Eier?«, will ich wissen.

»Weil w-wir viele Hühner h-haben«, erklärt Madonna.

»U-und das H-Huhn ist die Mutter vom E-ei!« Elvis formt ein Ei mit den Händen.

»Wo sind eigentlich eure Eltern?«

»Kaputt, bumms!« Madonna zerteilt ihr Omelett. Elvis lacht, sein Hibiskustee sprüht über den Tisch.

»L-lach nich!«, ruft Madonna. »L-lach nicht!«

»Sadako! Kleine Schwester! Im Kirschenblütenland …«, singt Elvis ohne jedes Stottern.

»Mein V-vati kann Autos r-reparieren«, unterbricht Madonna stolz.

»Meiner a-auch!«, ruft Elvis.

»I-is doch der gleiche!«

»Wie, seid ihr Geschwister?«, frage ich besorgt.

»Le-o-nard ist mein Va-ti.« Elvis klopft jede Silbe auf den Tisch.

»Meiner auch.« Madonna nickt.

»Besucht euch denn niemand von eurer Familie?«

»Doch! Du!«, lacht Elvis.

»U-und der Präsi-dent!«, nickt Madonna.

»Feuer!«, ruft jemand.

»Party!«, antwortet ein anderer.

»Feuer!«, schreit eine entfernte Stimme.

»James Brown!«, echot es.

»Ölkrise!« Gelächter.

»Leute, es brennt hinter der Küche!«, erklärt Johan ruhig von der Tür, und alle springen auf. Blau und fett steigt Rauch über dem Dorf auf.

Das Bad

Am nächsten Morgen steht Mathilda neben mir im Garten. Wir sehen Johan zu, der beim Jäten über dem Beet pendelt.

»Er lässt keinen der Arbeiter die Drecksarbeit machen«, erklärt sie ungefragt.

»Aber mich.« Es ist Samstag, die anderen haben frei.

»Strafe muss sein.« Mathilda schlägt Staub von meinem Hemd.

»Die dekadenten Kinder der Bourgeoisie«, ruft Johan und kickt einen Klumpen Klee über die Hecke.

»Er hat jetzt einen Hilfsjob unten in Zwelihle.«

»Hört, hört!« Johan nickt.

»Zolas Mutter hat eben angerufen. Deine Verabredung wartet schon.«

Noch bevor ich vor Zolas Haus stehen bleibe, steigt Zola ein.

»Fahr los!«

»Wirst du verfolgt?«

»Nein.« Zola lacht. »Wir müssen da lang.« Sie zeigt hoch zur Hauptstraße. Sie trägt ein rotes Schlauchtop, einen kurzen Rock und rosa Lippenstift.

»Und wie geht's?«, frage ich. Zola schweigt, bis wir auf einem leeren Parkplatz halten. Vor uns ein weißer Neubau mit grünem Dach, wie alle Bauten im Industrieviertel. Gegenüber liegt ein grasüberwucherter Friedhof im Schatten hoher Kiefern.

Zola lächelt und sieht aus dem Fenster. Sie streichelt das Plastik der Armaturen.

»Ein schönes Auto.«

Mein Herz klopft. Was ist das für eine Verabredung? Ich denke an amerikanische Filme. Auto. Küssen. Meine Hand berührt ihre, sie zieht sie schnell weg.

Ein Lastwagen hält, und zwei Männer in alten Latzhosen laden Planken ab.

»Vielleicht kommt was im Kino«, schlage ich vor. Zola schüttelt den Kopf. Sie deutet auf das eilende Handwerkermännchen über dem Eingang.

»Sie machen bald zu.«

Zola faltet einen Zettel auseinander. Die Schrift darauf ist kaum lesbar. Ihre Mutter möchte eine Dusche, Badewanne, Waschbecken und Armaturen, jetzt, da endlich ein Auto da ist.

Wir sehen auf zu den Postern mit den Angeboten, und ich rieche die Wärme an ihrem Hals. Die Badewannen stehen aufrecht an den Wänden, die Armaturen sind an Säulen aus Dekoholz geschraubt.

Wir spielen mit teuren Wasserhähnen aus Edelstahl, wählen große Spiegel aus. Ich bin für den Duschkopf, groß wie ein Teller. Das Wasser rieselt daraus als Sommerregen. Zola zieht den aus transparentem Plastik vor, der das Wasser hart auf den Rücken strahlt.

»Ah, Plastik«, sage ich, »in einem Monat sieht es ganz trübe aus.« Zola lässt den Duschkopf los.

Ich bin auch gegen das Waschbecken mit Unterschrank. Zola findet es praktisch, ich ächze.

»Jeden Tag bücken«, spreche ich wie in einer Verkaufsshow, »und immer steht das Wichtigste ganz hinten.« Zola lacht.

Ich preise ihr den Jacuzzi an. Zola spielt mit. Wir loben die Wasserwirbel und das Design, die gute Verarbeitung und den leichten Einbau. Die falsche Empathie der Teleshops ist überall gleich. Der Jacuzzi gefällt uns wirklich. Andächtig stehen wir davor.

»Wir könnten ihn ins Zimmer bauen, denn die Winter sind kalt«, behauptet Zola.

»Kalt? Bei uns«, prahle ich, »frieren die Scheiben im Winter zentimeterdick zu. Minusgrade, eiskalt!«

Zola fröstelt. »Es gibt doch gar kein Minus!«, protestiert sie.

»Minus zwanzig! Du spürst deine Hände nicht mehr! Außerdem ist fast das ganze Jahr Winter.«

Sie steckt die Hände in die Taschen.

»Man muss jemanden haben, an dem man warm kriegt.« Zola sieht auf ihre Sandalen. Ich lehne mich vor, will sie küssen, aber sie schlägt mir auf den Arm. Zola lacht über mein Gesicht, nicht mädchenhaft, sondern heiser.

»Ich bin doch verheiratet«, verstehe ich ihr Gemurmel.

»Was?«

»Du bist verrückt!«, ruft sie.

»Darum bin ich auch in Sommerdal!«

Wir entscheiden uns für den großen, runden Jacuzzi. Und die Kinder brauchen ein eigenes Waschbecken, viel niedriger. Wir sehen uns nicht an, aber es klingt, als sprächen wir von unseren eigenen Kindern.

»Warum machst du diese Businessausbildung, Zola?«

»Ich brauche doch eine Arbeit«, sagt sie belustigt, noch berauscht von der Vorstellung heißer Wasserwirbel. »Ich kann Sekretärin sein.«

»Ach, Sekretärinnen gibt es doch wie Sand am Meer. Gibt es denn nichts, was du gerne machst?«

Zola überlegt. »Lesen. Und Kochen! Mit Leuten reden. Reisen!«

»Und?«

»… Musik hören. Singen! Du musst kommen, wenn ich wieder im Chor singe!«

»Warum wirst du dann nicht Köchin oder machst Catering? Du kannst Leute beraten, … du kannst singen. Kennst du den Film, der den Goldenen Bären auf der Berlinale gewonnen hat?«

Ich rede zu schnell, und sie weiß nicht, was die Berlinale ist. Ein Bär aus Gold beeindruckt sie.

»Carmen Kalitscha!« Der Name des Ghettos vor Kapstadt muss ihr etwas sagen.

»uCarmen eKhayelitsha«, verbessert sie mein Xhosa.

»Sie singen Opern auf Xhosa!«

»Ich singe doch keine Opern!« Zola dreht an einem goldenen Wasserhahn.

»Aber warum kochst du nicht? Hier gibt es doch so eine berühmte Schule, äh, im Tal oben.«

»Ich muss doch für meine Familie arbeiten.«

»Als Sekretärin? Irgendwo in einem Vorzimmer mit Pappwänden?« Ich spiele es ihr vor. »Immer die gleichen Antworten, den ganzen Tag den Blödsinn abtippen, den sich andere ausgedacht haben. Du kriegst Rückenschmerzen und Depressionen, rauchst eine Packung Zigaretten am Tag und trägst eine dicke Brille.«

Zola lacht wieder mit den Händen vorm Mund.

»Du bist lustig!«

»Nein, das ist mein Ernst. Verschwende dein Leben nicht. Du bist sicher eine wunderbare … Köchin.«

Ihre Lippen öffnen sich. Sie streckt sich aus ihrer leicht gebeugten Haltung.

»Zola, du bist schön heute!«

Zola scheint mir entgegenzukommen.

»Molo, Molo!« Ein Mann mit Fusselbart steht zwischen uns. Auf dem Schild an seiner Brust steht ›Marcus‹.

Er spricht Xhosa und sieht Zola von unten an. Sie lachen beide, und er dreht sich zu mir.

»Sir, was kann ich für Sie tun?«

Zola hat 1.000 Rand, etwas mehr als 100 Euro. Für eine neue Badewanne, ein Waschbecken, die dazugehörigen Hähne. Dazu einen Duschkopf und die Abflussrohre.

Marcus streicht nachdenklich über die Karos seines Flanellhemds, dann preist er die Wannen und Becken im Sonderangebot an. Zola kann nur das Billigste nehmen, und es fehlen immer noch 100 Rand.

Der Duschkopf sieht aus, als würde er nach zwei Wochen abfallen. Die Wanne macht einen ärmlichen Eindruck gegenüber denen, die Seifenablagen haben und Haltegriffe. Das Waschbecken ist winzig, aber Zola gefällt das Design der Wasserhähne. Ihr Bad sei klein, sagt sie praktisch, also muss das Becken auch klein sein.

Marcus und ich werden von ihr im Lager dirigiert, als würde sie Kleider kaufen. Ich helfe ihm auspacken. Vom Billigsten will Zola das Beste. Sie nimmt nichts, was wir ihr vorschlagen.

An der Kasse überlegt Zola, was sie von der Liste streichen kann. Ich lege einen zerknüllten Hundertrandschein auf den Tresen.

»Matt, das will ich nicht.«

»Ähm, kein Problem, ehrlich. Meine Mutter schickt mir jede Woche was.«

Marcus sieht uns forschend an. Zola bemerkt seinen Blick und zischt etwas auf Xhosa. Er tippt nervös weiter.

»Es ist nicht für mich, Matt.« Sie malt mit dem Finger auf dem Resopal.

»Deine Mutter kann es mir zu Hause geben.«

Marcus nimmt den Schein, streicht ihn glatt und druckt die Rechnung auf einem Nadeldrucker aus. Stolz reicht er uns den Bon.

»Ein Jahr Garantie!«

Zola sieht den Verkäufer nicht an. Sie stößt gegen mich, und ich rieche Kokos und Blumen.

Sie können nicht liefern, und Zola ist beeindruckt, wie ich die Badewanne aufs Dach binde. Sie kennt die Studentenumzüge in Berlin nicht. Wir brauchen keinen *Bakkie*, wie hier die Pick-ups genannt werden. Wir fahren ein Badezimmer auf einem rostigen Fiat Uno nach Hause.

Zola und ich halten die Wanne auf dem Dach fest, damit sie der Wind nicht davonweht. Aus dem Radio singt Sean Paul seinen schnellen Reggae. Ich bin der King, ich bin Sean Paul, der zwischen den bunten Bretterhütten zu seinem kleinen Haus am Meer fährt, die Sonne im Gesicht, mit dem Gefühl, von hier zu sein, lebendig.

»Wir haben ein neues Bad!«, ruft Zola, »auf dem Dach!« Sie zupft an den Plastikbändern. Als sie die Haustür öffnet, ist Murmeln zu hören. Frauen und Männer sitzen im Wohnzimmer und beten.

»Bitte warte«, Zola deutet auf die Holzbank im Hof.

Eine Sirene ertönt gegenüber. Aus einem rosa Flachbau strömen Kinder in einen Hof mit Lehmboden. Sie steigen auf Autoreifen und drücken ihre Gesichter an den hohen Maschendraht. Es ist warm, und sie sind dick angezogen.

Zonga steht vor mir. Ein Finger im Mund, eine grüne Blase aus dem Nasenloch. Wir starren uns an.

Ich blase die Backen auf, lasse meine Lider flattern, mache ein komisches Geräusch. Zonga verzieht keine Miene. Als ich den Tyrannosaurus mache, zuckt er nur. Meine Schwestern würden schreien, lachen. Er beginnt zu greinen.

Zolas Cousin mit der Zahnlücke kommt mit einer Tüte leerer Bierflaschen an. Er zieht Zonga am Kragen hoch und gibt ihm einen Schlag auf den Kopf. Zonga ist still.

»Kwazelihne«, lispelt der Cousin. Er zeigt auf sich. Ich nicke. Auf seinem Unterarm ist ein Mann tätowiert, die Arme hochgerissen und von einem Speer durchstochen. Dahinter geht eine Sonne mit breiten Strahlen auf.

»Steve Biko«, sagt Kwazelihne und spannt den Arm an. »Black people strong, ek sê!«

»Yeah!«, antworte ich. Ich habe gelesen, dass Biko mit einem Gartenschlauch erschlagen wurde. Der Cousin spuckt auf den Boden.

»Bayern München«, sagt er langsam.

»Fuck off man!«, sagt Zola, als sie zurückkommt. Zonga zieht an ihrem Top und jammert.

»Sorry. Zonga denkt, dass ich wieder weggehe.« Zola wischt ihm die Nase mit der Hand ab.

»Wie alt ist er?«, frage ich. Er sieht aus wie 4.

»Er kommt bald in die Schule.«

Zola muss unter 18 gewesen sein damals, denke ich.

»Ich glaube, er hat Angst vor mir.«

»Ach. Er wird sich an dich gewöhnen.«

Ich grinse. Zola lacht ebenfalls.

»He Zonga, Mami ist jetzt zu Hause«, tröste ich ihn.

Zola sieht mich verblüfft an. Sie ruft etwas, und in jedem Zimmer scheint jemand laut zu lachen. Die Frauen und Männer folgen Zolas Mutter fröhlich auf den Hof.

»Zola ist viel zu jung, um Kinder zu haben!« Erika reibt ihre Hand hart über meinen Kopf. Sie ruft Leuten auf der Straße etwas zu, die stehen bleiben und lachen.

»War nur ein Scherz, ein Witz!«, sage ich schnell. Röte schießt mir ins Gesicht.

»Zola wird schöne Kinder haben.« Die Mutter drückt sie stolz, Zola verdreht die Augen. Als die Gebetsgruppe sich verabschiedet, ruft Erika »Hamba!«, und der Cousin und ich tragen das neue Bad ins Haus, vorbei am fensterlosen Bad, in ein Zimmer mit zwei Betten.

»Zola sagt, du bist ein richtiger Mann.« Zolas Mutter rollt das R und sieht weiter auf den Fernseher.

»War mir eine Ehre«, antworte ich ehrlich.

»Aber wer kann mir das Bad einbauen? Ich habe keine Zeit für so was.« Sie hebt die dicken Arme. Eine Soap beginnt. Ich sehe auf Dalis Uhr in der Wüste.

»Ein Geschenk von Pater Michael.« Zola hat meinen Blick bemerkt.

»Und es gefällt dir?«

»Ja, schon.« Zola zuckt mit den Schultern.

»African time«, sagt die Mutter trocken. Die Schwester und sie bekommen sich nicht mehr ein vor Lachen.

»Und wer ist das?« Unter Staub und Glas steht ein Mann, ein Bein zur Seite, Arm angewinkelt, ein Finger berührt den altmodischen Hut. Er trägt einen weißen Anzug vor einem weißgekalkten Rundhaus.

»Mein Großvater.«

»Pscht!« Die Schwester sieht streng vom Fernseher auf.

»Komm.« Zola berührt meine Hand.

»Er hat das Geld verspielt«, flüstert sie im Gang. »Mama hat gearbeitet auf einer Farm. Als Kind. Sie hat keine Schule gemacht.«

»Gar keine?«

»Nicht viel.«

»Er war ein, ach, … Schürzenjäger?«

»Playboy?«

»Ja.« Zola lacht. Wir setzen uns neben der neuen Wanne aufs Bett.

»Und wer schläft da?«

»Meine Schwester. Sie schnarcht«, sagt Zola. Wir machen belustigte Gesichter.

Ich trinke meinen Grenadillasaft und überlege, ob sie das Glas gespült haben. Draußen schreit wütend eine Frau, ein Hund bellt monoton. Ich betrachte das Poster einer wuchtigen Frau über ihrem Bett.

»Das ist *Queen*. Aus *Entertainment*.« Zola seufzt.

Die Frau ist Mitte dreißig, schön und überschminkt. Ihr Lächeln zeigt rosa Zahnfleisch oben.

»Sie designt Häuser. Und sie hat eine … weddingagency?«

»Hochzeitsagentur.«

»Und sie ist sehr, sehr reich.«

Ein anderes Bild zeigt ›Queen‹ auf einem weißen Sofa mit ihrem kleinen Sohn. Es sieht sehr nach Ophra Winfrey aus.

»Und die?«

»Bist du ein Fan?« Zola betrachtet mich forschend.

»Äh, nö.«

»Moses, mein Bruder. Er leitet den Christina-Aguilera-Fanclub im Gefängnis.«

»Er ist im Gefängnis?«

»Ja, er ist Wärter.«

»Wie viele Geschwister hast du noch?«

»Mein ältester Bruder ist tot.«

»Also, du *hattest* noch einen.«

»Nein, er ist noch da.« Auf einem Passfoto über ihrem Bett ist unscharf der Kopf eines dicklichen Mannes zu sehen. Er reißt die Augen auf und scheint etwas zu rufen. Halb hängt ein zweiter Spaßvogel im Bild.

»Woran ist er gestorben?«

»Pneumonia.«

»Lungenentzündung?«

»Ja, Lung-hentzündung«, sagt Zola, als wäre es ein Fachausdruck. Wir sitzen schweigend da.

»Ich muss los.«

»Matt?«, spricht Zola schnell.

»Ja?«

»Meine Mutter sagt, du wärst ein guter Mann für mich.«

Ich verschlucke mich. Zola lacht und schlägt mir vorsichtig auf den Rücken. Wir machen beide empörte Gesichter.

»So ein Blödsinn«, lüge ich. »Wie kommt sie denn darauf?«

Zola macht eine wegwerfende Bewegung.

Ich nehme ihre Hand, freundschaftlich. Ihre Finger bleiben weich und warm unter meinen liegen, und ich lasse erschrocken los. Zola lässt sich ins Kissen fallen und grinst.

»Was?«

»Manchmal siehst du wirklich lustig aus. Sind alle Deutschländer so?« Sie spricht durch ihre Hände.

»Wie?«

»Wenn du ernst bist. Wie ein Junghund.«

Ich drehe mich weg. Zola schnalzt mit der Zunge und dreht mein Gesicht zu sich. Ich öffne den Mund, schließe die Augen, aber sie zieht mich am Ohr.

»Sorry, ich dachte …«

»… Richtig!«, befiehlt sie und sieht mir in die Augen.

Ich verstehe nicht. Zola packt meine Haare, drückt ihren Mund auf meinen und summt. Sie schmeckt meine Oberlippe, dann beißt sie leicht in meine Zunge, die an ihren Zähnen entlanggleitet. Jemand geht ins Bad und knallt die Tür.

»Genug!« Zola sinkt wieder zurück.

»Genug?«, echoe ich ungläubig.

Den Kopf an der Wand, legt Zola das Kinn auf die Brust.

»Hast du einen Freund?«, frage ich.

»Ja«, sagt Zola und mustert mich.

»Okay …«

»Schscht!« Sie drückt ihre Lippen auf meine. Sie tastet mit den Händen über mein Gesicht. Es ist heiß.

»Dachtest du wirklich, ich bin Zongas Mutter?«, flüstert sie.

»Nein …«, lüge ich.

»Zola!«, herrscht die Mutter aus der Küche.

»Yebo!«, antwortet Zola und lässt mich los.

Immer Wind

Der Tag steht hell über dem Tal. Leonard dreht seine Johnny-Cash-Kassette lauter. Madonna und Elvis lümmeln sich im Fond mit einem alten Gameboy. Ich lasse mich in den Kurven mitnehmen und denke ans Meer, wie die Wellen in Mosselrivier sind. Und an Zola. Wir sind auf dem Weg nach Kapstadt, um etwas für die Dorfbäckerei abzuholen.

Wir lassen den Morgenstau nach Pietersdorp hinter uns und fahren auf der Regionalstraße Richtung Westen, vorbei an Arbeiterhäusern mit schiefen Holzzäunen. Zwei Frauen mit den gleichen Morgenröcken und Lockenwicklern teilen eine Zigarette. Kinder in grün-weißen Schuluniformen stehen an für den Bus. An einer Kreuzung wird eine Betrunkene von der Straße gezogen. Kurz sieht man ihr Schamhaar. Ich denke an Zolas Mutter, wie sie über die Farbigen gesprochen hat.

»Weißt du noch, der Typ, bei dem ich und Janine waren?« Evelyn klettert zu uns auf den Vordersitz.

»Bei dem Geisterheiler, der angeblich einen Steifen gehabt hatte, als er euch aus der Hand gelesen hat?«

»Genau. Hier.« Evelyn zeigt uns die *Pietersdorp Times* mit der Schlagzeile: *Murder in new settlement.*

»Siedlung ist so ein Euphemismus. Ghetto, Land an der Müllkippe, das keiner haben will«, murmelt Leonard.

Dr. Rama aus Uganda, lese ich, wurde von einem Familienvater erstochen. Der Namenlose hatte ein Konto in Dr. Ramas Namen eröffnet und sein Erspartes eingezahlt, um das Geld eines verstorbenen Onkels anzulocken. 60 Messerstiche. Dr. Rama, nicht der Onkel.

Elvis beugt sich zu mir. Mit dem Finger fährt er den

Kreideumriss eines Körpers entlang, der auf den blutigen Boden gezeichnet ist.

»Letztes Jahr hatten wir einen Gärtner«, sagt Leonard, »der hatte ein Rezept, wie man Hundert-Rand-Scheine backen kann.«

»Ich geh da nicht mehr hin«, sagt Evelyn entschlossen und lehnt sich an Leonard.

»Keiner geht nach Zwelihle, das ist das Problem.« Leonard nimmt sie in den Arm. Evelyn legt ihre CAN-Kassette ein.

»Ah, Holger Czukai.« Leonard nickt dankbar.

»Und Zolas Mutter? Macht die auch so was wie Geld aus dem Jenseits?«, will ich wissen.

Leonard sieht aus dem Fenster. »Nee. Ihre Gemeinde vermietet die Farm. Mährische Kirche. Sommerdal war früher deren Farm für Ziegen. Und ganz früher eine Leprakolonie.«

»Äck!« Evelyn richtet sich auf.

»Da war hier nichts.« Er weist über die Dünen von Dewston.

Wellen brechen sich am endlosen Sandstrand, und ich halte Ausschau nach einer Landspitze, nach flachen Felsen, die eine Welle hochschieben für einen Surf. Keine Ahnung, wie das genau aussieht.

Die Regionalstraße führt hoch oben durch die Weizenfelder und Wiesen. Mit den Augen folge ich dem gelben Ufer, das sich bis zur nächsten Hafenstadt hinzieht.

»Warum leben die Leute getrennt?«, frage ich Leonard. Er dreht leiser.

»Hat sich nicht viel geändert. Schwarz, Weiß, Farbig. Apartheid ist Geld, verschiedenes Geld.«

»Herrensee«, ruft Elvis. Ein Hotelkasten liegt an der schönsten Stelle der Lagune. Weitläufige Häuser rundum und das frische Grün eines Golfplatzes.

»Is gesichert wie 'n Gefängnis«, sagt Leonard. »So sieht es aus, das neue Mallorca der Deutschen.« Er wechselt die

Kassette und summt zu den Gefängnisliedern von Cash, während sich der Bus den ersten Pass hochmüht.

Ich stelle mir die Haare in Leonards Ohr als brennenden Dornbusch vor, hinter dem Johnny die christliche Botschaft singt.

Evelyns Hals bedeckt kaum Leonards Oberarm.

Afrikaner mit dicken Bündeln stehen an der Straße, Geschäftsleute, Mütter mit ihren Kindern. Hinter Madonna und Elvis ist eine Bank leer. Ein scharfer Wind bläst auf der Hochebene.

»Warum nimmst du keine Tramper mit?«, fragt Evelyn.

»Pfff, Tramper machen immer Ärger.«

»Och bitte«, Evelyn zwinkert mir zu.

»Okay. Dann, welche?«

Evelyn deutet auf eine Frau mit Kopftuch, die zwei Kinder in weißen Schulhemden an der Hand hält. Leonard bremst zu spät und lässt sie mit ihren Taschen die Straße entlangrennen.

»Somerset«, ächzt die Frau und klettert mit den Kindern auf die letzte Bank.

Evelyn zählt den Kindern Fingerreime vor, kitzelt sie und gibt ihnen Chips. Die Mutter ringt sich ein Lächeln ab. Als die Tüte leer ist, wirft die Mutter sie aus dem Fenster. Der gelbe Punkt tanzt über die Straße und verschwindet im unbewohnten Grün der Hochebene.

Eine Pavianfamilie balanciert auf der Betonbrüstung, als wir den Sir Lowry's Pass hinunterkommen. Dunst liegt über der Ebene.

»Also, ich hätte gerne Kinder«, sagt Evelyn, als hätten wir das Thema schon diskutiert.

»Ich find Kinder doof«, erwidere ich knapp. Leonard lacht. Ein Holzlaster schwankt auf der Nebenspur.

»Doof? Kinder sind doch nicht *doof*!«

»Warst du noch nie im Prenzelberg in Berlin. Kinder

machen Dreck, schreien rum, nerven«, zähle ich auf, »sie lassen einen nicht aus dem Haus, die Eltern verblöden, lassen sich scheiden, und die alleinerziehenden Mütter jammern einem die Ohren voll.«

Evelyn sieht mich erstaunt an. Schweigen.

»Leonard möchte auch Kinder haben«, sagt Evelyn langsam, »aber seine Frau kann keine bekommen. Stell dir das mal vor.«

Leonard wird rot.

»Oder, Lennie?« Evelyn zieht ihn am Ohr. Sein Adamsapfel hüpft, und er sieht nach draußen.

»Sie konnte damals keine bekommen«, verbessert er Evelyn, »jetzt ist sie schon ein bisschen älter.«

»Immer die Fortpflanzung. Muss sich denn jeder reproduzieren?«, werfe ich ein.

»Ach nee, wenn dich jetzt deine Mutter hören könnte.« Evelyn stößt mich an.

»Hey, ich wurde nicht gefragt. Von meinem Vater hat sie sich getrennt und hat sich nochmal zwei Kinder machen lassen. Jetzt hilft sie in einer Montessorischule aus und ist allein mit meinen Schwestern.«

»Sehr unglücklich, ja?« Evelyn wird ironisch.

»Elend pur«, lüge ich. Evelyn muss nicht wissen, dass wir als Patchworkfamilie okay sind, ohne lästigen Vater.

»Ich will Kinder!«, ruft Elvis und reißt die Arme hoch. Die Mama drückt die Kinder erschrocken an sich.

»Kinna, kinna, oh, ich möschte gerne Kinda haben, ja!«, singt Leonard schräg zu einer Melodie. Ich stecke mir einen Finger in den Hals.

»He, get a life, willkommen im 21. Jahrhundert«, schreit mir Evelyn exaltiert ins Ohr. Wir lachen beide. Leonard hat den Witz nicht mitbekommen.

»Wir wollen drei Kinder h-haben!«, schreit Elvis, als würde er eine Show ankündigen, »... und die J-jungen hei-heißen Leonard ... u-und Mahatthias ...«

»... und da-das Mädchen EVELYN!«, jauchzt Madonna. Die Kinder klatschen vorsichtig. Leonard dreht sich um und hebt warnend den Zeigefinger.

»Downies und Kinder sind ein Tabu«, sagt er leise. »Auch wenn Elvis genau genommen gar keine Kinder zeugen kann.«

Elvis zuckt die Schultern und legt seinen Arm um Madonna.

»A-aber wir heiraten!«, ruft er, und Leonard lacht.

»Im Ernst?«

Leonard legt den Finger an den Mund.

An der Uferpromenade klopft die Mama an die Scheibe und steigt aus. Wir sehen ihr nach, wie sie die Straße unter den Palmen zurückgeht. Apartmentblöcke stapeln sich wie an der Costa del Sol, und Sand weht uns hart ins Gesicht.

»Immer Wind«, sagt ein Mann im Vorbeigehen. Er trägt eine Plastiktüte auf dem Kopf.

Wieder auf der Autobahn tauchen rechts von uns die Landelichter des Flughafens auf. Vor uns steht das Massiv des Tafelbergs, ein Stück blaue Butter, sauber abgeschnitten. Der Bus wackelt unter den Böen.

Links hinter Betonstreben sind lose kleine Holzbuden in die buschige Hügellandschaft gestreut. Ihre Bewohner überqueren gelassen die Fahrbahn wie eine Dorfstraße. Leonard weicht nicht aus. Madonna und Elvis schlafen. Evelyn legt Barbara Morgenstern ein.

»Wenn ich im Wald bin, siehst du mich, aha, die Emotionen haben Flügel, ja, ja.« Unverständlich, aber die Melodie macht die afrikanische Landschaft leicht, magnetisch, und ich bin sorglos. Fern von einem greisen Europa.

»FFFOOPSCH!!!« Glas hagelt durch den Wagen. Etwas fliegt an meinem Kopf vorbei, der Bus schlingert.

»Ich kann nichts sehen!«, schreit Leonard.

»Fahr langsamer, Mann, brems!« Ich greife ins Steuer, aber er lässt nicht los.

»Mann!!« Autos hupen, und wir steuern auf die Gegenfahrbahn. Leonard ist zu stark. Erst als ich ihm den Ellenbogen in die Rippen stoße, rollen wir auf das Gras am Seitenstreifen.

»Shit!« Leonard hält sich die Seite. Evelyn weint, aber es ist ein Tropfen Blut auf ihrer Wange. Elvis und Madonna tauchen hinter der Rückbank auf, Glas rieselt von ihren Kleidern.

»Lenni?« Elvis spricht mit hoher Stimme.

»Bist du verletzt?«, frage ich Evelyn.

Evelyn schüttelt den Kopf. Sie streichelt Leonards Gesicht. Ein Schluchzen steigt aus seiner Kehle.

»Du hast uns gerettet«, flüstert sie, und sie küssen sich. Als sie sich trennen, verbindet sie kurz ein Speichelfaden.

»Lenni?« Elvis' Stimme bricht. Leonard setzt die zerschlagene Sonnenbrille ab.

»Hey, hey, ganz ruhig. Was singen wir, wenn wir fröhlich sein wollen?«

Madonna lässt Glas aus ihrer Hand rieseln. Ein alter Mann mit einem Einkaufswagen voller Plastiktüten macht einen vorsichtigen Bogen um uns.

»Elvis? Donna?« Leonards Stimme ist väterlich.

»Neunundneunzig Luftballons …«, beginnt er zu singen.

»Neunundneunzig Luftballons … auf ihrem Weg zum Horizont … hielt man für Ufos aus dem Aaaall …«, fallen Madonna und Elvis ein.

»Sehr schön.« Leonard steigt langsam aus, klopft seine Hose ab und dreht sich um.

»Those fucking blacks, diese goddamn kaffers!«, brüllt er plötzlich.

Eine Gestalt hüpft freudig auf der Fußgängerbrücke. Vor ihr im Drahtzaun, der den Übergang abschirmt, klafft ein Loch.

Singend schießt der Verkehr an uns vorbei. Der Stein

liegt zu Elvis' Füßen. Es ist ein rund geschliffener Ziegel vom Strand. Elvis rollt ihn durch den Bus.

»Hast du das Geräusch gehört?«, fragt Evelyn.

»Ja, wie im Film«, nicke ich.

»Geilstens geil.« Evelyn steckt ihre Haare hoch.

»Hört auf«, herrscht Leonard Elvis an.

»Jaja, du mu-musst nicht so ein-ein … Hitler sein!«, sagt Elvis streng. Wir kichern alle, außer Leonard, der langsam weiterfährt.

»Kack!«, flucht er, »Kack, kack, kack!!!«

»F-fahren wir nach Hause, Lenni?« Madonna klopft mir etwas von der Schulter.

»Nein. Ich lass die Scheibe fixen. Wir fahren langsam.«

»Wir lassen uns den Spaß doch nicht verderben, oder, Lenni?« Evelyn legt ihren Kopf an Leonards Arm.

»Nein.« Leonard gibt Gas, und der Fahrtwind drückt uns zurück. Die plötzliche Freiheit riecht nach Seeluft, Plastik und dem Diesel der Laster.

Longstreet

»Verschenkt nicht alles wieder, okay?« Leonard gibt Elvis und Madonna einen Schein und lässt uns aussteigen. Über uns steht kahl der Lionshead. Wir sind im alten Stadtzentrum.

Zu beiden Seiten den Hügel hoch sind Backpacker-Hotels und Boutiquen, ein Fish-'n'-Chips-Laden, auf dessen Tafel *Halal-Food* steht. Daneben eine geschlossene Bar mit Plüschsesseln. Wären die viktorianisch verzierten Balustraden nicht, es könnte Berlin-Mitte sein.

Elvis, Madonna und Evelyn verschwinden in einem Laden mit indisch angeschlampter Girliemode. Mein Nacken kribbelt, und einen Augenblick lang ist da die Bedrückung eines perfekten Berliner Sommertages. Ich stopfe mir eins der Mandela-T-Shirts von der Auslage in die Hose und gehe langsam die Straße den Berg hoch. Nichts passiert. Die Leere der Tage. Ich denke an den Vietnamesen mit den schmutzigen Fingernägeln, der mich bei Kaisers erwischt hat.

Kinder in löchrigen Pullis folgen den Touristen, die langsam und mit dem Blick nach oben gehen. Tagediebe schlürfen große Milchkaffees vor den Cafés. Ein athletischer Afrikaner mit Pistolenhalfter joggt auf mich zu. Und an mir vorbei. Ein Mädchen mit Tschador kommt aus einem Laden, der Kilopreise für Plastikperlen anzeigt.

Am türkischen Bad drehe ich wieder um und setze mich in ein Café, das mich an das M in Schöneberg erinnert. Ich bin wieder zehn, meine Mutter mit der *Süddeutschen* neben mir. Ich warte auf Osman, meinen sudanesischen Freund, der mir eine heiße Schokolade spendiert.

Ein Kellner mit buntem Irokesen räumt pfeifend die Teller ab. Ein Mädchen, das aussieht wie Zola, winkt mir von der anderen Straßenseite zu. Der Dicke hinter mir grüßt zurück. Als Evelyn mit einer Tüte Trockenobst zurückkommt, flirtet sie mit dem Kellner. Auf seinem Hemd steht »Fuck« mit dem Schriftzug von Ford.

»Und, nichts gekauft?«

»Nee, shopping interruptus«, sie knallt die Tüte auf den Tisch. Evelyn zieht eine Zigarette aus ihrer Armeehose. »Ist billiger. Und du?«

Ich hole das Mandela-T-Shirt hervor, sie zieht eine Bob-Marley-Bluse aus einer Tüte. Sie betrachtet das Etikett.

»Tss, hätte ich mir bei uns eher leisten können.«

»Vielleicht kauft dir ja Leonard gleich noch was.«

Sie sieht mich über die Flamme des Feuerzeugs an.

»Ich glaube, da braucht jemand dringend 'ne Freundin.«

»Vielleicht habe ich längst eine.«

Evelyn schenkt mir ein falsches Grinsen.

»Leonard hat es auch nicht leicht. Mit dem … Besen.«

Ich bin erstaunt, dass sie es so herum sieht.

»Mathilda«, flüstert sie, »ist auf so einem Klangtrip. Und Leonard hat nicht die richtigen Schwingungen.«

»Evelyn, Leonard ist ein Berufsjugendlicher. Meine Mutter kennt die zuhauf. Oder hast du schon mal einen mit 60 in weißen Converse gesehen?«

»55. Außerdem, bin ich deine Mutter?«

»Und wenn Mathilda mit ihm spricht, sieht er auf den Boden. Er hat nichts zu melden. Mathilda ist wenigstens … leidenschaftlich!«

Evelyn lacht.

»Nein«, sage ich lahm, »ich meine mit den Downies. Aber sie hat was von Nicole Kidman, findest du nicht?«

»Leonard leidet.« Evelyn zuckt mit den Schultern.

»Immer leiden, leiden«, übertreibe ich, »den Spaß im Leben muss man sich schon holen, oder? … Evelyn, Leiden ist so unendlich *deutsch*.«

»Im Leiden erkennt der Mensch sich selbst, Matthias. Schmerz macht klug.«

Ich bin baff. »Im Leiden ... was?«

»Egal.«

»Evelyn, ich weiß nicht, warum ich unter etwas leiden soll, das unnötig ist. Schmerz sagt nur: Lass das! Mehr nicht.«

»Glaubst du wirklich, wir sind auf dieser Welt, um immer glücklich zu sein? Ein großer happy Schwimmtank, in dem man zufrieden treibt?« Evelyn schnippt ihre Zigarette zwischen die parkenden Autos. Es ist windstill und heiß.

»Ja, genau das glaube ich. Manche entscheiden sich eben für das Unglück, andere wollen leben.«

Evelyn zieht ein Buch aus ihrer Stofftasche und liest eine rot angestrichene Stelle vor.

»Die Angst klärt unseren Geist, sie lehrt uns die Unterscheidung. Was wir von ihr lernen, ist, dass wir frei sind, zu entscheiden. Das ist unsere Freiheit.« Sie schlägt die Seite zu.

»Kierkegaard hat sogar die Liebe zu einem Mädchen zerstört, das ihn heiraten wollte. Er hat geglaubt, dass er nie völlig offen und ehrlich zu ihr sein kann, darum hat er sie verlassen. Obwohl er sie geliebt hat.« Evelyns Augen leuchten. Ich bin mir nicht sicher, ob sie wirklich begreift, woran der Mann gescheitert ist.

»Wer will denn schon Ehrlichkeit. Wir leben doch von Illusionen«, sage ich ironisch.

»Ja, und wir müssen begreifen, dass wir fehlbar sind«, erwidert sie ernst. Die Worte hängen zwischen uns. Sie liest meinen Blick.

»Hat es dir Lenni nicht erzählt?« Evelyn grinst.

»Was?«

»Janine und ich, wir waren bei Blumfeld, und dieser Typ greift mir an den Arsch. Später stellt sich raus, es war der Innenminister.«

»Quatsch.«

Evelyn seufzt. »Außerdem hatte ich meine Tage. Und die neuen Blumfeld-Lieder haben uns so aggressiv gemacht. Jani und ich haben dem Typ das Gesicht zerkratzt.« Evelyn sieht über die Straße.

»Und du?«

»… irgendwie wollte die Flasche Gin in meine Hose, und der Käse. Bei den Süßigkeiten helfe ich einer armen Sau, die billigsten Kekse vom obersten Regal zu holen. Später stellt sich raus, er heißt Nguyen und ist seit zehn Jahren Ladendetektiv.«

Evelyn lacht.

»Und hier sind wir. Schicksal, nee?« Evelyn wird ernst.

»Mann, Evelyn, man kann sich entscheiden, ob man kaputt ist oder nicht. An dem Tag wollte ich zum Beispiel nicht klauen.«

»Und warum hast du dann?«

»Reflexe. Und ich hatte nicht genug Geld dabei.«

Evelyn zieht den Träger ihres Oberteils zurecht.

»Ich glaube, wir sind hier, um Erfahrungen zu machen. Wenn du nicht offen bleibst und deine Fehler erkennst, machst du irgendwann einen großen Fehler, der dich zerstört. Matt, jedes Leben hat eine andere Aufgabe.«

Einer der Bettlerjungs steht mit glasigen Augen am Nebentisch. Keiner beachtet ihn.

»Und was ist deine Aufgabe?«, frage ich Evelyn.

Evelyn zwinkert. Vielleicht ist es vieldeutig.

»Überleg doch mal«, sie beugt sich zu mir, »allein schon, dass wir hier sind!«

»Du weißt es ebenso wenig wie ich.«

»Eben, es geht ja darum, es herauszufinden.« Evelyn sieht mir in die Augen, und ein Teil meiner Erregung für Zola überträgt sich auf Evelyn. Ich weiche ihrem Blick aus.

»War's das?«, fragt sie nach einer Weile.

»Wie kannst du an diese Leidensmasche glauben. Das

68

ist so ein Überbleibsel … aus einer Zeit, da gab's nicht mal E!«

Evelyn seufzt und sieht auf die Straße.

Leonard eilt die Longstreet herunter. Er wirkt gehetzt. Was er in seiner Hand hält, sieht aus wie eine altertümliche Kaffeemühle.

»Kack!«, sagt er und bestellt sich einen Kaffee.

»Was ist mit der Scheibe?«

»Is inner Stunde fertig.«

»Und was ist das?«

»Wisst ihr, wie viele Brote wir jeden Tag ausliefern? 80!« Er hält die Getreidemühle mit zwei Fingern hoch. »Kommt aus der Schweiz.«

»Heißt?«

»Damit kriegen wir die Praktikanten klein.« Er dreht an der Kurbel.

»Matthias haben sie bei Kaisers erwischt«, teilt Evelyn Leonard mit. Er versteht den Zusammenhang ebenso wenig wie ich.

»Kaisers? Kreuzberg 1970? Nieder mit dem Imperialismus?«, hilft Evelyn weiter.

»Das war Bolle, 86. Is völlig runtergebrannt. Haben sie da eigentlich einen neuen gebaut?« Leonard sieht mich an.

»Leonard war ein Autonomer«, sagt Evelyn nicht ohne Stolz.

»Mathilda, ich nicht. Die waren mir zu manisch. Und du«, er sieht Evelyn an, »warst du nie politisch?«

Evelyn nimmt Leonards Hand und zieht sie zu sich.

»Ich glaube, sie bauen da gerade eine Moschee«, sage ich mehr zu mir. »Und Bolle gibt's auch nicht mehr«, ergänze ich und fühle mich seltsam geschichtslos.

»Alles vergeht.« Leonard leert seinen Kaffee, schlägt sich auf den Bauch und stößt laut Luft aus.

»Kann ich E-erdbeershake?«, ruft Elvis und breitet die Arme aus. Über seine Latzhose hat er ein buntes Plastikhemd gezogen.

69

»I-ich auch!« Madonna trägt eine Stola aus rosa Strau-
ßenfedern und beide große Elton-John-Brillen. Auf dem
engen Bordstein vor uns stehen sie im Weg. Elvis gibt dem
Kellner die Hand, Madonna küsst ihn auf die Wangen.
Er legt seine Arme um Madonna und Elvis und fragt exaltiert, wie sie ihre Shakes haben wollen. Die Faulenzer
sehen von den Tischen auf. Elvis gibt einem Mann in Mo-
torradleder fünf, Madonna küsst zwei Mädchen auf die
Wange, die eben aufstehen, um zu gehen. Der Reggae im
Café wird lauter gedreht, und für einen Moment werden
alle zu Darstellern eines fröhlichen Transvestitentheaters.

»Mü-müssen wir *immer* in So-sommerdal sein?«, quen-
gelt Elvis. Leonard lächelt nachsichtig.

»Wie heißt du?«, fragt Evelyn den Jungen, der sie mit
beiden Händen anbettelt.

»Popeye.« Er macht seine Augen größer und runder.

»Haallo Po-popeye!«, ruft Elvis. Madonna legt ihm
die Stola um, und Popeye verbeugt sich. Er hält mir die
Hand hin.

»Hast du keine Eltern?« Evelyn berührt seinen Arm.
Er schüttelt den Kopf.

»Die Stadt gibt ihm Geld und Essen.« Leonard nimmt
Evelyns Hand. Mit der anderen zieht sie ein Fünf-Rand-
Stück aus ihrer Tasche. Popeye steckt es ein und dreht
sich traurig zu mir.

»Tschsch! Hau ab!«, sage ich, seine Hand im Gesicht.
Ich kenne die Masche von meinen Schwestern und
drücke ihn weg. Seine Augen funkeln böse, und er lässt
sich fallen. Die Leute im Café drehen sich entsetzt um.
Popeye hält sich das Knie.

»Bist du bekloppt!« Evelyn springt auf und hebt ihn
hoch.

Sie gibt ihm einen Zehn-Rand-Schein. Erleichtert wenden sich alle wieder ihren vegetarischen Menüs zu. Popeye humpelt kurz, dann hüpft er davon.

»Ich hab ihn nicht gestoßen.«

Elvis legt einen Arm um mich und Leonard grinst. In seinem Mundwinkel klebt der Zucker aus der Tüte, die er ausgeleckt hat. Madonna und Evelyn spielen Stein, Schere, Papier, und ich bezahle schuldbewusst mit meinem letzten Hunderter. Der Kellner behält das Wechselgeld.

Auf der anderen Straßenseite zupft Popeye an den Kleidern einer Frau mit Kamera. Er hat immer noch die Stola um, und ich lache über sein erbärmliches Gesicht. Als er mich sieht, zieht er seine Hose herunter. Auf seinem Arsch glänzen rosa Striemen.

Sterne

Das internationale Symposium tagt seit heute in Sommerdal zum Thema »Energie«. Nicht Kohle oder Kernkraft. Geistig natürlich. Die holistischen Anhänger der Bewegung sind in Bussen angereist, manche sogar eingeflogen. Das Dorf ist lärmend und voll, alle Türen stehen offen, und Neugierige fragen einen aus.

Wir Praktikanten schlafen im Kindergarten und servieren mit den Downies das Menü im Festzelt. Elvis und Madonna spielen einen Sketch auf der Bühne, der von einem kleinen Schraubenzieher handelt, einer lockeren Schraube und davon, wie gut Sommerdal ist.

Ich gehe mit Evelyn und Janine in die Raucherecke hinter der Küche. Der verkohlte Rest eines jungen Baums steht vor uns, und Janine kickt das »Rauchen verboten«-Schild um. Aus irgendeinem Grund sind Evelyn und Janine zerstritten. Aber sie teilen sich einen Joint. Ich ziehe daran und huste. Janine lässt den Rauch lasziv aus ihrem Mund steigen.

»Wo ist mein Schraubenzieherchen«, hören wir Elvis im Zelt kreischen. Janine bekommt einen Lachanfall und hustet.

»Die Schlampe verträgt einfach nichts«, sagt Evelyn trocken. »Willst du?«

»Nein, ähm … aber könnt ihr heute Nacht in der Schule schlafen, bei den anderen?«

Evelyn sieht mich neugierig an.

»Ist es die, mit der du immer so viel simst?«

»Ja.« Ich habe keine Lust, den beiden Zola vorzustellen.

»Kenn ich sie? Ist das die Dicke, mit der du vorhin geredet hast.« Janine lehnt sich an Evelyn.

»Los, erzähl!«, stochert Evelyn.

»Welche Dicke?«

»Die aus Dänemark … oder Irland. Die mit den roten Haaren.«

»Hey, die mit den nervösen Flecken im Gesicht? Die könnte meine Mutter sein!«

»Aber die hat doch ordentliche Möpse«, sagt Janine. »Und der Arsch ist auch nicht von schlechten Eltern.«

Beide spreizen Daumen und Zeigefinger zu einem L und rufen: »Leck mich!«

»Dürfen wir zugucken?«, fragt Evelyn mit Kinderstimme.

»Vergiss es.«

Janine schnippt den Joint ins Grün.

»Mach Feuerchen«, sagt sie und stößt Luft aus. »Ich wünschte, es würde mal was passieren.«

Um acht steht Zolas Mutter wieder auf der Bühne, diesmal ohne Kostüm. Sie wird auch nicht als Sangoma Erika vorgestellt, sondern schlicht als *Mandwambe*. Ralf, Vater von Haus Bern, eröffnet den Abend, den Lederhut keck in den Nacken geschoben.

Evelyn behauptet, Ralf hätte früher einen Bioladen für Aphrodisiaka in Hannover gehabt.

»African Time«, sagt er gedehnt und lässt seinen dünnen Arm auf Mandwambes Schultern liegen, »is always a bit later, and also a bit …«, er wippt mit den Hüften, »… longer … Ja! That's why we are here.« Zolas Mutter lacht, und ich denke an Dalis Uhr.

Ralf verbeugt sich höfisch, drückt den Hut auf die Brust und verlässt rückwärts die Bühne.

»Danke, liebe Gäste aus Amerika, England, Holland, der ganzen Welt«, ruft Mandwambe auf Englisch und breitet die Arme aus, »… was Sie hören, ist der christliche Chor aus unserem schönen Zwelihle. ›Zwelihle‹ ist Xhosa und heißt ›Schöne Stadt‹, aber wir kämpfen noch.

Wir kämpfen um Arbeitsplätze, um Anerkennung und eine Zukunft!«

Der Saal ist bis zum letzten Platz gefüllt mit Gästen, Erziehern, den Downies, Freunden und Bekannten Sommerdals. Ich stehe an der Wand.

Hinter dem Vorhang summt der Chor, das Deckenlicht erlischt. Unter bunten Spots erscheinen weiße Sweatshirts und Hosen, dann erst werden die Köpfe und Arme der Sänger sichtbar. Zola steht ganz rechts in der Reihe der Mädchen.

»Das nächste Lied«, murmelt ein schmächtiger Sänger mit geschorenen Haaren, er schlenkert verlegen mit den Armen, »das nächste Lied handelt von der Größe Gottes, der uns alle in seine Arme nimmt.«

Die Männer beginnen einen rauen Rhythmus zu singen, die Frauen fallen ein zum Schlagen des Stocks auf ein Sandkissen. Es sind Kirchenlieder in Xhosa. Männer und Frauen beginnen Tanzschritte, ein Bein langsam auf jede Seite. Sie ducken sich und winkeln die Arme an, als tanzten sie zu einem langsamen Ska.

Beim dritten Lied macht Zolas Mutter auffordernde Bewegungen zum Publikum. Der Chor klatscht in die Hände, das Publikum ebenso. Die ersten stehen auf, wiegen sich in den Hüften, lassen die Arme über den Köpfen kreisen. Eine Polonaise beginnt.

Der weiße Wurm der Delegierten windet sich durch den vollen Saal, wird länger. Glückselige, rotgeschwitzte Gesichter. Ich denke an die Bilder, die meine Mutter von ihrem Jahr im Ashram mitbrachte. Bevor ich geboren wurde. Verzückung und Freude, ein seltsamer Friede darin. Aber tief in mir die Abneigung gegen alles Schunkeln und Volksfestartige.

Zola singt und tanzt mit den anderen, aber das Leiden in der Musik ist mir fremd. Wo ist der fetzige Gospel? Shakira, Gwen Stefani, jemand sollte eingreifen. Der Saal vor mir brummt wie eine Betriebsfeier.

74

Arme packen mich, und der Wurm zieht mich zum Ausgang. Abrupt endet das Klatschen. Der Chor stampft einen langsamen Rhythmus auf dem Holzboden, und alle sehen auf Zola, die in einem Spot die Arme zur Decke hebt.

Ihre Stimme ist ungewohnt hoch, durchdringend sanft und weit weg von uns. Sie singt etwas Christliches, das doch irdisch ist durch die Klick- und Schnalzlaute.

Zola streckt sich etwas entgegen, kindlich, die Augen auf einen unerreichbaren Himmel gerichtet. Meine Haut kribbelt. Sie ist eine Sirene, die mich zu sich zieht. Atemlos ist die Stille im Saal, Zolas unbekannte Worte tragen mich in eine süße Helligkeit, höher …

»O Gott«, unterbricht ihre Mutter und schnauft ins Mikrofon, »was für eine Stimme. Mein Kind! O Gott, gib uns Geld für eine Ausbildung!«

Irgendwo rasselt eine Spendenbox, und auf ein Zeichen beginnt der Chor wieder das Klatschlied. Hand auf Schulter verlassen die Besucher im Schritttempo den heißen Saal.

Zola und die anderen Sängerinnen verlieren ihre Steife. Sie feuern sich gegenseitig an und singen in ein unsichtbares Mikrofon. Zola bewegt sich eckig wie Missy Elliot. Kurz treffen sich unsere Blicke. Jeder für sich, eine Insel unter Menschen.

Die Sterne stehen klar und hoch, und Eukalyptus und Eschen rascheln im warmen Wind, der vom Tweewater Tal herunterkommt. Weiße Kleider tanzen den Feldweg entlang. Ich erkenne Zola an ihrem x-beinigen Gang.

Ich bin überrascht, wie leicht sie ihren Arm um mich legt. Wir verstecken uns hinter einem Busch, als der Bus mit dem Chor an uns vorbeifährt. Zola küsst mich auf die Augen.

»Ich dachte, du kommst nicht …«

Zola streichelt über die Wölbung unter meinem Hosenbund und zieht eine Weinflasche hervor. Sie lacht lautlos. Ich liebe ihre Zähne.

»Deine Hose ist zu weit«, sagt sie und steckt die Hand wieder rein.

»Warte.« Stimmen nähern sich. Sommerdal liegt unter uns in seiner Festbeleuchtung. Wir nehmen den Pfad zu den Wiesen. Ein blondgelockter Engel kommt uns im Nachthemd entgegen. Es ist eine der Frauen aus MacFarlaines Haus. Sie murmelt leise und sieht auf den Horizont, als folge sie einem Stern.

»Ich hab dich vermisst«, flüstere ich.

»Schscht!« Zola zieht mich die Böschung hoch. Wir stolpern am Waldrand entlang. Wir ziehen uns aus. Nur das Rascheln der Blätter ist um uns, der Atem in unseren Ohren.

Zola streicht über meine Brust.

»Warum hast du keine Haare auf der Brust?« Sie fährt über die Kuhle zwischen meinen Rippen.

»Weiß nicht. Mangel an irgendwas, als ich klein war.« Ihre Brüste passen genau in meine Hände.

»Und das?« Ich spüre eine Narbe über ihrer Hüfte. Zolas Körper strahlt warm unter meiner Hand. Der Mond lässt ihre Haut blau leuchten.

»Ein Auto. Ich durfte ein Jahr nicht laufen.«

»Wann?«

»Lange vorbei.«

Ich streiche über ihre Knie, die Füße, entlang ihrer schmalen Schultern. Zola seufzt.

»Bin ich pretty?!«

»Ja«, antworte ich. Mein Herz schlägt warm.

Wir liegen auf einer Wiese an dem Weg nach Tweewaterskloof. Leicht glühende Nebelschwaden stehen an den Bergen. Das Gras ist rau und trocken.

»Mit wie vielen Mädchen hast du schon … Liebe gemacht?« Sie packt mich am Kinn.

»… weiß nicht.«

»Lüg mich nicht an!« Zola kneift mich in die Brustwarze.

»… mit keiner … richtig«, sage ich ehrlich. Zola wird still.

»Also Sex schon, rumgemacht und so. Aber nicht *Liebe* gemacht«, erkläre ich. Ich ziehe sie in meinen Arm, aber Zola setzt sich auf.

»Die Sterne sind so einsam«, flüstert sie nach einer Weile.

»Die Sterne sind glücklich!«, widerspreche ich. Zola dreht sich um und legt die Hand auf meinen Mund.

»Spürst du nicht ihre Wärme?«, sage ich durch ihre Finger. Zola fröstelt.

»Wir hatten viele Sterne in dem Dorf, als ich klein war.«

»Wo?«

»In der Transkei.«

»Warst du nicht in Namibia?«

»Später, als mein Dad für das deBeers-Geschäft geworkt hat.«

Zola legt sich in meinen Arm.

»Was siehst du?«, fragt sie mich.

»Einen Playstationcontroller!« Ich zeige auf ein Ende der Milchstraße. »Und einen Nike-Schweif!«

Zola lacht, und Gelächter fliegt vom Dorf hoch. Etwas raschelt, ein Hase. Oder ein Maulwurf. Eine Kuhglocke klingt hohl in der Ferne.

»Zola, lass uns die Küste hochfahren. Wir können campen und surfen. Und den ganzen Tag am Strand liegen.«

»Matt, ich kriege kalt.« Zola drückt ihr Gesicht an mich.

»Was?«

»Lach nicht über mein Deutsch!« Zola setzt sich auf mich, nimmt einen Schluck Wein und lässt ihn in meinen Mund laufen. Ich küsse ihre Zähne.

»Ich mag deine Nase.« Zola lutscht daran. Lautlos klammern wir uns aneinander.

»Pass auf!«, flüstere ich.

»Du liebst mich stief, lekker nee?«, sagt sie mit rauer Stimme.

»Was?!«, lache ich. Zola legt den Kopf in den Nacken, aus ihrer Kehle steigt ein hoher Ton.

»Zola«, sage ich zärtlich, aber sie drückt mir die Hand hart auf den Mund.

Fleisch

»Lass das!«, zischt Mathilda und verstellt Leonard den Rückspiegel. Wir sind auf dem Weg zu Mandwambes Geburtstagsparty.

»Der passt wenigstens zu ihr«, sagt sie leise. Elvis und ich sehen Evelyn nach, die vor einer Bar von einem untersetzten Mann mit Teppichjacke begrüßt wird. Er küsst Janine auf beide Wangen und umarmt Evelyn innig. Leonard gibt Gas.

»Was ist das für ein Laden?«, frage ich Johan vor mir.

»Im Zebra Crossing«, sagt Johan trocken, »trifft sich der bürgerliche Aussteiger, um sich mit seinesgleichen zu bekiffen und zu paaren.« Er trägt einen neuen Strohhut. Leonard sieht ihn im Rückspiegel böse an.

Wir lassen Pietersdorp hinter uns. Johan reicht mir eine Flasche Wein, von der Elvis einen großen Schluck nimmt. Ralfs Rasierwasserdunst vermischt sich mit Werners Patchouli.

»Was ist mit Madonna?«

»Ma-mag nich Lärm.« Elvis streicht über seine rote Krawatte.

Gruppen von Jugendlichen stehen unter den hohen Laternen am De Kerkdam. Mädchen und Jungs getrennt, die vorbeifahrenden Autos werden gemustert.

Eine Mischung aus krachiger Disco und Techno dröhnt aus den Boxen vor Zolas Haus. Neue Pick-ups parken vor der Einfahrt, Kinder und Erwachsene tanzen im Hof.

»Welcome! Welcome!« Der Mann mit dem rasierten Schädel setzt eine Bierkiste ab. Er trägt einen glänzenden Nike-Trainingsanzug.

»Moloweni!«, sagt Mathilda.

»Molo, molo!«, spricht Leonard und fügt flüssig noch ein paar Worte in Xhosa hinzu. Moses lacht.

»Nicht schlecht, bru!« Leonard und Mathilda werden von ihm umarmt, Ralf, Johan und Werner mit festem Handschlag begrüßt.

»Eeeelvis! Hoe gaan dit my viskoppie?«

Elvis trommelt ihm auf den Rücken. Er will etwas Witziges erwidern.

»… Fußball!«, sagt Elvis endlich.

»Moses.« Er gibt mir die Hand.

»Matthias.«

»Ich bin Zolas Bruder!« Er geht mir gerade mal bis zur Brust.

»Oh, okay.« Ich versuche eine Ähnlichkeit in seinem runden Gesicht zu sehen.

»Und wo ist Erika?« Ich deute auf den süßen Wein, den ich mitgebracht habe.

»Erika?! Wer ist Erika?! Ahh! … Mandwambe!«, ruft er.

»Mandwambe! Mandwambe!«, singen zwei Männer. Sie deuten Tanzschritte an und heben ihre Bierflaschen. Mathilda wird von einem Hünen mit Schiebermütze hochgehoben und kreischt. Werner und Ralf schubsen sich albern. Eine ältere Frau küsst Leonard auf die Wangen, die Glühbirnen über dem Hof flackern.

»Yebo! Yebo!«, schreien zwei Jungs und heben die Fäuste.

Moses schiebt mich im blauen Wohnzimmer an Kindern vorbei, die vor dem Fernseher kleben, durch einen rosa Perlenvorhang und auf die Rückseite des Hauses auf einen betonierten Hof.

Über einem Gaskocher brät die Schwester Koteletts. Auf dem Boden liegt das rohe Fleisch auf einem Handtuch.

»Hamba, hamba!«, ruft sie und schmeißt die fertigen Stücke auf ein Blechtablett. Sie sieht mich erstaunt an.

»Matthew!« Sie gibt mir schlaff die Hand.

»Where is Mama Zizi?«, fragt Moses.

»Sikolo, sikolo!«, ruft sie.

»What's that?« Sie zeigt auf die Schale in meiner Hand. Ich gebe ihr Mathildas vegetarische Lasagne.

»Ah, Sommerdal!«, stößt sie mit wenig Begeisterung hervor und wirft Koteletts in die Pfanne. Sie spricht ein paar rasende Sätze. Aus einem kleinen Fenster kommt das Lachen mehrerer Frauen. Sie stellt die Schale auf den Boden, und ein Hund leckt daran.

Der Hof vorne hat sich gefüllt. Ein Bierglas wird mir in die Hand gedrückt und aufgefüllt. Moses stellt mich seinen Freunden vor. Ein Handschlag, der übergeht in ein Verhaken der Daumen, dann wieder ein Handschlag.

»John, hi! Sizwe, Jonathan, hi, Walter, Sisulu.«

»Matthias.«

»Okay, Matt, hi!«

Die Literflasche Carlton-Black-Label kreist unter den Männern.

Kinder tanzen. Eine Frau in einem mit Federn besetzten Kleid wirft ekstatisch die Hände in die Luft, eine andere stolpert und wird lachend aufgefangen. Jemand dreht die Musik lauter, und Moses fischt Whiskey aus einer Kühltasche, Cola und Eis dazu.

Ich bin der Einzige in Shorts, einem verwaschenen T-Shirt und mit schmutzigen Füßen. Die Kinder sind in makelloses Weiß gekleidet, die Männer sportlich wie Moses oder in taillierten Lederjacken. Viel Gold um den Hals, an den Händen oder in den Zähnen. Einige tragen Schiebermützen.

»Welcminmecuntry!«, ruft einer mit Narbe vom Mund bis zum Ohr.

»Was?«

»Wel come in my coun try!«, schreit er gegen den Lärm. Ich verstehe ihn kaum.

»Deu Tsch Land! Bun Des Liga!«

»Ja, ja!«

Er arbeitet mit Moses im Bezirksgefängnis. Ob er auch ein Fan von …, dritter Versuch, ob er auch ein Fan von Aguilera ist?

Er nickt freudig und brüllt: »Ballack!«

Ich gebe zwei Frauen die Hand, die Daumen verhakt wie bei den Männern. Sie lachen hysterisch, ihre Finger bleiben kraftlos.

Zwei Schulmädchen tanzen für sich allein zur Musik. Sie kichern, als sie meinen Blick bemerken. Ich kann kaum den Männergesprächen über Fußball und Autos folgen. BMW, Z4, der neue Maybach, der Porsche Boxter, die Männer reden wie Profitester.

»Prost!« Ralf schlägt seine Flasche gegen meine. Sein Lederhut wird reihum aufgesetzt. Begeisterung kommt auf, als Elvis den Moonwalk versucht. Neben ihm tanzen zwei Jungs eckig wie Kraftwerk-Puppen.

Zwischen den Autos steht plötzlich Zola neben mir. Sie trägt Glitzer unter den Augen und ein kurzes schwarzes Kleid. Ich will sie küssen, ihre Lippen bleiben fest.

»Mama kommt nie zu ihren Partys«, sagt Zola, ohne mich anzusehen. Ihre Hand berührt meine nur kurz. Sie trinkt einen winzigen Schluck von ihrem Bier.

»Zu ihrer eigenen Geburtstagsparty?«

»Sie ist in der Kirche.« Zola seufzt. »Papa ist an ihrem Geburtstag gestorben. Vor zwei Jahren.«

»Dein Vater?«

»Ja.«

»Sorry.«

Sie sieht mich an. Fremd oder durch mich hindurch.

»Matt, my man!«, rettet mich Moses. Er reicht mir eine Jim-Beam-Cola, und wir stoßen an. Moses streicht über Zolas Wange. Ich leere das Glas in einem Zug.

»Zola! Zola!«, schreit einer auf der Straße. Seine Kumpels strecken drei Finger in die Höhe, stampfen auf und gehen in die Hocke. Sie bepissen sich vor Lachen. Ich sehe Zola an.

»Zola ist so ein Rapper aus dem Fernsehen.« Moses verzieht das Gesicht. »Er macht auf Gangster.«

»Und er heißt wie du?«

»Nein, er heißt: Zola«, antwortet Zola abwesend.

»Und du?«

Zola lacht. Ich betrachte die Rundung von Zolas Lippen, die sich langsam öffnen.

»Zola.«

Wir sehen hoch auf die Umrisse der Milchstraße. Eine Sternschnuppe verglüht.

»Was arbeitest du, Matt?« Moses füllt mein Glas auf. Zola und ich lachen. Darüber, dass ich nur die Aushilfe eines Gärtners bin. Weil die Frage absurd ist. Weil Moses ein komisches Gesicht macht.

»Was?« Moses streicht schnell über sein Gesicht.

»Ho, ho!« Ein Rasta schlägt mit Moses ab.

»Hey Süße, wie geht's?«, sagt er auf Deutsch, und Zola lässt sich von ihm auf beide Wangen küssen. Sie hält seine Hand fest. Er nimmt einen Schluck von Zolas Bier.

»How is Zizi?«

»Mom is fine«, sagt Moses und sieht auf den Boden.

»Ist das dein neuer Freund?« Der Rasta nickt mir zu.

»Kufunwa inxaso!« Zola rückt von mir ab und lässt meine Hand los.

»Kann ich nich, Afrikanisch …« Er grinst.

»Jerome, Matt ist aus Berlin«, stellt Zola mich auf Deutsch vor. Er taxiert mich. Er ist um die dreißig.

»Ich bin auch Deutschländer«, lacht er. Er deutet auf die Flagge seiner zerschlissenen Bundeswehrjacke.

»Jerome ist mein Bruder. Aus Windhuk«, sagt Zola förmlich. Etwas Abwartendes liegt zwischen mir und Jerome. Jerome ist schlank, groß, der Typ Mann, der weiß, dass er gut aussieht.

»Und was macht Deutschland?«, fragt er mit einem Grinsen.

»Ich weiß nicht. Ich kenne nur Berlin«, sage ich ehrlich.

»Berlin«, flüstert Zola. »Wie viele Leute leben da?«

»Vier Millionen?«, rate ich. Nie darüber nachgedacht.

»Soweto has six«, sagt Moses und nickt.

»Berlin is green everywhere«, erwidere ich ihm und sehe zu Zola. »And there is rivers in the middle of town. And very few high buildings.« Mir fällt das Wort für Hochhaus nicht ein.

»Wow«, sagt Moses.

»My mother has a hut on an island in a lake there. And at night there are wild, ähm, pigs and so …«

»Cool«, Moses nickt, Zola lächelt sogar.

»There is no work in Germany, bru!« Jerome stößt Moses unsanft an.

»You hardly need money, and no car«, wende ich ein.

»Kannst Deutsch sprechen, Mo hat eh andere Sachen im Kopf«, sagt Jerome. Er dreht sich eine Zigarette und lächelt vor sich hin.

»Fuck you«, murmelt Moses und zieht ab.

»Hast du ihm schon gesagt, dass dein Bruder schwul ist? Ein Schwuler im Männergefängnis!« Jerome lacht.

»Selber schwul«, sagt Zola ohne jeden Zorn.

»Und kennst du auch schon Zolas Mutter, die … Sango-ma?« Er spricht mit zu viel Ironie, aber Zola lacht.

»Hör auf!«

»Mann, die is 'ne Nummer«, berlinert Jerome.

»Wa, Alter, da kiekste, wa?« Er zündet seine Zigarette an, aber pafft nur. »Ich hab doch gesagt, ich bin Deutscher. Ein Gerry wie du, Matthias.«

»Wusstest du«, sagt er ernst, »dass die Sangoma in diesem Land immer noch behaupten, die Weißen bekommen ihre Kinder in Glaseiern?«

Zola stößt ihm in die Rippen.

»Wieso Glaseier?«, frage ich blöd.

»Ey Mann, kein Bantu durfte während der Apartheid bei einer Geburt eines Weißen dabei sein. Die Buren wollten, dass wir weiter an den Quatsch glauben.«

»Sag nicht Bantu, du bist ein Owambo«, sagt Zola. Jerome leert ihr Bier und steht auf.

»Ovambo, Ovambo. Schloss Bellin. Kennste? Da bin ich aufgewachsen, im Kinderheim. In Mecklenburg-Vorpommern. Ich bin ein Deutscher.« Er zeigt mir einen alten Personalausweis.

»Hey, Kanakenalarm!«, ruft er plötzlich. Zola kichert. Er geht in die Hocke und zeigt unter sich. »Da, schau hin, da, ich scheiß auf Deutschland.«

DDR

Zurück auf der Party, drücken mich Frauenarme.

»Matt, my bru!« Die Handschläge der Männer werden komplizierter und länger.

»Deutschländer!« Wir schlagen Faust an Faust, lassen unsere Daumen schnippen. Ein anderer bringt mir bei, weit auszuholen vor dem Handschlag, dann Ellbogen an Ellbogen zu pressen, die Finger zu verhaken und sie mit einem Schritt rückwärts wieder zu lösen.

Der Mann mit der Narbe zieht Zola zum Tanzen. Die Männer bewegen sich zum Rhythmus mit zuckenden Hüften und steifen Oberkörpern. Zwischen zwei Frauen Elvis, der sich mit dem Oberkörper wiegt und mit den Füßen trippelt.

»Wer ist der Typ?«, frage ich Moses.

»Pater Michael.« Er nickt dem Pfarrer zu, der mit seinem grauen Kopf zum Beat wackelt.

»Ich meine den Rasta.«

Moses schüttelt den Kopf.

»Zizi, Mama, sie hat wieder geheiratet. In Windhuk. Er kam mit Zolas Vater.«

»Zola und er sind verwandt?«

Moses sieht an mir vorbei.

»Ein Cousin. Wir haben ihn aufgenommen, als er zurückkam.«

»Aus Deutschland?«

»Deutsche Demokratische Republik. Sie haben die Kinder aus den SWAPO-Auffanglagern dahin geschickt.«

»Er ist wirklich da aufgewachsen?«

»Er ist krank.« Moses deutet an seinen Schädel.

Moses trinkt aus und sieht sich um. Er hat die Lust am Thema verloren.

Ich tanze mit einer kleinen Frau. Ihre halbgeschlossenen Augen treten hervor. Ihr Afro geht mir bis zum Kinn, und ich betrachte die Sommersprossen in ihrem Ausschnitt. Sie reibt ihre Hose an mir. Jeder bewegt sich lässig zum Rave, ich zapple, werde schneller, mache ruckartige, euphorische Bewegungen zu jedem Bass.

»Yebo! Yo! Yo!«, schreien die Umstehenden. Ein Mädchen pfeift auf den Fingern, andere klatschen.

Zola ist neben mir. Sie sieht glücklich aus. Hinter ihr erscheint Jeromes Kopf. Er drückt sich an sie.

Ich zucke, Schreie. Zola lächelt mir zu, ich drehe mich um.

»Fuuck!«, schreie ich, und der Bass verebbt plötzlich. Die Lichter sind aus.

Feuerzeuge leuchten auf, das blaue Schimmern von Handys, die in die Luft gehalten werden. Stimmen, Schemen an den Wänden.

»Ayayayayayajehh«, trällert eine Stimme in der Stille. Gelächter, Pfiffe. Der Strom ist ausgefallen.

Kerzen flammen vor den Hütten auf, Paraffinkocher leuchten im Innern. Elvis fällt in meinen Rücken. Er umklammert mich schwer, und wir rollen zwischen die Beine.

»Schau, E-engel!« Elvis atmet schwer. Kleine, runde Wolken ziehen vom Meer über uns hinweg.

Hände strecken sich uns entgegen. Mandwambe schlägt den Staub von Elvis' Anzug und wischt ihm das Gesicht ab.

»Herzlichen Glückwunsch.« Ich verliere kurz das Gleichgewicht. Mandwambe kneift mich in die Wange. Sie und Elvis lassen mich allein. Frauen kichern, das dunkle Lachen eines Mannes hinter mir, Atem, Wärme, Zolas Rücken vor mir.

Jerome taumelt zwischen den Armen, lacht über etwas und stützt sich auf Zola.

»Hey, Gerry!«, sagt er zu mir und deutet einen Schlag an. Meine Hand schnellt nach oben. Jerome fällt, leicht wie Papier, die Hände ausgestreckt. Mein Fuß trifft ihn, und er krümmt sich. Jerome wehrt sich nicht.

»Hey! Hey! Hey! Hey!« Die Menge bildet einen Kreis. Moses schüttet Jerome Bier ins Gesicht. Meine Hände zittern.

»Mesekene, uwambu sekelele!«, skandieren zwei Männer und mimen Maschinengewehre in ihren Händen. Jerome steht auf.

»Moffie!«, sagt er zu Moses und grinst. Moses stößt ihn wieder zu Boden. Sein Fuß trifft ihn im Gesicht, und Jerome rollt zur Seite. Seine Lippe blutet.

»Hey!«, rufe ich.

Eine Bierflasche landet an Jeromes Kopf. Der Mann mit der Narbe und Moses traktieren Jerome weiter mit Tritten. Raue Worte fliegen durch die Luft, die zu einem Singsang werden. Ein Mädchen spuckt ihm ins Gesicht.

»Scheiße!« Ich ziehe ihn hoch. »Los, komm!«

Er taumelt und reißt an meinen Haaren, als ich meine Arme um ihn lege. Sein Blut ist in meinem Gesicht.

»Hamba!«, schreit Zolas Mutter und reißt Moses zurück. Ein Schlag aus der Menge trifft mich in die Rippen, als wir uns zur Straße drücken. Im Schatten des Nachbarhauses sind wir allein.

Jerome ist eine Silhouette, die nach ihren Zähnen tastet. Ich höre ihn tief einatmen. Er richtet sich auf und hustet, meine Hand auf seinem Rücken.

»Sorry«, sage ich. Mir ist schlecht.

»Fick dich, Nazi!« Er stößt mir den Ellenbogen in den Magen. Meine Kotze schießt auf den Boden. Jerome zieht sich an einer Mauer hoch und verschwindet.

Die Luft ist süß und klar. Mein Magen krampft, und ich lehne mich an den kühlen Beton. Meine erste Schlägerei.

Vor dem schwachen Glühen des Himmels spannt sich Wäsche auf einer Leine, Telefondrähte darüber. Autotüren schlagen, Stimmen verlieren sich.

»Jerome!«, ruft jemand, »Jerooome!«

»Hier!«, sage ich. Ich höre Schritte und spüre die Wärme von Zolas Pullover, der sich an mich drückt.

»Idiot.« Ihre Hände in meinen Haaren. Wir halten unsere Gesichter aneinander, und ich küsse ihre Tränen.

»Weinst du?«

»Nein!« Zola lacht.

»Bäh!« Ich spucke Jeromes Blut aus.

Flussmündung

Ein Fisch zappelt auf dem Sand und wird still. Wir starren ihn an, der Steenbras starrt zurück. Seine perlmuttfarbenen Kiemen zittern. Er ist größer als die Kinder, die ihn vorsichtig streicheln. Als er aufzuckt, erlöst ihn der Angler mit einem Schlag. Er steckt das Bleirohr zurück in die Gummischürze und öffnet den Fisch.

Das Gewitter vor zwei Tagen brachte den Regen, der die trockene Landschaft aufriss. Eine Nacht, und die Bäche schwollen an zu Flüssen, eine Bergstraße gab nach, Findlinge groß wie Laster rutschten die Fynboshügel hinunter, und ein Pool verschwand gestern im Meer. Dann brach die Sandbank an der großen Lagune.

Das faulig-braune Wasser der großen Lagune ergießt sich in den Atlantik. Andächtig stehen Elvis und ich vor dem wilden Strom, die Kinder an der Hand. Leonard winkt uns zurück in Sicherheit.

Die Berge stehen wolkenlos über uns, ihre Gesteinsschichten blassblau und herbstgelb.

Zola und Madonna teilen sich eine Decke unter dem Schirm und eine Flasche Tropical-Punch. Zola hat ein Kind im Arm, das eine Mandarine schält. Mathilda verteilt Tee und cremt die Kleinen ein. Die Angler werfen wieder ihre langen Ruten raus. Ein Schwarm silberner Körper tanzt vor uns im Fluss.

»Ka-kann ich auch a-angeln?« Elvis trippelt mit den Füßen. Auf seinem T-Shirt steht *Drug Enforcement*. Ein Angler reicht Elvis die Rute. Er zieht eine Zigarette aus der Militärweste, und Elvis lässt die Spitze wippen.

Draußen zwischen den Wellenkämmen liegen die

schwarzen Punkte der Surfer. Der Fluss schafft perfekte Wellen, die sanft zur Seite wegwandern.

»Pass auf«, sagt Mathilda und gießt Tee ein. Zola sieht kurz auf. Sie streicht dem Kleinen vor sich über den Kopf und lächelt. Mein Neoprenanzug ist heiß.

»Howzit?«, frage ich den Surfer, der aus dem Wasser steigt.

»Sharky«, sagt er.

In der Strömung des künstlichen Flusses lasse ich mich raustreiben. Die Jungs liegen in einer losen Reihe auf ihren Brettern, und in freundlicher Reihenfolge nimmt jeder seine Welle. So weit war ich noch nie vom Ufer entfernt. Zwei Robben tauchen nach Fischen. Ich paddle zur Seite, wo die Wellen weich rollen und später brechen. Ich fürchte mich vor der Gewalt, mit der die Wogen jetzt herunterkrachen. Vom Ufer aus sahen sie noch klein aus.

»Go, go, go!«, schreien die anderen, als ich vorwärts-paddle. Es ist wie ein Sprung aus dem dritten Stock, das Board knallt hart aufs Wasser, und ich will mich fallen lassen, aber ich gleite, rase, schieße die Welle entlang und bin plötzlich im Flachen. Das niedrige Ende des Brechers ist unter mir durchgerollt. Die nächste, die ich versuche, begräbt mich unter sich. Ich tauche, komme hoch, und eine andere bricht auf mich herunter, dann ist das Set vorbei. Die großen Wellen kommen zu fünft oder sechst.

»You're okay?« Ein Surfer taucht auf seinem Brett neben mir auf.

»Okay!« Mein Herz schlägt, rast. Eine Kühlbox mit Getränkedosen schwimmt vorbei, ein Gummihand-schuh.

»Have one.« Jemand wirft mir eine Cola-Büchse zu. Die Surfer sitzen gelassen auf ihren Boards und prosten sich zu. Die leeren Dosen drücken sie zusammen und wetten, wer sie von ihnen am weitesten ins Meer kicken kann.

Am Ufer helfen die Angler einer Familie, die in ihrem Schlauchboot von der Lagune ins Meer gezogen wird. Die Kinder schreien, Hunde bellen, und ich schreite stolz durch den Sand mit meinem Boogieboard unter dem Arm.

»Ja, hey, war geil da draußen«, rufe ich, aber meine Begeisterung prallt träge an den anderen ab. Ich fasse Zolas Fuß.

»Huh, du bist ganz kalt.«

»Ja, geil.« Zola hat kein Verlangen nach einem kalifornischen Surferboy. Ich schäle mich aus dem Anzug und liege in der wärmenden Sonne, gegen die sich Zola schützt. Madonna lässt sich von den Kleinen eingraben. Leonard und Mathilda lesen Zeitung und reichen sich Cracker.

»Es ist toll da draußen!«, seufze ich.

»Hmm.« Zola liest in einem Buch. Es ist eine zerlesene Ausgabe der Blechtrommel.

»Meinst du nicht, wir könnten mal zusammen da raus? Ich kann's dir beibringen«, versuche ich mein Glück.

»Nicht für eine Million Rand.« Zola lacht und reibt sich die Arme.

»Nicht für eine Million? Mit einer Million könnten wir viel anfangen!«

Zola lächelt abwesend und streckt ihren Kopf in die Sonne.

»Ich könnte ein Haus kaufen für Mama«, flüstert Zola.

»Ein Haus!? Hey, wir könnten reisen!«

»Wozu?«

Ich weiß keine Antwort und will sie auf den Bauch küssen.

»Das macht man nicht. Hier.«

»Wo? In Südafrika?«

»Ja.« Sie legt ihre Hand auf meine.

Nach und nach kommen die Surfer aus dem Wasser, trotten zu ihren Autos und fahren einsam davon. Kein Mädchen am Strand wartet auf sie.

Ich denke an die Mädchen in Mosselrivier, die am Parkplatz kichernd Zigaretten rauchen. Sie spielen auf ihren Handys, bis die Jungs mit ihren Boogieboards und Flossen vom Meer kommen, mit abgehackten Sätzen, welche Welle geil gewesen war, welche echt cool, wie neulich, Sonntag, ultra, eh die Tube links, ganz kurz nur, schaffst kaum …

Und wenn sie älter sind, ist es nicht anders. In ihren Pick-ups bleiben die Männer unter sich. Während die Mütter Kette rauchen und auf ihren Handys spielen.

»Woran denkst du?«

»Rate.« Ich lege Zola eine Muschel auf die Stirn.

»An mich?«

»Nein! Ich denke an … dicke … schwitzende Buren-Mütter … die sich dreckige Witze erzählen.«

»Warum!?« Zola kichert und schaudert zugleich.

»Weiß nicht. Manchmal denke ich und komme ganz woanders wieder raus. Kennst du das nicht?«

»Mmmh.« Zola dreht sich um.

»Was für Witze?«

Ich zucke die Schultern. Dann flüstere ich Zola ins Ohr.

»Ihh«, Zola kräuselt die Nase, »gibt's keine mit Männern?«

»Ist der einzige, den ich kenne … Woran denkst du?«

»Sommerdal …«, sagt Zola langsam. »Ob du eines Tages ein Vater vom Haus wirst.«

»Lieber von einem Hai gefressen werden.«

»Schau mal!« Ihr Ohr bewegt sich wie ein Schmetterlingsflügel. Ich hebe eine Augenbraue, die andere bleibt still.

Zola berührt mit der Zunge die Nasenspitze, und ich ziehe sie zu mir. Sie hält ihr Buch hoch, damit die anderen uns nicht sehen, und erwidert meinen Kuss flüchtig. Mathilda grinst über den Rand ihrer Zeitung.

Wir wandern bis hinter die große Düne und legen uns

in den Windschatten. Feiner Sand weht und tanzt über den Strand. Ich halte ihr Handtuch.

»Gibt's denn keine Umziehhäuser?«

»Nein!« Wie kann einem ein Strand so fremd sein?

Sie schlüpft schnell aus ihren Hosen, lässt den Pullover an. Dann schiebt sie das Oberteil drunter und zieht nur die Arme aus den Ärmeln.

»Fertig?«

»Fertig.«

»Wow! Und du hattest nie einen Bikini? Und ihr habt wirklich immer in Kleidern gebadet?«, ziehe ich sie auf.

»Matt! Mit T-Shirt«, stöhnt Zola genervt.

Ich war bei Mr. Price gegen den Rüschenbikini gewesen. Zola gegen den knappen gelben im Surfshop.

»Du siehst aus wie aus dem ›Beautiful‹-Video von Snoop Dogg. Bisschen mehr Bauch als die Brasilianerinnen.« Ich lasse ihre braune Hose mit dem rosa Rand schnalzen.

»Aau! Und dein ass is wie eine weiße Seife!« Mit einem Ruck zieht sie meine knielange Hose runter.

»Hey!«

Zola läuft an den Strand und springt bei jeder Welle hoch. Die nächste kommt schneller und weiter den Sand hinauf.

»Uuuuhhh, zu kalt!«

»Komm!« Ich trage sie tiefer.

»Matt!« Das Meer ist unruhig, schaumige Kämme, so weit man sehen kann. Eine Welle kommt zurück vom Strand und kollidiert mit den hereinkommenden zu einer Fontäne. Zola schreit. Plötzlich sind wir bis zur Hüfte im Wasser. Ich liebe die Wildheit. Eine Strömung zieht uns zur Seite.

»Matt, lass los, … Matt!!, ich kann nicht schwimmen!«

»Wirklich?« Ich trage Zola vorsichtig zurück, und sie läuft zur Düne. Ich renne in die ersten flachen Wellen und kraule im knietiefen Wasser.

»Ist das geil!«, rufe ich tropfend vor ihr.

»Is das gayl?« Zola hat sich in das große Handtuch gewickelt.

»Toll, geil, cool, aufregend.«

»Ist das geil!«, ruft Zola und breitet die Arme aus.

»Awesome«, schreie ich wie die Surfer in Mosselrivier. Zola zieht sich an, ich halte sie fest.

»Matt, ich kriege kalt!!«

»Mir *ist* kalt.«

»Ich *kriege* kalt!«

»Das ist kein Deutsch.«

»Doch.« Zola stampft auf. »Da, ein Piepol!«, ruft sie und zeigt auf eine Schwalbe. »Das ist Gerrydeutsch!«

Wir liegen nebeneinander. Der Sand klebt an mir, Zolas Pullover kratzt.

»Bist du denn nie zum Strand gegangen?«

»Als Kind, glaube ich. Mein Vater ist gerne geschwommen. Aber wir durften nur in der kleinen Bay.« Zola zeigt hinter die Felsen.

»Wie, das alles hier war gesperrt?« Ich sehe über den kilometerweiten Strand. Zola nickt.

»Haben alle Deutschländer so kleine Pos?« Sie zieht an meiner Hose.

»Gar keine. Alle ganz flach bei uns. Nur die Frauen, ein bisschen, so.« Ich lasse eine Handvoll Sand auf ihren Bauch rieseln.

Zola kichert und zieht mich zurück zu den anderen. Ich halte ihre Hand fest.

»Da!« In den Wellen fliegt ein Schatten.

»Zola, stimmt das mit den *people,* die unter Wasser leben?«

»Welche?« Zola schließt die Augen und lässt sich von mir führen.

Die anderen sitzen unter dem Schirm und spielen Uno. Elvis zeigt mir seine Karten.

»Vier!«, ruft er. Er wird ignoriert. Madonna starrt konzentriert auf ihr Blatt.

95

»Leonard, das stimmt doch mit den *people* unter Wasser?«

Leonard sieht zerstreut auf. Mathilda wischt ihm etwas aus dem Mundwinkel.

»Ach, ich muss dir wieder mal die Haare schneiden«, sagt sie. Leonard schiebt ihre Hand weg.

»Leonard hat mir ein Buch über die Xhosa geliehen«, erkläre ich. Leonard zuckt die Schultern und spielt aus. Madonna nimmt die Karte und sieht sie an.

»Leg sie hin, Spatz«, sagt Mathilda streng.

»Die Xhosa glauben an Unterwassermenschen«, erkläre ich, »sie atmen Wasser und Luft. Ihre Hauptstadt ist in der Transkei unter einem Fels, dem Cove Rock.«

»Quatsch!«

»W-wo sind die Menschen?«, fragt Elvis mit hoher Stimme.

»Unter Wasser. Sie haben unterschiedliche Hautfarben, und ihre Haare sind rot und grün.«

»Toll. Wie Mareike!«, ruft Madonna.

»Wer ist Mareike?«

Madonna schweigt.

»Und wenn man schwimmt«, fahre ich fort, »glauben sie ...«

»Wer?«

»Die Xhosa!«

»A-ach so.«

»B-bist du eine X-xhosa?«, fragt Elvis. Zola hebt den Daumen und lächelt.

»Also, dann tragen sie einen auf ihren Schultern. Wenn man ertrinkt, dann heißt das, dass sie wollen, dass du mit ihnen lebst.«

Zola lacht. Leonard teilt Karten aus.

»Sagt dir das gar nichts?«

Zola schüttelt den Kopf. Madonna und sie spielen zusammen. Ich bleibe hartnäckig.

»Und die, die von ihnen zurückkommen, haben magische Kräfte. Wenn sie zurückkommen. Leonard?«

»Weiß nicht. Lange her, dass ich das gelesen hab.«

»Gibt es bei euch Werwölfe?«, fragt Zola unter dem Schirm.

»Werwölfe gi-gibt's bei Harry Po-potter, ne, Le-Lenni?«, sagt Elvis.

Zola deutet auf ihr zerlesenes Buch.

»I-ist es mit Hexen?«, will Madonna wissen.

»Nein«, Zola zögert. »Es ist die Geschichte von einem Zwerg mit einer Trommel.«

»Der unter den Rock kriecht«, lacht Leonard. Mathilda gibt ihm einen Klaps auf den Kopf.

»Es gibt keine Werwölfe«, sage ich.

»Doch«, rufen die anderen mit Mathilda und Leonard.

»MacFarlaine ist ei-einer!« Elvis stößt aufgeregt seine Zunge hervor. Ich sehe Leonard an. Madonna bellt und jault. Die anderen lachen.

»Ihr seid v-verliebt, ne?«, sagt Elvis plötzlich. Zola will antworten, aber einer der Kleinen springt auf ihren Rücken.

»Du singst toll!« Madonna streichelt Zolas Zöpfe. Elvis nickt.

»Danke.« Zola spricht ein paar Worte Xhosa. Der Junge an ihrer Schulter lässt los und erwidert etwas. Er ist vielleicht so alt wie Zonga. Leonard nimmt seine Hand.

»He, er spricht sonst nie mit jemandem.«

Als wir packen, hält Leonard Zolas Hand fest.

»Komm bald wieder mit«, sagt er, fast verlegen.

»Deine Mutter hat viel getan für uns und Sommerdal.« Mathilda umarmt Zola zum Abschied und zeigt für mich auf ihre Uhr.

»Du bist heute in der Küche ab fünf.«

»Zola k-kann a-auch bei u-uns wohnen!!«, ruft Madonna. »Wi-wir kriegen ein neues Z-zimmer!«

»Ja, ja, ja, ja!« Elvis nickt rasend. Zola lacht.

»Danke.«

Zola und ich gehen allein zum Parkplatz. Eine Familie mit dicken Kindern sieht uns neugierig nach. Zwei alte Weiber stehen in der Ebbe und suchen nach Muscheln, indem sie ihre Füße in den nassen Sand graben. Ein zottiger Wolfshund kommt wedelnd auf uns zu, nass vom Meer. Er riecht an unseren Füßen und lässt sich von mir streicheln.

»Magst du gar keine Tiere?«

»Tiere sind dumm«, sagt Zola ängstlich. Sie weicht ihm aus.

»Stimmt es, dass sie früher Buschmänner mit Hunden gejagt haben?«

»Na und?« Zola kickt Sand, und der Hund schleicht davon.

»Na und?! Deine Mutter und du, ihr seid schlimmer als die Buren!«, sage ich im Scherz. Zola bleibt stehen und sieht mich ernst an.

»Sorry«, sage ich. »Ich deutsch.«

»Matt …« Zola senkt den Blick.

»Ja? Hey, wirklich, ich …«

»Wer zuerst am Auto ist!!«, schreit sie und stößt mich in den Sand.

Museum

Zolas Cousin ruckelt an Kabeln, zieht den Ölmesser heraus und nickt. Mehrere Männer stehen um meinen alten Fiat herum, Kinder dahinter.

»No petrol«, sagt einer und schraubt den Öldeckel ab und wieder an. Zolas Cousin mit der Zahnlücke schnäuzt sich auf den Boden, und ich gebe den Männern Geld für Benzin. Mit dem Cousin trotten sie davon und schlagen sich die leere Saftflasche auf den Kopf.

Zola sitzt auf dem Beifahrersitz. Es ist Mittag. Mein Kreuz schmerzt von der Gartenarbeit. Und Johans schweigsames Jäten und Säen in Sommerdal hat das Abgelegene des Dorfes nur verstärkt.

»Lass uns laufen. Ich will in die Stadt.«

Zola stöhnt und liest weiter.

»Matt! Wie alt ist deine Mutter?«, will Mandwambe wissen. Sie und die Schwester zählen Chipstüten, die sie in der Pause den Schülern gegenüber durch den Maschendraht verkaufen.

»Ähm, 50 oder so«, rate ich. Ich weiß es nicht genau. Mandwambe nickt. Sie und die Schwester trocknen sich den Schweiß mit einem Handtuch ab.

»Boyfriend?«, fragt Mandwambe.

»Wer? Meine Mutter?«

»Ja«, sagt sie ungeduldig.

»Ähm, nein, sie hat keinen Mann.«

»Warum nicht?«

Ich sehe zu Zola, aber sie ignoriert uns.

»Ich glaube, sie ist lieber allein«, sage ich. Mandwambe nickt zur niedrigen Mauer am Nachbarhaus.

»Walter ist ein guter Mann.«

»Wie bitte?«

»Wasi!«, ruft sie.

Der alte Mann, der vor dem Nebenhaus auf einem Plastikstuhl sitzt, steht gehorsam auf und verbeugt sich. Ihm fehlt ein Bein. Die Mutter und die Schwester lachen.

»Mach schon.« Ich trete das Gaspedal durch, und der Fiat springt an.

»Ready?«, frage ich Zola und wirble den Staub auf, als ich losfahre. Zola lächelt. Sie trägt ein rosa T-Shirt, dessen Glitzerschrift von ihrem kleinen Busen getragen wird. Paris steht drauf, dazu trägt sie einen weißen Rock, erdbeerfarbene Haarspangen und sieht wieder umwerfend aus.

»Will deine Mutter *really* allein sein?«, fragt sie, den Kopf im Fahrtwind.

»Weiß nicht.« Der Satz bleibt in der Schwebe, während wir durch Pietersdorp fahren. Wir halten an einem Hügel, von dem man das Schachbrettmuster der Wohnviertel sehen kann, den Bogen der Bucht und die Wale als Flecken im Graugrün des Meers.

Vor einem kleinen Stadthaus mit geschwungenem Giebel warte ich, bis Zola wieder aus dem Eingang kommt, in der Hand eine Plastiktüte.

»Ich habe aufgehört.« Sie wirft die Tüte auf den Rücksitz.

»Was?«

»Die Businessschool. Keine Zukunft.«

»Einfach so?«, frage ich mit schlechtem Gewissen.

»Ja.« Zola schlägt die Hand vor den Mund. »Mama, o ich fang Kack.« Sie lacht.

»Ärger?«, rate ich.

»Sie hat viel Geld bezahlt.«

Wir umkreisen den Golfplatz, an jeder zweiten Ecke steht eine andere Freikirche. Schüler in grünen Jacketts verlassen die Highschool, vor dem Liquorstore hocken *bergies*, Penner mit Wollmützen und stumpfen Gesichtern. Auf dem Parkplatz eines Bettencenters küssen wir uns. Es ist heiß. Zola fährt mir unters T-Shirt.

Wir steigen aus, und Zola führt mich am kolonialen Postamt vorbei zum belebten Marktplatz. Wir setzen uns auf die Mauer an den Kanonen über dem alten Hafen.

»Was?« Ich will sie küssen.

»Warte!« Sie drückt meine Hand.

Ein ›Ohh‹ und ›Ahh‹ geht durch die Menge der Touristen, als eine Fontäne aus dem Wasser schießt. Zwei Glattwale sind an den Hafenfelsen aufgetaucht, schwarz und unförmig wie Knete. Daneben ein weißes Kalb.

Männer mit Kameras eilen die steilen Treppen hinunter. Xhosajungs baden unbeeindruckt davon in der schmalen sandigen Bucht an der Bootsrampe. Zwei deutsche Rentner neben uns sprechen vom Krampf im Fuß, der alten Matratze im Hotel, über Spiegeleier und den Wechselkurs.

»Jetzt«, sagt Zola. Eine ältere Frau mit schweren Beinen kommt die Treppen vom Hafen hoch. Sie erinnert mich an jemanden. Als sie vorbei ist, hüpft Zola vor mir her zu einem der Ruderboote, die vor dem kleinen Hafenmuseum verrotten. Sie fischt einen Schlüssel hervor und schließt das Museum auf.

»Schnell«, kichert sie, dann stehen wir im staubigen Dunkel eines Raums. Nur ein einsamer Lichtstrahl fällt durch den Fensterladen.

»Wer war das?«

»Meine Tante, sie arbeitet hier«, flüstert Zola und küsst meinen Hals.

Unser Bett ist ein grobes Fischnetz in der Ecke. Das Hanf der Taue ist weich und duftet nach Sandelholz und Algen.

Wir lieben uns mit dem Gesang der Wale. Er wird live übertragen, besagt das Schild am Lautsprecher über uns.

Fiepen ist zu hören, dumpfes Quieken, unterbrochen von monotonem Gesang.

Zola flüstert etwas auf Xhosa, der Glanz meiner Spucke auf ihrem Bein.

Als sich meine Augen an das Dunkel gewöhnen, sehe ich die Fischnetze an den Wänden neben Bojen, Harpunen und Segeln längst vergessener Boote. Das Innere des Museums ist nicht größer als ein Zimmer. Die Luft steht, es riecht nach Teer und Salz, und um unser Bett aus Tauen liegen Muscheln, Walknochen, ein Haifischgebiss und fingerdick Staub. Es ist ein Ort kindlicher Geheimnisse.

»Was ist … *schmachte*?«, fragt Zola, die Hand auf meinem Herz.

»Oh, ich schmachte nach dir«, sage ich mit theatralischer Geste.

»Pscht!« Zola zeigt auf die Tür, als könnten uns die Touristen im Hafen hören.

»Und was ist *durchdrehen*?« Sie spricht es vorsichtig aus. Ich verdrehe die Augen und deute Sabber an.

»Knalltüte«, antwortet Zola.

»Das Wort kennst du?«

»Ja! Knalltüte, meschugge, Opernsänger, Wurstsalat … schmachte«, rezitiert Zola. Sie zieht ein kleines Heft aus ihrer Tasche. Die erste Seite ist beschrieben mit deutschen Wörtern.

»Ich sammle von Büchern. Und von dir.«

»Warum?«

»… Matt, warum bist du hier?« Zola zieht ihr T-Shirt an.

»Hier? Du hast mich hergebracht«, sage ich albern.

»Matt!« Sie beißt mir in die Nase.

Der Fernseher zeigt ein stummes Video der Glattwale, die auf den Rücken springen, mit der Schwanzflosse segeln oder mit dem Kopf aus dem Wasser ragen. Ein Auge beobachtet uns und taucht wieder unter.

»Weiß nicht«, sage ich, »mal was anderes. Deutschland ist mir zu langweilig ... Und warum bist du hier?«

»Ich kann doch nicht weg.« Zola schüttelt verständnislos den Kopf.

»Wo würdest du denn gerne hin?«

»Die Welt sehen.« Zolas Augen leuchten.

»Ich auch.«

»Deutschland ist schön, sagt Mama.«

»Nein, Südafrika ist schön. Hier ist was los, Zola! Ich meine nach der Apartheid, alles fängt neu an.«

Ich sehe ihr in die Augen, aber sie betrachtet ihre Hände.

»Du hast schöne Hände.« Ich fahre an einer Linie entlang.

»Hör auf.« Sie lacht.

»Bist du wirklich hier, weil du stiehlst?«

»Pssst.« Ich küsse Zolas vorstehenden Zahn.

»Man soll nicht stehlen.« Zola schiebt mich weg, und ich versuche sie wieder auszuziehen.

»Princess kommt wieder«, protestiert Zola.

»Wer?«

»Meine Tante.«

Ein Rascheln draußen lässt uns schweigen. Wir betrachten das Perlmutt der Perlemonmuscheln neben uns. Ohren von Seewesen. Wir warten. Neben der Tür hängen ausgeblichene Fotografien von Seemännern, die große Kabeljaus und Yellowtails hochhalten im flackernden Licht des Fernsehmonitors.

»Ich hab noch ein Wort für dich«, flüstere ich in Zolas Ohr.

»Was?«

»Du bist *phantasmorgastisch* schön«, sage ich, und Zola lacht.

»Das ist doch kein Wort.«

»Doch, ich habe es gerade für dich erfunden.«

»Bist du nie ernst?« Zola zieht sich wieder aus.

»Nein, nie.«

Mein Herz schlägt zu schnell. Neu ist mir das erhabene Gefühl der Häutung. Die kindliche Aufregung, wenn Zolas und mein Körper nicht zu unterscheiden sind.

Peters Point

»Holländisch.« Evelyn zeigt auf ein Ehepaar in Shorts. Wir stehen am Aussichtspunkt von Pietersdorp und raten Länder.

»Die guten alten Ledersandalen.«

»Oder Neuseeland.«

Der Mann hebt sein Fernglas. Er sieht mit akkuratem Schwenk nach Walen. Seine Frau schlägt ein deutsches Fachbuch über Wale auf. Die Sonne scheint. Das Meer ist unruhig.

»Engländer.«

Zwei gebückte Damen mit zu großen Hüten gehen an uns vorbei.

»Oder Amerikanerinnen?«

»Nein, sie kichern.«

Große Männer mit festen Wampen und Oberarmen wie Leonard stehen auf den Felsen und halten Ausschau. Ihre Kinder haben schrundige Knie vom Herumrennen, die Frauen der Buren stehen abseits, essen und rauchen. Man sieht ihnen die Farmer an, ihr Blick schweift zufrieden übers Land, auch wenn nur Wale zu sehen sind. Dazwischen kapmalayische Frauen in Saris, ihre Männer mit auffallenden Goldarmbanduhren, die Kinder spielen mit Handys und iPods, die ihnen um die Hälse hängen.

Ein schwules Paar steigt aus einem Z4, lässt sich von den Buren fotografieren. Gelächter auf Afrikaans, ärgerliche Gesichter der Männer, die in ihrem BMW davonrasen.

Evelyn steht so nah an mir, dass ich ihren Kissenduft rieche, wie ein ungemachtes Bett und Heu.

»Patschuli.« Sie hält mir den Arm hin.

»Würde man uns erkennen?«

»Logisch.«

Wir sehen aus wie die Hipster aller Hautfarben in ihren verbeulten Shorts und Billabong-T-Shirts. Sie unterscheiden sich von uns nur durch den wachsameren Blick. Apartheid-Paranoia.

Ein Alter mit kniehohen blauen Wollstrümpfen und Safarihut marschiert über den Platz.

»Könnte mein Onkel sein. Warnemünde.« Evelyn lacht.

»He, siehst du, was er in der Hand hat?«

Der dünne Mann verbirgt einen Axtstiel hinter dem Unterarm. Er bemerkt unseren Blick.

»Jou is duits, ja?«, spricht er Evelyn an. Er reicht mir eine Karte, auf der in Kursiv steht: *Der HERR hat uns sein Land gegeben. Nur ihm dienen wir.*

Er hebt die Daumen und patrouilliert weiter zwischen den Touristen.

»Was er wohl mit seinem Axtstiel macht?«

»Niggerbashing.«

»Hallo?!« Ich sehe Evelyn an.

»Wieso, gibt's in Kiel jeden Tag. Ich hab mal einen gesehen, der mit Lederpeitsche spazieren ging.«

»In Kiel?«

»Hier, Mann!«

Evelyn nimmt meine Hand, ich befreie mich.

»Was denn?« Sie legt den Arm um mich und zieht mich in einen Laden am Hafen. Die Bettbezüge und Kissen in den Auslagen sind mit erdigen afrikanischen Mustern bedruckt. Wir suchen ein Hochzeitsgeschenk für Elvis und Madonna.

»Made in … China, hallo?!« Evelyn wirft die Verpackung zurück. Sie zieht einen dunkelbraunen Bezug hervor.

»Bist du verrückt?«

»Aber darauf sieht man den Schmutz nicht. Du musst es nicht ständig waschen«, erklärt Evelyn.

»Freak«, sage ich.

»Made in Vietnam«, liest Evelyn.

»Kinderarbeit.«

»Aber so was von«, seufzt Evelyn.

In der Kinderabteilung finden wir das Richtige. Der King singt auf einem blaurosa Bezug, mit Stülplippen und Haartolle. Er passt kaum unter mein T-Shirt. Nebenan klauen wir waschfesten Marker. »Madonna forever« soll draufstehen.

»Hey, wann hast du die eingesteckt?!«

Evelyn verschenkt Buntstifte an Kinder, die vor dem Wimpys herumlungern.

»Is fast zu leicht hier«, gähnt sie.

»Stimmt.« Ich ziehe einen elektrischen Milchschäumer aus der Tasche.

»Danke.«

»Funktioniert sogar mit Solarenergie.«

»Cool.« Evelyn lässt ihn wie einen Käscher durch die Luft fliegen.

»Wieso bist du eigentlich hier?«, frage ich sie in einem kleinen Zeitungsladen. Wir blättern durch ausgemusterte Magazine.

»Keine Männer mehr in Kiel.« Evelyn zuckt die Schultern.

»Männer?«

»Hey, man muss sein Schicksal herausfordern.«

»Hier?« Ich sehe mich um.

»Jedenfalls nicht zu Hause. Kiel, das ist so Ukraine.« Evelyn schüttelt sich. »Und jeden Abend ruft meine Mutter an und berichtet, ob er sie verkloppt hat oder nicht.«

»Wer?«

»Ihr Freund. Der Russe. Ein Zwerg, aber so ein Ego.« Evelyn breitet die Arme aus.

»Der verprügelt sie? Bei uns hat nie einer auch nur eine Ohrfeige eingefangen.«

»Glückspilz.« Evelyn zeigt auf ein Lagerfeld-Modell mit geschminktem blauem Auge.

»Und hier, den Sommerdalquatsch willst du doch nicht wirklich machen? Leonard und das alles?«

»Vielleicht. Mal sehen. Die sind schon okay.«

»Evelyn, wir sind hier am Arsch der Welt. Mehr als Urlaub kannst du hier nicht machen!«

»Weißt du, wie viele Leute sich hier umbringen? Hier ist alles auf Kante. Kein Tag ist wie der andere. Keiner weiß, wie's weitergeht.«

Ich sehe Evelyn erstaunt an. Sieht sie wirklich Größe in Tragik und Verzweiflung?

»Hardcore. Nichts für Schnullerbacken wie dich.« Evelyn deutet auf mein Magazin mit dem Skateboarder, der über drei Autos springt.

»Ja«, lache ich.

»Ich meine, willst du so deine Tage verbringen. Auf einem Brett mit Rollen, quietsch, quietsch?«

»Wär geil.« Ich stecke das Heft in meinen Hosenbund.

»Wir sollten öfter zusammen klemmen gehen. Macht gute Laune.« Evelyn stopft einen ganzen Packen Lifestylemagazine in eine Supermarkttüte.

Als sie sich vor dem Laden eine anzündet, stolpert ein Junge in Schuluniform aus dem Eingang. Seine Augen sind vor Angst geweitet. Die sommersprossige Kassiererin hält einen Buren fest, der den Schüler am Hals packt.

»Hy het nie gesteel nie!«, ruft sie, der Riese holt aus.

»Jou Kaffirvullis, jou swarte aap!«, schreit er. Mit Blut am Mund stößt der Junge Evelyn um und rennt davon.

Politik

Auf der Wiese wartet schon das Dorf. Elvis trägt einen schwarzen Frack, den Leonard für ihn in Somerset-West geliehen hat.

»W-wo ist Z-Zola, Matt?«

»Weiß nich, zu Hause?«

»Wo ist Z-Zola, Maaaattt?« Er ist völlig außer sich und hüpft auf der Stelle. Ich sehe zum Haus, wo Mathilda und Mandwambe stehen.

»Du so-sollst sie nicht v-verstecken! We-weil sie aus Zw-zw-zwelihle ko-kommt!«

»Ich versteck sie nicht, Elvis«, verteidige ich mich.

»Du-Du-Du willst sie nur für dich haben. D-das ist nicht schön!!«

»Nein, spinnst du!«

»Haha!« Elvis zeigt mit dem Finger auf mich. Ich weiß nicht, worauf ich reingefallen bin.

Es ist sein großer Tag. Er läuft aufgeregt durchs Dorf in seinem Frack, macht mit allen Scherze, während Madonna sich von den Mädchen über die Wiese führen lässt wie eine Königin. Evelyn und Janine folgen ihr mit dem Schleier im Arm und Schuhen.

Vom Regen der Nacht steigen Nebel von den Berghängen auf und verdunsten unter der sizilianischen Sonne. Der Himmel ist blau wie ein Fresko.

Tische stehen auf der großen Wiese zwischen den Häusern. Es wird gekocht und geschmückt. Die Kinder bewerfen sich mit Blumen aus den Körben, die Royals rennen aufgeregt zwischen den Häusern hin und her, und alle im Dorf wollen Trauzeugen sein. Elvis und Madonna sind überwältigt. Leonard soll sie in einem Talar trauen, den Mathilda aus einer bestickten Indiodecke genäht hat.

Madonnas und Elvis' Hochzeitsgeschenk ist ein eigenes Zimmer neben der Küche. Die Garage, in der sie bisher schliefen, ist vollgestellt mit dem großen Bett der Schraders, die letztes Jahr über die Klippen stürzten, abgetragenen Kleidern, Elvis' Lieblingsxylophon und einem modernen Bild mit Farbspritzern, das keiner mehr erträgt.

Das neue Zimmer ist lila. Leonard hat ihnen ein stabiles Bett auf Eisenbahnschwellen gebaut. Ralf und seine Frau haben Schlagerkassetten gespendet zum Ärger Mathildas, und Werner und Mama Schuh eine riesige Lavalampe. Nur MacFarlaine hat sich zurückgezogen, um den ganzen Tag seine Monty-Python-Sammlung zu sichten. Er ist gegen die Hochzeit.

Vom Parkplatz kommen mehr Gäste. Ein Bus entlässt eine aufgeregte Schulgruppe, Kinder in gestreiften Jacken stellen sich mit Blasinstrumenten auf zum Proben, ein Mann mit schwerer Goldkette und Gefolge steigt aus einem abgedunkelten Mercedes. Verborgen hinter einem Lieferwagen sehe ich Leonard, der Evelyn auf seinen Armen trägt. Evelyn kreischt. Sie stehen im Schatten einer mächtigen Eiche.

»Wer ist das?«, frage ich Leonard.

»Der Bürgermeister«, erklärt er, rot im Gesicht.

»Sieht aus wie ein Karnevalspräsident.«

»Er ist Mitglied beim Broederbund. Er kandidiert für den ANC.«

Wir gehen unter den Bäumen am Pool vorbei. Evelyn hängt an Leonards Hals. Er schiebt sie zur Seite, als unser Haus zu sehen ist.

»Ist der Broederbund nicht so ein rassistischer Verein?«

»Ja, radikale Afrikaaner. Während der Apartheid und heute.«

»Und der ANC weiß nichts davon?« Evelyn schlägt Gras von Leonards Schulter.

»Danke. Wie sehe ich aus?«, fragt er Evelyn.

»Wie ein ganz wilder Farmer.« Evelyn küsst ihn schnell.

»Wie jetzt?«, will ich wissen. »Er ist in der Partei von Mandela *und* bei den Rassisten.«

»Natürlich. Das ist Politik. Er bekommt die weißen Wähler. Und die schwarzen. Aber sag nichts.«

»Warum?«

»Mathilda mag ihn. Sie glaubt, er ist ein guter Mensch.« Leonard lacht dreckig. »Johan behauptet, er war dabei, als Steve Biko umgebracht wurde.«

Auf der Wiese küsst der Bürgermeister Madonna auf die Wangen. Er winkt Leonard und drückt uns die Hand. Er fragt Evelyn auf Deutsch: »Und wie gefällt Ihnen unser Pietersdorp?«

Ein Fotograf schießt ein Bild, eine Assistentin notiert etwas, wir lächeln.

»Dis baie lekker met die jonge bokkie«, sagt er zu Leonard und lacht. Leonard sieht auf den Boden wie ein Junge.

Die Downiemänner der ›Crazy Bananas‹ beginnen zu spielen, wie immer einen Dixilandswing, nur diesmal getragener und weihevoller.

»Sind die Schraders wirklich die Klippen runtergestürzt?«, frage ich Evelyn, als wir in Elvis und Madonnas neuem Zimmer sitzen mit dem Hochzeitsgeschenk. Evelyn formt eine Pistole mit der Hand und zielt auf ihren Kopf.

»Echt, erschossen? Von wem?«

»Von wem? Sie haben sich selber ausgeknipst. Hab ich dir doch gesagt. Ist hier so üblich.«

»In Sommerdal?«, frage ich ungläubig.

»Überall in Südafrika, Matt.« Evelyn seufzt. Sie lässt ihre Haare ins Gesicht fallen und bindet sie wieder hoch. An ihrem Hals ist ein Knutschfleck.

»Die Schraders, sagt Lenni, waren so Freunde von Ralf. Buchhändler oder so. Die haben sich umgebracht«, Evelyn grinst, »an dem Tag, als Bush wiedergewählt wurde.«

»Scheiße.« Wir lachen beide.

»Hey, weißt du was, in Südafrika hast du ne größere Chance, an Selbstmord zu sterben, als umgebracht zu werden.«

»Na toll.«

»Hast du den Stift?«

Der Elvis-Bettbezug liegt ausgebreitet vor uns, nur haben wir keine Ahnung, wie Madonna, die echte Madonna, ihren Namen schreibt.

»So?« Evelyns runde Schrift steht unschuldig auf der Verpackung.

»Madonna ist doch keine Schülerin. So!« Ich schwinge den Marker wie ein Bankdirektor.

»Mdinnnnn?«

»Es ist ein ›a‹ am Schluss, das sieht man doch.«

»Trotzdem steht da nicht *Madonna*.« Evelyn zieht einen Strich auf meinen Arm.

»Mann, der ist waschecht!« Sie hat einen Punkt auf der Stirn.

»Auu.« Evelyn hat mir ein ›Z‹ wie Zorro ins T-Shirt geritzt. Ich drücke sie aufs Bett und male ein Hakenkreuz in ihren Nacken.

»Matthias?« Leonard steht in der Tür. Er mustert uns mit priesterlichem Gesicht. Er schwitzt.

»Ich komm gleich, Lenni!« Evelyn ordnet ihr Haar. Als er draußen ist, lacht sie.

»Der macht dich kalt«, sage ich, »oder mich.«

»Ach, Leo ist okay. Und ein bisschen Aufregung kann nicht schaden.«

Wir schreiben dreimal »Madonna forever!« in Groß-buchstaben über den King. Evelyn fügt Blumen dazu, und wir packen das Set wieder ein.

»Was sagt Mathilda dazu?«

112

Evelyn bindet ihre Schuhe fester. Ich kann ihr Schamhaar sehen. Es ist zu einem Irokesen geschnitten.

»Nicht schlecht, hm?« Evelyn hebt ihren Rock.

»Rock 'n' Roll.« Ich vermisse Zola.

»Matthias!« Leonard legt seine Pranke auf meine Schulter und schiebt mich zur Festwiese. Als wir in der Sonne stehen, verfliegt sein ernster Ausdruck.

»Also?«

»Was?«

Leonard nimmt mich in den Schwitzkasten und schlägt leicht auf meinen Arm.

»Sorry, Leonard«, stöhne ich, »wir haben nur rumgealbert.«

Er drückt fester.

»Hey, Hilfe«, rufe ich, kurz in Panik. Ich bin wie Papier in seinem Arm. Leonard lacht und lässt mich los.

»Mach dich mal locker. Du siehst immer so angestrengt aus.« Leonard setzt sich auf einen Baumstumpf und zündet sich eine Zigarette an. Ich sehe ihn zum ersten Mal rauchen.

»Und? Wie gefällt dir Sommerdal?« Er lässt sich Rauch aus der Nase steigen.

»Ganz okay, na ja.«

»Das hier ist doch gar nicht so schlecht«, sagt Leonard freundlich und doch matt. »Wir hatten harte Zeiten, Matt. Aber wir sind die Guten … Mann!«

»Na ja, schon. Für euch.«

»Wieso nicht für dich?«

»Ich weiß nicht. Is alles ein bisschen von gestern hier. So wie diese Japaner, die das Ende vom Krieg verpasst haben.«

Leonard seufzt und wischt sich das Gesicht am Talar trocken.

»Junge Leute wie du sind wichtig hier, Matt. Ich meine, wo kommen wir her? Wo gehören wir hin?«

Ich verstehe seine Frage nicht. Er winkt ab.

»Matt, manchmal muss man zufrieden sein mit dem, was man hat.«

»Das sagt der Richtige«, sage ich und grinse. Er lächelt müde zurück.

»Halt sie fest«, sagt er ernst.

»Wen?«

»Deine Freundin. Und lüg sie nie an.«

Ich will etwas erwidern, aber Leonard ist schon aufgestanden.

Hochzeit

»Hör auf, du zerreißt mein Hemd.« Zola drückt mich an den Baum und öffnet meine Hose.

»Langsam, mach mich nicht schmutzig«, zischt sie und klopft ihren weißen Rock ab. Ich darf mich nicht bewegen.

Ein Eichhörnchen sitzt auf dem Ast über uns. Sein roter Schweif wippt, dann läuft es in einer Spirale den Baumstamm hinunter.

Der Wald ist still, die Stimmen vom Fest unten verhallen. In der Luft ist das Knistern trockener Nadeln. Das Eichhörnchen untersucht leere Samenkapseln und dreht den Kopf hin und her. Eine Glocke ertönt.

Wir lehnen leise aneinander unter dem Dach der Fichten. Auf Zolas Brustwarze bleibt ein Fleck auf dem T-Shirt.

»Matt! Jetzt sehe ich aus wie eine Nutte.« Sie fächert die warme Waldluft darauf.

»Wie weit weg die Welt ist«, flüstere ich.

»Ja.«

»Shit, ich bin Trauzeuge!« Ich stehe auf, aber Zola hält mich fest.

»Erzähl mir etwas von Sommerdal«, sagt sie. Mein Kopf ist leer. Sommerdal.

»Es gab einen Streit. Großen Streit wegen der Hochzeit.« Ich spreche leise, als könnten wir jemanden wecken. Zola nimmt meine Hand.

»Einige waren dagegen. Ralf, der mit dem Hut. Vor allem MacFarlaine, der nie lacht.«

»Warum?«, haucht Zola.

»Sie wollten Elvis und Madonna kein falsches Glück

vormachen …, ähm, nur weil sie behindert sind. Irgendwie ging's um Schweden. Ralf hat da gelebt und ist wieder ausgewandert, weil sie da noch Behinderte sterilisieren, so nazimäßig. Verstehst du?«

Zola sicht nur in die Tiefe des Waldes.

»Jerome war einmal in Schweden. Er sagt, die Leute essen jeden Tag nur Äpfel.«

»Wieso war Jerome in Schweden?«, frage ich eifersüchtig. Seit dem Kampf auf der Party hat sie ihn nicht erwähnt.

»Die Schweden haben den Comrades geholfen.« Zola beendet jeden Gedanken an Jerome mit einem Kuss.

»Okay, also jetzt dürfen sie heiraten«, erzähle ich zu Ende, »aber holistisch, nicht kirchlich, was auch immer. Die Stimmung ist schlecht, aber keiner darf es wissen, weil jedes Jahr gibt's Geld aus Frankfurt, und das Dorf muss gut dastehen.«

Das Eichhörnchen steht unentschlossen vor uns. Vielleicht sieht es uns nicht. Es schnuppert und springt an einem anderen Baum hoch.

»Aber sie lieben sich doch«, sagt Zola.

»Ja, ja klar! Lekker, stief«, scherze ich. Zola denkt nach.

»Und sie werden Kinder haben.«

»Vielleicht. Aber die Downies, die Männer jedenfalls, die können nicht, genetisch oder, hey!«

Zola wirft mir hart einen Tannenzapfen an den Kopf.

»Warte!« Ich renne hinter ihr her und ihre Schreie hallen hohl aus dem Wald wider.

Auf der Dorfwiese ist der Tischaltar mit Obst und Früchten geschmückt wie zum Erntedankfest. Die Royals und Mama Schuh sitzen schon auf Klappstühlen davor und warten auf das Brautpaar.

»Teilst du dein Zimmer zu Hause?«, will Zola wissen, als wir in meinem Raum sind. Sie rollt meine

Hemdsärmel hoch und ordnet mit den Fingern meine Haare.

»Mit meinen Schwestern? Niemals!« Ich lache.

»Ich hatte nie ein eigenes Zimmer.«

»Nie?«

»Sind die Häuser in Deutschland groß?« Zola umarmt mich.

»Ja.« Ich wundere mich über die Frage.

Die Glocke schlägt wieder. Wir laufen Hand in Hand am leeren Schwimmbad vorbei, an der Halle vorbei zur Wiese. Es ist schwül und drückend.

»Mamamama-Matthias! Huhu.« Madonna fliegt im weißen Kleid über die Wiese, kichernde Kinder hinter sich und Mathilda. Madonna fällt mir um den Hals. Die Aufregung macht sie schön. Ich denke an all die Downies, die ich mit Topfhaarschnitten und alten Kleidern gesehen habe.

»Molo, Zola.« Madonna macht einen Knicks. Zola fühlt den Stoff ihres Kleides.

»Du siehst toll aus, Madonna«, sagt sie, und Madonna wird röter.

»Aber d-du bist ja noch ein Mädchen!«, ruft Madonna plötzlich, »ein-ein ganz ju-junges Mädchen!«

Zola sieht sie erstaunt an, Madonna drückt sie an sich, als könnte sie zerbrechen. Zolas Lachen ist rau. Mathilda küsst sie auf beide Wangen.

»Du musst den Matthias sch-schnell heiraten, ganz doll hei-raten, ja?«, ruft Madonna dazwischen.

»Und denkt an Aids! Ihr müsst immer verhüten!«, mahnt Mathilda im Weggehen. Ihr mütterlicher Blick gilt für alle unseres Alters.

»Völlig gaga, meschugge«, sage ich, aber Zolas Lächeln ist verschwunden.

Janine und Evelyn stehen am Buffet. Sie winken, während Leonard versucht, Elvis die Gitarre wegzunehmen. Elvis ist außer sich und schrammelt beglückt eine Art Punkstück. Die Band swingt unbeirrt weiter.

»Hallöchen! Hallöchen!«

»Zola, Evelyn, Janine … ähm!«, stelle ich sie vor.

»Is ja 'n süßer Mohrenkopf. Warum guckt sie denn so böse«, quiekt Janine auf Deutsch.

»Where are you from?«, fragt sie Zola. Sie reicht uns zwei Gläser Sekt. Zola mustert die beiden. Ihr Gesicht ist starr, in ihren Augen ein seltsamer Glanz.

»Danke für den Punkt«, sagt Evelyn auf Deutsch. Ihre Stirn ist um den Marker herum rot. Evelyn dreht sich um. Sie zieht den Kragen des Rüschenhemds herunter. Dem Hakenkreuz fehlen nur zwei Striche.

»Bad boy!«, kreischt Janine.

»Prost Jost!«

»Auf eine sexy Hochzeit!«

Janine macht den offenen Mund und die herausstehende Zunge der Downies nach.

Evelyn kommt uns hinterher und tippt Zola an den Ellbogen. Sie drückt ihr ein Glas Orangensaft in die Hand.

»Sorry, just joking«, sagt sie freundlich, und zu mir, »hey, wir wollten deine Freundin nicht beleidigen.«

»Und was ist euer verficktes Problem?«, zischt Zola. Evelyn schlägt die Hand vor den Mund.

»Shit, du verstehst uns ja.« Evelyn wird rot. Sie sieht über die Wiese.

»Ich bin nur eine blöde Leckschwester«, sagt sie entschuldigend zu Zola.

Wir sehen über die Wiese. Eine Wolke schiebt sich über den Berg.

»Mann, du hast tolles Haar!«, bricht Evelyn das Schweigen. Sie bewundert Zolas zig kleine Zöpfe.

»Meinst du, ich kann das auch machen mit meinen Haaren?« Evelyn nimmt eine Strähne in die Hand, die schon etwas verfilzt ist. Zola lächelt schwach.

»Hey Zola, 100 Rand if you do my hair!«, ruft Janine dazwischen.

»Du dumme Kuh«, fährt Evelyn sie an. »Sie ist doch keine blöde Friseuse wie du, sie ist ein Gast auf der Hochzeit.«

Janine sieht sie verletzt an.

»Außerdem spricht sie Deutsch.«

»Is ja geil. Echt? Mich laust der Affe. Shit … Sorry!« Janine lacht verlegen.

Die große Glocke wird wild geschlagen und Madonna von ihren Brautjungfern zum Altar geführt, wo ich neben Elvis fehle.

»Lauf nicht weg«, sage ich. Zolas Hand bleibt schlaff.

»Matt. Was ist *Leckschwester*?«

»Ähm, … erkläre ich dir später.«

»Love you!«, rufe ich. Zola zeigt mir nur den Finger.

Leonard hält eine Rede über die Fügung von Himmel und Erde. Dass wir nur Samen in der Natur sind, bereit, zur richtigen Zeit aufzugehen. Er findet kein Ende. Wenn man ihm glaubt, sind wir nur Pflanzen, die durch Liebe blühen. Ich frage mich, was er mit Evelyn anstellt.

Elvis stößt mich an, nachdem ihn Madonna angestoßen hat. Sie sind zu aufgeregt, um zuzuhören. Die Band spielt unbeirrt weiter.

»Ich muss aufs Klo!«, ruft Madonna und geht in die Hocke. Elvis begleitet sie. Wir verharren, wo wir sind.

Leonard lächelt mir zu. Er wischt sich den Schweiß von der Stirn. Ich suche nach dem roten T-Shirt Zolas in der Menge. Bunte Welt, aber wenig Rot. Ein Donnern ertönt hinter den Bergen. Ein doppeltes, schwaches Echo folgt.

Madonna und Elvis schreiten wieder feierlich zum Altar, die Band spielt getragener, der Lärm bricht ab. Madonnas Lippenstift ist verschmiert. Als sie vorne ankommen, winken sie der Menge zu wie ein Königspaar.

Leonard fragt sie, ob sie miteinander leben wollten und …

»Ja, ja, huhu, ja!«, rufen sie. Sie küssen sich, reiben ihre Lippen aneinander, die Münder geschlossen.

Man hat sich statt Ringe auf bunte Bänder geeinigt. Leonard hat Schwierigkeiten, sie den beiden umzuhängen.

»Die So-Sonne heiratet den Mond«, ruft Elvis und dreht Madonna einmal im Kreis. Er bekreuzigt sich, Madonna küsst Leonards Hand. Blumen werden geworfen und wieder aufgehoben. Einige der Royals weinen, Mama Schuh, die Lehrerin, lässt ein Seufzen hören. Der Tanz beginnt.

Eine erste Regenwolke schiebt sich vor die Sonne, und nirgends Zola. Die Erste, die mich auffordert, ist Marianne, ganz königliche Zurückhaltung. Wir kennen keine Tanzschritte und schaukeln im Kreis. Elvis und Madonna bewegen sich eng umschlungen. Der Bürgermeister dreht Mathilda im Arm. Sommerdal ist mir noch nie so voll vorgekommen.

Die Musikgruppe baut Holzxylophone auf, die Kinder hüpfen in Kartoffelsäcken. Mama Schuh flicht auf den Strohballen unter dem Schirm Zöpfe für die Kinder. Die ersten Windböen lassen die Tischdecken flattern. Regenwolken kommen von den Bergen.

»Zola!!!«

Das Dorf ist zu groß, um sie überall zu suchen. Ich folge einer Stimme hinter unserem Haus. Evelyn steht mit Leonard im Schatten des großen Baums. Sein Gesicht an ihren Hals gedrückt, seine langen Arme hängen leblos herab.

»Ist ja gut«, summt Evelyn, »alles ist gut. Ich bin ja wieder da.«

Fette Tropfen fallen. Dunkel liegt die Schule da, als würden sich die Schatten der Bäume ausbreiten. Bleich stehen die Häuser unter ihren sonnengebleichten Reetdächern.

Ich renne die Schotterstraße entlang zur großen Straße.

Am Felsen zum Tweewaterkloof sehe ich sie, wie sie über die kleine Brücke auf die Asphaltstraße zugeht. Ein Vorhang aus Regen zwischen uns. Sie hält den Daumen raus.

»Zola!«, schreie ich, »Zola!!!« Ein Lastwagen mit Holzstämmen hupt, und Zola läuft dem bergab bremsenden Laster hinterher. Ein Gesicht erscheint im Fenster, die Tür geht auf, und Zola steigt ein.

Ich stelle mich dem nächsten Wagen in den Weg. Ein Hüne mit rotem, fröhlichem Gesicht sitzt gebückt am Steuer des Pick-ups. In seiner Windschutzscheibe steht ›Dr. Schreyer, Medical Practitioner‹.

»Kan ek jou help?« Hinter ihm hängt ein Gewehr.

»Ähm, follow that car«, sage ich. Es ist zu absurd. Mit einem Ruck fährt er los, und wir brettern die steile Straße hinunter.

»Wie heißt du, Bursche?« Sein Deutsch hat einen schleppenden Akzent.

»… Matthias.«

Dr. Schreyer schneidet die Kurven eng. Nach einer Minute erreichen wir den Laster.

»Willst du einen Witz hören?« Er schaltet herunter und fährt dicht auf.

»Kommt der Papst in den Puff. Da fragt ihn die Puffmutter: ›Na, willst du's heute chinesisch oder lieber afrikanisch?‹ ›Was ist afrikanisch?‹, fragt der Papst.«

Der Arzt nimmt die Hände vom Steuer in der Kurve und hält sie sich vor den Mund. Seine rosa Zungenspitze stößt zwischen den Fingern hervor und er lacht meckernd. Mit einem scharfen Ruck sind wir wieder auf der Straße.

»Versteh ich nicht.« Ich halte mich am Armaturenbrett fest.

»Wo kommst du her?«

»Berlin, … Vorsicht!« Ein anderer Pick-up zieht schlingernd an uns vorbei.

»Berlin, jawohl! Ich grüße die Reichshauptstadt!« Er salutiert.

121

»Deutschland«, sagt er fröhlich. »Mein Vater war in Russland. Bei den Bolschewiken. Puff, puff!« Er schießt mit dem Finger.

»Und dann?« Ich hoffe, meine Frage lässt ihn ruhiger fahren.

»Ein Auge weg!«, lacht er. »Ja, wir Deutschen, wir brauchen Platz!«, ruft er und überholt in der letzten Kurve. Der Berg verdeckt die Gegenfahrbahn. Ich rutsche im Sitz nach unten. Dr. Schreyer sieht mich aufmerksam an. Ich erkenne den Mann wieder.

»Was war mit dem Jungen gestern?«, frage ich ihn.

»Wer?«

»Der Junge am Zeitungsladen, den Sie verkloppt haben.«

»Ach gestern, der Negerjunge … du musst sie schlagen, bevor sie klauen.«

»Was?! Er hat noch nicht mal geklaut?« Ich bin fassungslos.

Dr. Schreyer grinst.

»Politics.« Er kurbelt das Fenster hinunter und ruft etwas auf Afrikaans. Der Lasterfahrer winkt fröhlich zurück und hält.

»*Ich* bin hier, weil ich geklaut habe«, sage ich, aber der Arzt schüttelt nur den Kopf.

»Viel Glück«, ruft er und rast über die rot werdende Ampel. Er schlägt die Tür im Fahren zu.

»Hey!«

Zola klettert wütend aus dem Fahrerhaus.

»Fuck you!«, ruft Zola. Sie zieht ihr T-Shirt glatt. Als ich sie umarmen will, schlägt sie mir auf die Brust.

»Fuck YOU!!!«

Nebel steigt in den Berghängen nach dem Regen auf. Ich spüre Zolas heißen Atem auf meiner Haut.

»Ist ja gut«, sagte ich, »alles ist okay. Ich bin ja wieder da.«

Brandmal

»Molo, Zola.« Mein Xhosa macht keine Fortschritte.
›Moloweni‹ ist die Begrüßung für mehrere. Ich beuge
mich über Zola, sie schließt die Augen.

Ohne noch ein Wort zu verlieren, lieben wir uns zum
ersten Mal auf Zolas ungemachtem Bett. Wir sind allein.
Ihre Augen wandern vom Fenster zur Tür. Beim ge-
ringsten Geräusch hält sie inne. Zola deckt uns zu und
ist leise. Jede unserer Bewegungen ist heimlich, ein köst-
liches Sakrileg, weil wir uns in Mandwambes Haus sonst
nicht zu küssen wagen.

Wenn ich Zola in den Hals beiße, legt sie ihr linkes
Bein um mich. Wenn sie meinen Kopf zu sich zieht, hebe
ich sie hoch. Ich kenne den Geschmack ihrer Ohren, sie
das Salz meiner Augenhöhlen vom Meer. Und ich liebe
den körperlosen Laut, ein helles *Kah!,* wenn sie kommt.

Eine Weile bleiben wir seltsam verdreht, halb sitzend,
halb aufeinander. Zola rückt ein Stück weg und wischt
sich an meinem T-Shirt ab. Badewanne, Armaturen und
Waschbecken sind neben dem Bett, wie wir sie zurückgelassen haben.

»Wir hätten mitfahren können«, flüstere ich.

»Wohin?«

»Mit deiner Familie, aufs Land.«

»Matt, mein Onkel hat nicht einmal Telefon.«

»Und?«

Zola kräuselt die Nase. Wir sind halb angezogen.
Obwohl es Sommer ist, bleiben wir unter der Decke, die
nach Creme und Waschmittel riecht.

»Wenn ich mir dir gehe«, sagt Zola lauter, »fragen sie

dich nach Geld …« Ihr Körper liegt weich an meinem, jede Kraft in Wärme verwandelt. Ich bedecke ihre Brüste mit den Händen.

Zola geht ins Bad und lässt Wasser ein. Im Mittagslicht sieht man die Flecken an den Wänden ihres Zimmers, die Farbe, die abblättert. Über dem Bett der Schwester ist eine helle Stelle, an der einmal ein Bild hing. Ein Teddy mit rosa Schleife steht am Kopfende.

»Was ist der *Ossiclub Windhuk*?«, rufe ich. Nicht nur »Die Blechtrommel« in Zolas Regal hat diesen Stempel, sondern auch »Morenga« von Timm und das zerlesene Allende-Taschenbuch.

»Zola?«

Zola liegt in der Badewanne. Die Emaille ist bis aufs Schwarz durchgescheuert. Ich ziehe mich aus, nehme Seife und wasche Zolas Beine, ihren Bauch, alles an ihr, wie bei einem Kind. Sie zuckt kurz, als meine Hand zwischen ihren Beinen ist, aber ich wasche weiter.

»Woher kannst du das?« Zola dreht sich um und seift mich ein. Ich zucke mit den Schultern.

»Sind alle Männer so in Deutschland?«

»Vielleicht.«

»… Warum ist Deutschland so anders?«

Ich denke nach. Ist es anders?

»… Die Leute da sind so … Ich weiß auch nicht. Depressiv. Untergangsstimmung. Immer mehr Alte gehen den Jungen auf den Geist.«

Zola ist unbeeindruckt. Südafrika ist jung.

»Was ist mit Jerome?«, frage ich. Zola taucht unter, und ich warte, bis sie mich ansieht.

»Matt … ich war 13, als er zu uns kam …« Sie dreht sich um. Ich fahre mit dem Finger über ihren Rücken.

»Verstehe ich nicht.«

»Ich war in love … und er sah toll aus.«

»Du hast für ihn geschwärmt?«

»Ja«, sagt Zola und schweigt.

»… Aber er ist ein Neffe von deinem Vater?«

»Er ist Familie.«

»Aber er liebt dich nicht«, rate ich.

Zola zuckt zusammen. Sie ist zerbrechlich, so nackt, und verschränkt die Arme vor den Brüsten.

»Was ist das?« Ich deute auf eine rosa Narbe an ihrem Arm.

»Zigarette.«

»Dieser Drecksack!« Ich bin mehr eifersüchtig als entsetzt.

»Nicht Jerome.« Zola steht auf und sieht mich amüsiert an.

»Matt, ich kriege kalt.«

Sie zieht das zu große Coca-Cola-T-Shirt über. Ihre Brüste lassen es über dem Bauch abstehen.

»Komm her.« Ich strecke die Hand nach ihr aus. »Ich liebe deine Zähne. Und deine … Wampe.« Zola bleibt stehen und reicht mir ihr Handtuch.

»Wampe?«, fragt sie misstrauisch.

»Aber warum hast du das mit dir machen lassen?« Ich streiche über ihren Arm.

»Er war nett zu Mama. Aber er hat oft getrunken.«

»Wer?«

»Mamas Boyfriend.«

»… Kinderschänder.«

»Schändah?« Zola zieht die Augenbrauen zusammen. »Nein«, lacht sie, »er war nur böse, wenn er getrunken hat. Er war police für die Boere. Pater Michael wollte ihn ins Gefängnis bringen.«

»Und deine Mutter?«

»Liebe ist manchmal stark«, sagt sie. Es klingt wie aus einer Soap.

»Das nennst du Liebe?«

»Matt, er war Zulu, und Mama ist Xhosa!«, sagt Zola und geht zurück in ihr Zimmer.

»Und?«

Zola zuckt die Schultern.

»Er hat Jeans mitgebracht und für Mama viel cosmetics, … er hatte schöne Hände.«

Ich sehe meine Hände an. Draußen kickt jemand eine Blechbüchse.

»Wie alt warst du?«

»So alt wie Zonga. Vielleicht. Mein Vater war oft weg.«

»Aber warum? …« Ich nehme sie in den Arm.

»Er wollte was aussortieren mit Mama«, erklärt Zola ohne jeden Zorn.

»Aussortieren?«

»Er ist tot«, sagt sie lapidar.

»Der Pater mit dem Dalibild hat ihn gekillt und kaltgemacht, oder?«

»Nein.« Sie deutet eine Kette an. »Die Comrades. Sie legen einen Autoreifen um den Hals.« Zola macht das Geräusch eines Feuerzeugs und küsst mich auf die Wange.

»Meine Mutter hatte auch … seltsame Freunde, der letzte vor allem«, sage ich.

Zola öffnet mein Hemd.

»Ich meine, nichts … Grausames. Na ja. Er ist der Vater meiner Schwestern«, sage ich, als wäre das ein Verbrechen.

»Ich mag deine Haut. Sie ist so weich«, flüstert Zola.

»Er war Bühnenbildner. An der Oper, also, er macht Kostüme. Immer in Lacklederhosen. Ein Ossi. Was ist eigentlich der *Ossiclub Windhuk*?«

»… Mamas Buchclub … Mmmh«, Zola legt meine Hand auf ihren Bauch.

»Matt, wie sind die Mädchen in Deutschland?«

»Sehr, sehr dünn.« Ich sauge die Wangen ein.

Sie streift mein Hemd ab.

»Lach nicht, so richtig KZ-mäßig.«

»KZ-mäßig?«, fragt sie und zieht die Decke über uns.

Mehrbetthäuser

Stimmen sind zu hören und das Schlagen von Autotüren auf dem Hof. Durch die Glastür im Wohnzimmer sehen wir den roten Bus aus Sommerdal. Neben Mathilda und Elvis zwei Rentnerpaare, die die Bauweise von Mandwambes Haus begutachten.

Schnell trägt Zola Lipgloss auf, reibt Gel in die Haare und legt eine von Mandwambes Sangomaketten um. Elvis ist zu hören.

»Huhu, Ma-matthias, ich hab dein A-auto schon gesehen!«

Ich überlege, ob ich bei Johan im Garten sein muss.

»Elvis, was machst du denn hier?«

»W-wir machen e-eine Führung!«, ruft er aufgeregt. Er trägt Ralfs Lederhut, Madonna einen gelben Umhang mit zwei Gürteln und einen roten Filzhut. Mathilda ist nicht überrascht, dass ich hier bin. Madonna und Mathilda umarmen Zola herzlich. Mit ernster Miene gibt Zola den Rentnern die Hand.

»Willkommen in Zwelihle. Es ist mir eine Freude, Sie durch unser wunderbares Township zu führen.« Zola spricht mit dem harten Englisch ihrer Mutter.

Elvis sieht in den Himmel. Er deutet auf das Gewirr der Stromdrähte unter dem gleißenden Blau des Himmels.

»Hier ka-kann man arbeiten.« Er hält seinen Stromprüfer hoch.

»Du kannst ein Bad einbauen, wenn du willst.«

»Oh, oh, ich w-weiß nicht, ob ich das k-kann«, sagt Elvis schlau.

»Klar, kannst du, Elvis.«

»Besser gutge-macht a-als gut gem-meint!«, ergänzt er.

Mathilda stellt mich den Rentnern vor. Es sind Sommerdalveteranen aus Holland und England, die Mandwambes Townshiptour gebucht haben.

»Im Internet«, sagt Mathilda. Allgemeine Heiterkeit.

Die Kinder der Grundschule gegenüber strecken die Hände durchs Drahtgitter. Die dicke Lehrerin öffnet das Tor, und helle Hände berühren die kleinen krausen Köpfe. Ich frage zwei Mädchen nach ihren Namen.

»Sdwzdela«, »Mpongnegz«, sagen sie mit Fingern im Mund.

»Was?«

Das holländische Paar trägt Shorts und Stoffmützen. Sie haben gehofft, die Führung sei auf Afrikaans. Die Engländer, ebenfalls in ihren Sechzigern, sind eleganter gekleidet und machen Fotos. Zum Vergnügen der Kinder sind sie selbst auf dem Display der Digitalkameras zu sehen.

Wir gehen entlang der Wege ohne Namen, die nur durch die Farben der Hütten und Häuser zu unterscheiden sind. Zola spricht wie eine Stewardess, die die Sicherheitshinweise gibt.

»Diese Mehrbetthäuser waren für die Arbeiter der Hotels. Jeder Arbeitgeber musste für seine Angestellten eine Unterkunft bauen. Vier Männer lebten in jedem Zimmer. Das Township wurde hier durch einen Zaun getrennt. Die Apartheidsregierung wollte nicht, dass die Gastarbeiter aus den Nordprovinzen mit den Townshipbewohnern zusammenkommen, vor allem nicht mit den Frauen.«

Der Holländer lässt ein meckerndes Lachen hören.

»Hier sehen Sie die ehemalige Mauer, die die Schlafkammern teilte. Nach den ersten freien Wahlen 1994 wurden die Häuser Familien zugewiesen.«

Die flachen Häuser sehen gleich aus. Durchgesessene Sofas vor Fernsehern, gestickte Bilder, Wohnzimmerschränke aus Sperrholz mit Nippes oder Kleidern. Ein Mädchen mit großer Stirn steht verlegen dabei und kaut auf ihren Fingern. Zola nimmt schwesterlich ihre Hand.

»Musst du nicht in die Schule?«, fragt die Holländerin freundlich, doch streng. Die Mädchen sprechen Xhosa.

»Ihre Mutter arbeitet«, erklärt Zola. »Sie passt auf die Kleinen auf. Ihre Freundin kommt nach der Schule und hilft ihr.« Die Holländer nicken.

»Bitte überlassen Sie ihr eine kleine Spende. Dafür dass wir ihr Haus besichtigen durften.« Die Holländer geben Münzen, die Engländer Scheine.

Mathilda wartet mit Madonna und Elvis draußen bei den Hühnern. Vor einem Spaza sitzen zwei alte Männer. Sie stecken für uns die Finger durch die Pulloverlöcher und bitten um Geld für Bier. Zwei dicke Schulmädchen in grauen Hemden und schwarzen kurzen Röcken posieren. Sie strecken die Brüste raus und halten das Gesicht in die Sonne. Kinder gaffen Elvis und Madonna an. Elvis mustert die Chipstüten hinter dem Draht des Spazas. Ein Jugendlicher in abgewetztem Jackett singt unaufgefordert und gelangweilt ›O Sole Mio‹.

»Er gehört zu einer Gruppe, die sich ›Die Zwelihle Pavarottis‹ nennen«, referiert Zola. »Er ist schon einmal im Fernsehen aufgetreten.«

Der Junge steckt das Geld achtlos in die Tasche und geht.

»Hey! Come back!«, ruft Zola. Der Junge macht einen Diener und rennt davon. Zwei Halbstarke verfolgen uns und grinsen jedes Mal, wenn ich mich umdrehe. Leben auf dem Dorf, nur auf wenige Meter geballt. Gleichzeitig ist es beklemmend. Europäer, die sich die Armut ansehen. Aber nur mich stört es.

Elvis streichelt eine misstrauische Ziege. Madonna und Mathilda gehen untergehakt, als würden sie einen Schaufensterbummel machen. Sie befühlen das bunte Tuch einer

Frau, die eine Gasflasche auf dem Kopf trägt. Die Frau streicht bewundernd über Madonnas Umhang.

»In Zwelihle leben circa 20.000 Menschen oder mehr. Genauso viel wie in Pietersdorp, aber auf einer 300-mal kleineren Fläche.« Zola lässt es auf die Gäste einwirken. Sie unterdrückt ein Lächeln, als sie mich ansieht.

Ein älterer Mann gibt jedem von uns feierlich die Hand.

»Guten Tag, wie geht's?«, sagt er auf Deutsch. »Ich habe gehört, Sie kommen aus dem wunderbaren Deutschlande.« Er hält den Kopf schief, seine Hand liegt rau auf meiner. Er spricht Xhosa.

»Du und Zola, ihr seid nicht allein«, übersetzt Zola, »Jesus ist für eure Sünden gestorben, damit eure Liebe rein ist … Denn wir sind die Kinder des HERRN. Und Kinder müsst ihr bleiben.« Es klingt fremd aus Zolas Mund. Sie senkt die Augen. Er betrachtet meine Hände. Seine Augen sind ernst, doch sanft. Zola übersetzt nicht weiter. Er segnet sie, dann uns alle.

»The Lord knows you. And the Lord loves you.« In einem amerikanischen Film wäre er Gott. Verkleidet als verwitterter Mann in einem gestärkten Hemd.

Er ignoriert den Geldschein, den der Holländer ihm hinhält, setzt sich vor eine Bretterhütte und flickt einen Turnschuh mit Klebstoff.

»Was hat er gesagt?« Ich lege meinen Arm um Zola.

»Ein Geheimnis.«

»Los, bitte.« Ich bin neugierig. Er hat die Sehnsucht nach einem Vater in mir geweckt.

Zola hüpft fröhlich zu den Engländern, die etwas über den Zustand der Kanalisation wissen wollen.

Der Holländer geht neben mir. Er ist stämmig, mit einem flachen Gesicht. Er sieht aus wie ein Boxer, der sich zu früh vom Ring verabschiedet hat.

»Ich komme aus Minden«, spricht er in fehlerfreiem Deutsch.

»Hmm.«

»Bin früh nach Holland, Antwerpen, hab da das *Lichthaus* geleitet ...« Er wartet, aber der Name sagt mir nichts. »80 Arbeitsplätze für Behinderte hatten wir mal. Aber Holland ist auch nicht mehr das, was es mal war. Und du?«

»Berlin«, antworte ich knapp.

»Berlin, Berlin. Was anderes als das hier, hä?« Er schlägt mir auf die Schulter, was ihm nicht leichtfällt bei seiner Größe.

»Weißt du, meine Tochter wollte ein Kind von hier adoptieren, aber es ging nicht. Und hier sitzen sie und haben nichts zu essen.«

Zwei Jungs mit einer großen Tüte Erdnussflips hocken am Bordstein und beobachten uns.

»Jetzt fährt sie nach Äthiopien. Da sind sie froh, dass sie die Kinder aus den Waisenhäusern loswerden. Hat sogar schon eins bestellt.« Er blickt versonnen auf den Boden. »Warst du mal in Äthiopien? Tolles Land.« Der Mann hat offensichtlich Vertrauen zu mir gefasst.

»Mann, Mann, Mann, ganz alte Kultur da, frühes Christentum und so, aber arm sind die, tss. Da ist das hier nichts dagegen.«

Ich gehe schneller, aber seine Beine sind erstaunlich flink.

»Kidi heißt sie.«

»Wer?« Jetzt bin ich neugierig.

»Unsere Enkelin.« Er fällt zurück und erklärt seiner Frau etwas an der Kamera.

Zola, die Engländer, Madonna, Elvis und Mathilda sind schon eine Straße weiter. Ich jogge hinterher. Sie lachen über etwas, das Mathilda gesagt hat. Zola legt einen Arm um mich, und so schreiten wir in einer Reihe durch die Hüttenansammlung. Zola wird überall gegrüßt.

»Zo-zola schenkt mir was zu-zur Hochzeit«, ruft Madonna mir zu.

Zola bleibt stehen, nimmt die Sangomakette ihrer Mutter ab und legt sie Madonna um. Madonna drückt sie fest.

»Für was ist das?«, fragt Mathilda und mustert die Farben. »Ist es gegen böse Geister?« Zola blickt einen Moment ratlos. »Oder für Fruchtbarkeit?«

»Nein, ich glaube nicht.«

Mathilda seufzt erleichtert.

»Das Letzte, was wir brauchen, ist ein Kindersegen«, murmelt Mathilda.

»V-viele viele Kinder«, sagt Madonna glücklich. Sie befühlt jede der bunten Plastikperlen. Elvis küsst sie.

»Ich warne dich.« Mathilda zieht an Madonnas Arm.

Wir sind im elendsten Teil Zwelihles. Die Hütten sind windschief, das Holz zerfressen. Ein fauliger Geruch liegt in der Luft. Eine Frau hockt mit ihrem Baby auf dem Boden und starrt uns an.

»He, warte, was ist los?«

»Sie hat den bösen Blick!«, zischt Zola und zieht mich weiter.

Ich bleibe stehen.

»Zola, sie ist einfach nur arm.«

Zola ignoriert mich, und die anderen nehmen ihr Tempo auf. Fliegen sitzen auf dem Gesicht des Babys. Sie kreisen nur kurz, wenn die Mutter die Hand hebt. Sie und das Kind sitzen auf einer schmutzigen Decke.

Sie erinnert mich an jemanden, und ich hole ein paar Scheine und Münzen aus der Tasche und lege es neben sie. Sie sieht weiter auf den Boden und wippt mit dem Baby in einem katatonischen Zustand.

»Hey!« Ich berühre leicht das Baby, und sie hört auf. In ihrem Mundwinkel ist eine verschorfte Stelle.

»Ndaba, ndaba.« Sie faltet die Hände vor dem Gesicht und verbeugt sich, dann beginnt ihr Schaukeln wieder. Ich bin aus ihrem Bewusstsein verschwunden.

Ich muss laufen, um Zola wieder einzuholen.

»Kein Wunder, dass es ihr so schlecht geht, wenn alle glauben, sie hat den bösen Blick.«

»Sie hat Aids.« Zola weicht meiner Hand aus.

»Na und? Ich dachte, im Township hilft man sich.« Ich bleibe stehen.

»Was war das für ein Haus?«

Zola ignoriert die Frage des Engländers, als wir wieder vor ihrem Haus stehen.

»Es war das Haus des councellors, einer Art Bürgermeister«, erklärt Mathilda. »Die Apartheidsregierung hat den Townships Scheinautonomie gegeben, aber die councellors waren verhasst.«

Ich wasche mir die Hände in Mandwambes Küche. Zola händigt den Besuchern eine Quittung aus und steckt die Scheine zwischen die Lippen einer Mandela-Porzellanfigur.

»Ich hab dich l-lieb«, sagt Madonna und umarmt wieder Zola, die die anderen mit ernstem Gesicht verabschiedet. Mathilda winkt und fährt hupend davon.

»Dieser Mann hat sich für alle Kranken eingesetzt.« Ich zeige auf die alberne Mandela-Figur. Die Lippen sind übertrieben dick.

»Und außerdem ist doch die Behandlung umsonst, oder? Wieso sagt ihr das keiner?«

Zola kommt mit einer Knoblauchzehe aus der Küche. Sie lässt sie vor meinem Gesicht kreisen, murmelt etwas. Ich halte ihren Arm fest.

»Zola!«

»Weil keiner ihre Sprache spricht. Sie ist eine Kwezekweze. Niemand weiß, woher sie kommt. Halt still.«

»Was denn, Geister?«

»Nein.« Zolas ernste Miene verschwindet. »Gibt es denn welche in Deutschland?«

»Nö, von allen guten Geistern verlassen«, sage ich, aber Zola kennt den Ausdruck nicht. Sie drückt mir die Knoblauchzehe fest auf die Stirn.

»Au, man holt sich so kein Aids, Zola.«

»Aids kommt aus Europa«, antwortet sie nachsichtig.

»Was!? Aids kommt aus Afrika.«

»It's a lie!«, fällt Zola ins Englische und küsst mich flüchtig. Ich halte ihre Arme fest.

»Was war jetzt mit dem Geheimnis? Wer war der Alte?«

Zola versucht sich wegzudrehen. Ich ziehe sie aufs Sofa und auf meinen Schoß.

»Es war sein Haus«, sagt Zola leise.

»Er war der Bürgermeister?«

»Nein, Mama war … councellor.«

»Deine Mutter!? Bevor ihr nach Namibia seid?«

»Bevor ich geboren wurde. Die Boere haben ihr sein Haus gegeben.«

Zolas Atem ist warm an meinem Hals. Ich betrachte das kühle Blau der Wände, das nur in Armeslänge gestrichen wurde. Unter der Decke ist ein Streifen Gelb des vorigen Besitzers.

»Und was ist sein Geheimnis? Hat er euch vergeben?«, frage ich. Zola flüstert mir ins Ohr.

»Und?«

»Sonst gibt es nichts, sagt er.«

»Was?«

»L-Love.« Zola hat Schluckauf.

Der Garten

Über Sommerdal liegt die Schläfrigkeit des Frühsommers. Es ist schwül. Mathilda hat Zola und ihre Mutter zum Tee eingeladen. Sie sitzen unter einem Schirm auf Gartenstühlen, während Johan und ich Unkraut jäten.

Johan spricht einen mühelosen Satz Xhosa. Die Damen lächeln. Johans Xhosa scheint verständlich.

»Qhayiya«, seufzt Mandwambe.

»Ubuntu waphelela«, antwortet Johan galant und stützt sich auf seinen Spaten. Wir legen ein neues Beet an. Mathilda nickt.

»Bin ich der Einzige, der nichts versteht?«

»Sieht so aus, mein Jung.«

»Wird Zeit, dass du eine afrikanische Sprache lernst«, sagt Mathilda und sieht zu Zola, die in einem Buch liest, das Johan unter dem Schirm liegen gelassen hat.

»Wovon handelt es?«

»Credo Mutwa, die Mythen der Nguni, wie sie von den Medizinmännern weitergegeben wurden«, sagt Mathilda. »Die Nguni waren die Vorfahren der Zulu und Xhosa.« Sie drückt Mandwambes Hand, die eingenickt ist.

»Liest sich wie griechische Sagen.« Johan zertritt einen Erdklumpen.

Die Dorfglocke wird geschlagen, es sind Kinderstimmen zu hören und Gelächter. Zwei der Royals kommen mit Kindern an den Händen in den Garten. Mandwambe schreckt auf, Zola legt das Buch beiseite, aber Johan reißt weiter Wurzeln aus der Erde. Elvis reitet auf Leonards Rücken und wird ins Rucolabeet geworfen.

»Du bis zu dick«, keucht Leonard.

»Ich b-bin stark!« Elvis spannt seinen Bizeps an.

»Feiern wir Nikolaus?«, frage ich im Scherz. Das ganze Dorf ist inzwischen im Garten.

»Was i-ist N-Nikolaus?«, will Elvis wissen.

»Du stellst deine Schuhe vor die Tür am Abend. Und morgens sind Nüsse und Schokolade drin. Vom Onkel Nikolaus. Oder dem Weihnachtsmann, ich glaube, das ist das Gleiche.«

»W-was für ein Mann?« Madonna, Elvis und die Kinder sehen mich gebannt an.

»Ähm, mit Bart und roter Mütze, er kommt an Weihnachten. Und er bringt Geschenke.«

»Ge-geschenke?« Elvis jauchzt.

»Wir feiern kein Weihnachten, Matt«, sagt Mathilda. »Aber jeden dritten Montag haben wir das Naturfest.«

Nach und nach verteilen sich die Downies und Hauseltern im Gemüsegarten. Johan lässt den Spaten fallen und wirft seinen Strohhut auf die Hecke. Die Kinder laufen durch die Reihen, die Downiedamen tragen ihre besten Hüte, Madonna legt Elvis einen Blumenkranz um, und alle reden aufgeregt. Ralf, seine Frau und Werner fachsimpeln über Brot. Die Glocke ertönt ein zweites Mal.

»Pssst, schscht, Ruhe.« Ralf hebt die Arme, und Zola und ich setzen uns wie die anderen entlang der Backsteinwege. Die Hauseltern summen. Jeder nimmt die Hand seines Nachbarn und schließt die Augen wie Mandwambe, die in ihrem Stuhl weiterdöst. Das Summen schwillt an. Ich stoße Zola an. Das ist der Frieden, den es im chaotischen Dorf selten gibt.

Mathilda und die Kinder aus unserem Haus krabbeln auf allen vieren zu den Kräutern und streicheln die Halme und Blätter. Immer wieder beginnt jemand mit einem frischen Summton, und ein anderer stimmt ein.

Madonna und Elvis knien nebeneinander und berühren die blauen Blütenkugeln des Knoblauchs. Ein Junge nimmt Zola bei der Hand, sie folgt ihm zu den Möhren und berührt das Grün mit den Fingerspitzen.

Evelyn und Janine sitzen am anderen Ende des Gartens, abseits von Leonard und Mathilda. Janine albert mit dem neuen Praktikanten, einem Engländer, herum. Evelyn hält nachdenklich den Stengel einer Sonnenblume fest.

»Dank der Eurhythmiestunden kann sich jeder in Sommerdal in eine Pflanze hineindenken. Außer mir«, flüstere ich Zola ins Ohr.

»Was ist Euremie?«, flüstert sie zurück.

»Guten Morgen«, antwortet Elvis, obwohl es Nachmittag ist. Er breitet die Hände aus wie die Äste eines Baums.

»I-ich kann br-brennen!« Madonna bewegt die Schultern. Vielleicht ist sie eine Brennnessel.

Sogar Johan sitzt zufrieden mit einer der Köchinnen vor einer Lilie.

Nach einigen Minuten zündet Ralf einen Joint an, den er an Leonard und Mathilda weiterreicht. Die ersten Kinder jagen sich, ein Junge sitzt auf Zolas Schoß. Er streichelt ihren Bauch und legt seinen Kopf an ihre Brust. Elvis und Madonna krabbeln zu ihr und kitzeln den Kleinen. Evelyn und Janine drehen ihren eigenen Joint. Der leptosome Engländer neben ihnen hat seinen Kopf geschoren. Seine Arme sind tätowiert.

Als ich Zola hochziehen will, klettern die Kinder auf mich. Zola sieht glücklich aus. Leonard umarmt Mathilda von hinten und flüstert ihr etwas ins Ohr. Evelyn sieht kurz auf und schnell wieder weg.

»Könnte man doch jede Woche machen?«, sage ich. Sommerdal beginnt mir zu gefallen.

»Haben wir, Matthias.« Johan nimmt einen tiefen Zug. »Am Anfang haben wir das jeden Tag gemacht.«

»Da waren wir noch jung …« Mathilda lehnt sich an Leonard, der zu Evelyn blickt.

»Und wir haben nichts gebacken gekriegt«, kommentiert Johan.

»Wir hatten sogar einen Rudi-Dutschke-Tag. Beim ersten Mal kam noch einer vom ANC. Aus Pretoria«, sagt Mathilda mit einem Grinsen.

»Die Kommies hier sind längst Kapitalisten.« Johan rupft weiter Löwenzahn raus.

Ein Schuss kracht in der Entfernung, und das Dorf verstummt.

»Sie kommen dich holen«, ruft Werner zu Johan.

»Nur wenn du deine Steuern nicht bezahlst.«

Ein Hubschrauber fliegt niedrig über das Dorf. Elvis folgt ihm mit dem Arm.

»Sie jagen immer noch den Verrückten«, erklärt Ralf neben mir.

»Wen?«

»Streesemann. Einer aus Tweewaterskloof. Letzte Woche hat er ein Mädchen entführt.«

Ein zweiter Schuss fällt. Die Sirene eines Polzeiwagens ist zu hören. Wir verlassen als Letzte den Garten. Mathilda hat im Hof Kaffee und Kuchen aufgetragen.

»Wer schießt denn?«, frage ich.

»Die Polizei. Hoffentlich.« Leonard nickt zu Madonna und Elvis und spricht leiser. »Er hat schon acht Frauen vergewaltigt.« Mathilda nimmt Zolas Hand.

»Geht nicht allein spazieren, vor allem nicht du, Zola. Willst du nicht zu uns kommen, wenn Mandwambe wieder unterwegs ist?«

Mandwambe grunzt zustimmend.

»Er ist doch nur im Tal«, wirft Zola ein.

»Jetzt hat er dieses Mädchen. Sie glauben, sie ist tot«, sagt ihre Mutter laut. Mathilda wirft einen Blick auf Madonna und Elvis.

»Streesemann, ist das nicht Deutsch?«, frage ich.

»Nein. Er war Packer auf der Apfelfarm oben.«

»Aber warum erwischen sie ihn denn nicht. Das Tal ist doch nicht so groß?«

Mathilda dreht an ihren Locken.

»Sie würden ihn leicht finden«, erklärt Leonard, »aber die Leute in den Dörfern haben Angst. Sie verstecken ihn, obwohl 40.000 Rand Belohnung ausgesetzt sind.«

»Und keiner will das Geld?«

Mathilda legt Mandwambe ein zweites Stück Kuchen auf.

»Warum kriegt man Geld?«, fragt Elvis. Er und Madonna stochern mit den Fingern in seinem Stück. Mandwambe schüttelt den Kopf.

»Er ist ein Geist. Er kann sich in eine Frau verwandeln oder ein Tier.«

Leonard lacht und faltet ein Flugblatt auseinander. Es ist ein graukopierter Schnappschuss eines 30-jährigen Mannes mit Ziegenbart und einer zu großen Baseballmütze. Er sitzt auf einem Sofa neben einer Frau. Die Frau ähnelt Mandwambe.

»Sieht aus wie Jerome!«, sage ich im Spaß. Mandwambe schlägt mir auf den Hinterkopf. Die anderen lachen.

»Du bist mein Junge. Und er ist mein Junge«, sagt sie streng.

»Wer ist ein J-junge?«, will Madonna wissen.

»Matt ist ein Junge«, erklärt Elvis.

»Ach so. Wie Victor.«

»Wer ist Victor?«, fragt Mathilda.

»Streesemann«, sagt Leonard, »ich glaube, er ist ein Kapmalaye, ein Muslim.«

»Er ist ein Coloured«, schnappt Mandwambe.

Als sie sich verabschieden, küssen sich Mandwambe und Mathilda auf die Wangen und streicheln der anderen Arme.

»Fahrt vorsichtig«, sagt Mathilda und drückt Mandwambe wieder an sich. Wir stehen an meinem Fiat und sehen dem Hubschrauber nach.

»Du siehst nicht gut aus«, sagt Zolas Mutter zu Mathilda.

»Männer«, antwortet Mathilda.

»Du brauchst *muti.*« Mandwambe zeigt auf eine Kette. »*Muti* macht sie weich.«

Ich öffne die Autotüren, und Mandwambe sagt etwas auf Xhosa. Zola verdreht die Augen.

»Was?«, frage ich Mathilda, die grinst.

»Sie mag dich«, flüstert sie mir zu.

»Wer flüstert, d-der lügt!«, schreit Elvis. Als wir zur Ausfahrt rollen, eilt Mathilda uns nach. Ihre Wangen glühen. Atemlos steht sie an meinem Fenster, wirr und besorgt.

»Ihr müsst aufpassen!«, sagt Mathilda ernst, »ihr müsst gut aufpassen.«

Das Hotel

Ein Schwall ärgerliches Xhosa kommt uns aus der Küche entgegen. Der Fernseher im blauen Wohnzimmer ist stumm. Mandwambe erscheint in der Tür und sieht Zola streng an.

»Was glaubst du«, sagt sie auf Deutsch, »was deine Mutter den ganzen Tag ohne dich tut?«

»Sorry Mom«, antwortet Zola wie in einer Soap.

»Wo wart ihr?«

»Im Kino«, sage ich schnell. Ich habe keine Ahnung, ob sie schon von unserem Versteck im Museum weiß.

»Sie behauptet, dass sie sich Arbeit sucht!« Mandwambe lacht hämisch und verschwindet in die Küche.

»In Deutschland hilft die gute Tochter der Mutter«, ruft sie.

Zola schaltet den Fernseher ein, ohne Ton, sieht mich verschworen an, aber ich darf sie nicht küssen.

»Nicht«, sie deutet auf die Küche, als wollte sie ihrer Mutter nicht die Genugtuung geben.

»Iss, du bist zu dünn für einen Mann.« Mandwambe stellt mir einen Teller Fleisch hin. Es ist kalt. Sie lächelt süßlich.

»Danke.« Ich warte, aber sie bleibt stehen, bis ich abgebissen habe.

Wir lesen in einer *Pietersdorp Times*, die die Schwester neben anderen Gazetten verkauft. Zola kassiert von einem alten Mann im Anzug, der sich den *Sowetan* unter den Arm klemmt und grußlos die Glastür hinter sich zuzieht. Nach ihm kommt Jerome.

»Wie geht's, wie steht's?« Er wischt sich übers Gesicht. Er scheint seine Bundeswehrjacke nie abzulegen.

141

»Molo, sweetheart«, sagt er zu Zola.

Zola versteckt sich hinter der Zeitung. Jerome mustert mich, er deutet auf einen abgebrochenen Zahn.

»Hey, das war nicht ich«, verteidige ich mich. Meine Muskeln sind gespannt, bereit zum Aufspringen.

»Bah!« Er springt vor, und ich zucke.

»Hör auf«, Zola sieht ihn streng an.

»Das war der Moffie Mo, die schwule Sau.« Jerome macht Tanzschritte dazu. Bei Tageslicht sieht er leicht irre aus.

»Pater Michael wartet auf seinen Fernseher!« Mandwambe steht mit Armen in der Seite vor ihm.

»Ich bin ein Rasta, ja, ja.« Er tanzt weiter. Mandwambe lacht und schlägt ihm mit einer Zeitung auf den Kopf.

»Du Taugenichts, du wirst enden wie dein Vater, ein Trinker und Hurenbock«, sagt sie. Jerome lacht ebenfalls. Zola sieht schnell weg. Er wirft Geld auf den Tisch und nimmt Mandwambe die Zeitung aus der Hand.

»Meki! Was ist mit dem Fahrrad?« Mandwambe hält ihn fest.

»Business, Mama Zizi, Business.« Jerome zündet sich eine Selbstgedrehte an und hustet. Mandwambe nimmt sie ihm aus dem Mund.

»Nimmst du deine Medizin?«, fragt sie besorgt. Jerome nickt. Er wirft Zola eine Kusshand zu und geht mit aufgeschlagener Zeitung über den Hof.

»Mama, er nimmt seine Medizin nicht!« Zola seufzt.

»Was hat er?«, frage ich. Ich habe das Gefühl, keiner hat mich während Jeromes Auftritt bemerkt.

»Husten«, sagt Mandwambe und geht zurück in die Küche.

»TBC«, flüstert Zola.

»Eigentlich ist er ganz lustig«, sage ich ehrlich.

Zola macht mit dem Finger eine Kreisbewegung an der Stirn. Ich küsse sie flüchtig.

»Und er sieht wirklich gut aus. In Berlin wäre er der King.« Ich beobachte Zola, die aufmerksam liest.

»Ja«, sagt sie abwesend, »Meki ist sehr deutsch.«

Die Nachrichten der *Pietersdorp Times* sind auf Englisch, Afrikaans, und »Jetzt Neu!« steht darüber, auch auf Xhosa, wenn auch nur unten, auf der zweiten Seite.

Der Golfclub und die Rotarier bringen die *news* auf Englisch. Der Bericht über den Verkehrsunfall, bei dem die einzige Fußpflegerin von Pietersdorp verbrannte, ist auf Afrikaans. Gesterft het. Die Schießerei wegen Grillfleisch, braaivleis, die Jagd nach dem Vergewaltiger Streesemann im Tal oben ebenfalls auf Afrikaans.

Zola kann ebenso wenig Afrikaans wie ich. Aber mit Deutsch können wir den Sinn erraten.

»Was schreiben sie auf Xhosa?«

»*Oomongikazi bazokuba eassistant abntwana etowndevelopment abane minyaka emihlanu nangaphantsi, ngakimbi abo, äh ...*« Zola gähnt.

»Heißt?«

»Die Ministerin für Education und der Assistant für Towndevelopment? ... sind in einem Meeting übereingekommen, dass die Straßenbeleuchtung ...« Zola verdreht die Augen.

»Was heißt Meeting auf Xhosa?«

»Emeeting.«

»Und wie macht man dieses ...?« Ich versuche ein Klicken in der Kehle.

»Nein, so«, sie zeigt mir drei verschiedene Klicklaute des Xhosa. »Matt!« Sie merkt zu spät, dass ich sie küssen will.

»... und sonst. Keine Verbrechen, Morde oder so?« Ich sinke zurück ins Sofa. Zola überfliegt die Zeilen.

»Nein.« Zola hustet. Ich klopfe ihr auf den Rücken.

»Geht schon. Ich hab nichts verschluckt.«

»Hast du dich erkältet?«

»Nein, ich krieg warm.«

Mandwambe kommt mit einer Flasche Wein. Ich ziehe schnell die Hand von Zolas Rücken. Mandwambe nimmt missmutig die *Pietersdorp Times*. Zola reicht ihr eine Lesebrille und steckt die Hände zwischen die Beine. Ich halte die Luft an.

»Sie verstecken die Statistik«, schnarrt die Mutter und wirft die Zeitung auf den Tisch. »Die Polizei. Von den Verbrechen.«

Sie stellt mir und sich ein Glas hin und streicht die Tischdecke glatt.

»Deutschland«, sagt sie und steht abrupt auf. Sie nimmt ein Bild von der Wand, das einen Bischof mit lila Robe und Käppi zeigt. Er steht mit anderen in einer Fußgängerzone vor dem Portal eines großen Hotels. Mandwambe zeigt auf einen hageren Mann im Hintergrund, Desmond Tutu steht vor ihm.

»Walter«, sagt sie und legt das Bild weg.

»Jesus liebt dich.« Sie nimmt meine Hand.

»Okay?«, antworte ich unsicher. Sie schweigt.

»Ihr Weißen ...«, sagt sie plötzlich, »ihr Weißen denkt, wir wären wie ... Müll!«

Ich sehe sie erstaunt an.

»Warum können wir nicht leben wie ihr?« Sie reicht mir ein Schreiben der Stadtverwaltung. Zolas Familie muss der Stadt, der das Township gehört, ab diesem Monat Miete zahlen.

»Das ist der Fortschritt!«, sagt sie und trinkt.

»Es gibt so viele Reiche in diesem Land. Und ihre Häuser stehen leer«, tröste ich sie.

Mandwambe mustert mich.

»Ihr solltet ein großes Haus haben und einen Garten, umsonst!«, sage ich mit Überzeugung.

»Ich will keine Kommunisten in meinem Haus.« Sie grinst. »Du redest wie Meki, wie Jerome.« Sie sieht mich prüfend an.

»Du kannst ein Shareholder sein.«

144

»Was?«

»Wenn ich aus der Transkei zurück bin, mache ich auch ein Hotel«, spricht sie feierlich und trinkt einen großen Schluck.

»Transkei?«

»Wir fahren alle an Weihnachten nach Hause«, sagt Mandwambe.

»Mama!«, protestiert Zola. Ihre Mutter bringt sie mit einer Geste zum Schweigen und zieht eine Skizze hervor.

»Wir bauen um das Haus herum. Das Zimmer kostet 1.000 Rand! Mathilda schickt mir Gäste, reiche Leute aus Übersee.«

»Mama, 1.000 Rand!?«, sagt Zola aufgebracht. »Das ist Bezahlung für einen ganzen Monat.«

»Das verdienen die Gerrys in einer Stunde«, ruft Mandwambe. »Und dann morschen sie es weg, in der Stadt!« Sie deutet nach Pietersdorp.

Zola schaltet den Fernseher ein und sieht sich eine Soap aus Soweto an. Die junge Frau eines Barbetreibers wirft eine Flasche Whiskey in den Spiegel, der zerbricht. Eine zweite Flasche schüttet sie angewidert auf den Boden. Ihre Haare sind leuchtend rot gefärbt, sie hat Aids und ist verzweifelt.

»Das Kind«, sagt Mandwambe und hebt die Arme. »Sie war so eine schwere Geburt. Und jetzt hat sie keine Arbeit. Matt, sie kann singen und will nicht.« Mandwambe schlägt auf den Tisch ... Und sie verschenkt die Kette meiner Großmutter!«

Xhosaworte fliegen zwischen Mutter und Tochter hin und her. Mandwambe beendet es mit einem »Hamba!«. Sie drückt meine Hand. »Wer soll sich um sie nur kümmern!?«

Zola dreht den Ton lauter und nach einem Blick ihrer Mutter wieder leiser. Mandwambe fächert verschiedene Dokumente vor mir auf wie ein Black-Jack-Spieler. Es sind Broschüren anderer Bed & Breakfasts und Hotels, ein Zeitungsausschnitt, der Mandwambe als Sangoma auf der Bühne zeigt, ein Prospekt der Stadtverwaltung über das Black-Empowerment-Programm. Ich sehe mir alles an, als würde ich die Echtheit der Papiere prüfen, während Mandwambe sich Wein nachgießt.

»Warum nicht ein Bed & Breakfast?«, frage ich. Mandwambe schnauft laut.

»Na ja, weiß nicht, aber Touristen mögen es mehr schlicht. Afrikanisch«, sage ich. Mandwambe ringt sich ein Lächeln ab.

»Und?«

»Na ja, bunte Wände, oder Mosaiken aus Scherben. Abends geht man in eine Shebeen, wo eine Band spielt, irgendwie so.«

Mandwambe zeigt auf einen Prospekt. Ein Familienhotel, wie es die Buren sich träumen. Schwere Gardinen, roher Backstein, riesiger Kamin, alles rustikal und in grobem Holz.

Ich zeige ihr ein buntes Haus, eine Pension in einem kapstädter Township. Eine runde Frau in traditionellem Kostüm lächelt davor.

»Lieber auf einem einfachen Bett schlafen. Plus Außendusche, Hühner und eine Palme im Hof. Von mir aus Zulu-Speere als Lampen und so, Holzelefanten, … aber keine goldenen Gardinenstangen!«

»Für wie viel?«, fragt Mandwambe.

»100 Rand, und … auf keinen Fall Teppichboden!« Der süße Wein schießt mir in den Kopf. Zola unterdrückt ein Lachen.

»Touristen aus Deutschland haben Angst vor Milben«, erkläre ich und schlage das Wort in Zolas Taschenwörterbuch nach. Aber Mandwambe weiß nicht, was Milben auf Englisch sind.

Mandwambe sieht zum Fernseher.

»Mein Hotel braucht einen Weißen!«, stößt sie hervor. Wir schweigen.

»… aber das Black Empowerment, äh, das ist nur für Xhosa und so.«

Manwambe winkt ab.

»Der ANC, die Comrades. Sie lassen nichts für uns abkommen.« Sie hebt den Kaftan und zeigt ihr rechtes Bein, das stämmig ist, vielleicht geschwollen. Dann hebt sie ihr linkes. Eine Narbe mit alten Stichen läuft vom Fuß bis zum Knie.

Ich mache ein ratloses Gesicht und nicke. Mandwambe schnalzt mit der Zunge.

»Wie viele Leute passen in dein Auto?«

»Ich glaube, für ein Hotel braucht man einen kleinen Bus oder so was.«

Mandwambe grunzt enttäuscht. Wir waren schon einige Male einkaufen, bevor ich Zola abholen konnte. Der Fiat riecht danach immer nach Pomade, Maismehl und dem Kokosdunst der Mamas, die wir mitnehmen.

Mandwambe sieht mich an, als verfolge sie meine Gedanken.

»Du kannst Auto fahren«, sagt sie beharrlich.

»Aber ich bin doch nur zwei Monate hier«, erwidere ich gereizt.

In der Soap entsteht eine unangenehme Pause. Zola verzieht keine Miene, während die Rothaarige in einem Krankenhausbett liegt und weint. Die Titelmelodie der Soap spielt etwas Versöhnliches. Der gutaussehende Arzt tritt ein.

»Matt kann doch das Hotel führen, als Manager«, sagt Zola in das kurze Schweigen der Soap, und beide lächeln mich schief an. Für einen Moment sehe ich die Ähnlichkeit zwischen Mutter und Tochter. Mandwambe schenkt mir nach.

»Iss!«, sagt sie. »Iss, du bist viel zu dünn für einen Mann, der arbeiten und Kinder haben soll.«

Zola und die Mutter lachen und reden Xhosa.

Ich stelle mir ein Haus mit bunten Wänden vor. Zola

an meiner Seite, der Jacuzzi in unserem Zimmer für die Winter, ein großes Bett, sie meine Gefangene, während draußen die Kinder singen. Ein Moment der Lust. Ich bin der Manager eines Luftschlosses.

Unsere Blicke treffen sich. Zola beißt sich auf die Lippe. Ihre Schwester kommt redend aus der Küche und reicht Zola ein Handy.

»Mo!«, ruft Zola, und fröhliches Geschnatter erhebt sich.

»Weißt du, warum wir ihn Moses nennen?«, ruft Mandwambe mir zu.

»Bibel?«, rate ich. Die Mutter und die Schwester kreischen auf. Mandwambe springt auf und wiegt ein Baby in ihren Händen.

»Fußball?«, frage ich. Die Frauen werden hysterisch, Zola fällt vor Lachen fast vom Sofa.

»Prost!« Ich leere mein Glas in einem Zug wie die Mutter.

Täler

Johan ist mein Komplize. An guten Tagen schleppe ich Erdsäcke, sortiere Kartoffeln und kann früh gehen. Jetzt ist es drei, und vor mir liegen zwanzig Meter Erdbeeren.

»Mann, wozu wächst dieses Zeugs?« Ich reiße lange Wurzeln von Büffelgras raus. Unkraut wächst hier über Nacht.

»Arbeit macht frei«, sagt Johan. »Kennst du das?«

»Mich nicht. Das ist so ein blöder Nazi-Spruch.«

»Die haben auch nur geklaut.«

»Aha.«

Es ist einer der seltenen Gespräche, die Johan anfängt.

»Aus'm Hinduismus, Hakenkreuz und so.« Er trinkt sein Wasser und stützt sich auf die Hacke.

»Alles ist geklaut. Apartheid. Anthroposophie. Terrorismus, Widerstand, Demokratie. Und was wir hier machen ... Alles gestohlen, kopiert und ... kleingeredet.« Er tritt einen Löwenzahn aus der Erde. Elvis lauscht uns mit Händen hinterm Rücken am Rand des Beets. Der Hubschrauber ist irgendwo zu hören.

»Wieso gehst du eigentlich nicht zu diesem Dings, Kundalini?«

»... Mensch, Wörter, Matthias. Du weißt nie, wo sie dich hinführen. Ich sprech da aus Erfahrung.« Er grinst.

»Meine Mutter ist bei den Grünen«, sage ich wissend. Johan lacht. Elvis wippt ungeduldig.

»Hier sind noch Kommunisten in der Regierung von Mbeki. Und bei den Gewerkschaften. Sie reden wie welche und sind aber Erzkapitalisten, die sich gegenseitig bestehlen!« Johan setzt sich erschöpft.

»Matti! Matti!«, ruft Elvis. Er und Madonna warten

seit zwei Wochen auf das Paket meiner Mutter. Ich nicke.

»I-ich liebe deine sch-schöne Mutter!«, sagt Elvis und dreht sich im Kreis.

»Eli! Du hast sie doch noch nie gesehen.« Mathilda ist mit einem Korb zum Pflücken gekommen.

»Was hat sie denn diesmal geschickt?«, fragt sie.

»Schokolade.«

»Jau!« Elvis klatscht in die Hände.

»Und Kondome, falls jemand Interesse hat. Erdbeergeschmack.«

Mathilda lässt ein seltsames Geräusch hören.

»Männer brauchen so ein Ding über dem Kopf«, murmelt sie.

»Und Kugelschreiber. Zehn Stück.« Wir lachen. Sie kennen die Geschichte von dem Ethnologen, der von Kindern umringt war, nachdem er einen Kugelschreiber fallen ließ. Irgendwo in Westafrika.

»Im Schrank, unter meinem Surfanzug«, sage ich zu Elvis, der sofort zum Haus rennt.

»Kriegen die beiden kein Taschengeld oder so?«

»Wir geben ihnen kein Geld, Geld ist nicht gut«, sagt Mathilda auf den Knien.

»Wir *haben* gar kein Geld«, ruft Johan fröhlich. Er deutet auf Mathilda, die alle Beeren isst. Der Korb ist leer.

»Johan, können wir Schluss machen?«, sage ich müde. Es ist heiß.

»Junge, wenn Wörter jäten könnten, wäre dein Feld längst gemacht.«

Mathilda prustet los. Ich weiß nicht, was *so* witzig daran ist, aber beide schlagen sich auf die Schenkel.

Am Abend stehen Ralf und Werner auf der Bühne. Ralf spielt Querflöte. Werner hat sich einen schmalen Bart um den Mund wachsen lassen und zupft an einem Bass.

Applaus. Die Downies lieben den Krach, der von einer Band namens Jethro Tull sein soll, und die beiden Männer beginnen ein neues Stück, als wären sie mittelalterliche Derwische. Elvis begleitet sie auf dem Xylophon. Er hält sein eigenes Tempo. Das Lied endet atonal.

Auf der Tagesordnung der Sommerdal-Gesellschaft stehen Spenden und ein Bericht über den Besuch eines Schwesterprojekts in Madagaskar.

»Die Rotarier«, liest Ralf von einem Blatt. Seine Stimme ist schwer. »Die Rotarier unterstützen uns dieses Jahr leider nicht mehr.« Die Hauseltern im Saal nicken bedauernd.

»Spießer«, murmelt Leonard. Johan neben ihm blickt konzentriert auf die Bühne.

»Begründung Doppelpunkt«, sagt Ralf, »bestimmte Ereignisse bei der Betreuung ...« Werner legt ihm einen Arm um die Schulter. Jeder weiß, dass die Hochzeit gemeint ist. »Na ja, ihr wisst ja, nachdem die Pietersdorp Times diesen Leserbrief veröffentlicht hat.«

»Das Ministerium für Sport und Gesundheit«, fährt er heiter fort, »hat auch seine Unterstützung gestrichen. Satte 100 Rand im Monat!« Gelächter.

»Und Frankfurt ...« Er macht es spannend. »Hat ... sein Okay gegeben!« Klatschen, Pfeifen.

»Und! Und Edinburgh unterstützt uns jetzt in sozialen Projekten!« Begeisterung. »Bravo«, ruft jemand. Elvis spielt eine rasende Tonfolge auf dem Xylophon.

»Wir können also noch mehr Straftäter aufnehmen!« Gelächter, Leonard stößt mich in die Seite. Wieder Witz, haha.

Johan steht auf. Seine Stimme ist stark.

»Freunde, wir müssen mit den Gemeinden arbeiten. Die Rotarier sind nur der Anfang. Was ist, wenn die Stadtverwaltung gegen uns ist? Und der Kirchenrat?« Schweigen.

»Die jüdische Gemeinde ist auf unserer Seite«, sagt Mathilda vor uns.

»Und die Waldorfschule«, kommt es aus einer Ecke. Johan schnaubt verächtlich.

»Die Waldorfschule! Das sind zehn Leute! Da sind fünfzig-, sechzigtausend Leute um uns, die wollen wissen, was wir machen. Haben wir denn etwas zu verbergen?«

»Hört, hört!«, ruft jemand zu Johans Ärger.

»Mensch, Johan«, spricht Ralf jovial, aber seine Stimme schwankt, »wir stehen zu unserem Beschluss. Die Leute wissen, was wir machen. Wir sind keinem Rechenschaft schuldig. Wir sind autonom.«

»Und Frankfurt?«, wirft Mathilda ein. Johan setzt sich.

»Frankfurt, ja, ja …, da können wir offen sein«, sagt Ralf vermittelnd. »Ich meine, die wollen ja nicht jeden Seufzer hören oder so. Didaktisch ja, ja, absolut. Ich meine, schreib das Mathilda …«

Mathilda sitzt mit verschränkten Armen da, Leonard reibt sich nervös das Gesicht. Auf der Tagesordnung steht nicht, dass Leonard und Evelyn neulich im Musikraum erwischt wurden von den Kleinen. Ralf schaltet den Diaprojektor ein. Das Licht wird gelöscht.

Ralf auf einem Pferd. Tropische Landschaft hinter ihm, Berge. Werner und er umringt von armen Bauern. Die bleichen Gesichter der Hauseltern irgendwo in der madagassischen Pampa. Ein Ortsschild, auf dem ›Paris‹ steht, dahinter eine Lehmhütte. Evelyn tippt mir auf die Schulter.

»Was?«, flüstere ich. Im Abendlicht stolpern wir aus dem Che-Guevara-Saal und gehen hinter unser Haus. Janine und der englische Praktikant sitzen im Gras mit kaltem Bier.

»Howzit«, sage ich, aber er ignoriert mich. Evelyn öffnet eine Flasche mit einer Gabel.

152

»Hey, Mathilda fragt mich ständig, wo das Besteck bleibt.«

»Pfft. Soll sie doch ihren Bericht schreiben. Leonard scheißt sich in die Hose. Ich nicht.«

Wir stoßen an. Janine und der Engländer mit dem geschorenen Kopf bleiben für sich.

»Wann haben sie euch denn erwischt?«

»Wochenende, glaub ich. Uaah, gähnend langweilig.« Evelyn rülpst. »Was soll man machen. Mathilda war irgendwo, Townshiptour oder so.«

Ich lache.

»Was?«

»Ich war dabei.«

»Hey, jetzt sag nicht, es war *beeindruckend* oder *wichtig* oder so.«

»Ähm. Nein, war gut. Zola hat die Tour gemacht.«

»Shit, sie ist cool. Aber die hasst mich bestimmt.« Evelyn sieht in ihre Flasche.

»Vielleicht.« Ich proste den anderen zu. Der Engländer zeigt mir den Finger und grinst. Vom Daumen bis zur Schulter hat er ein Spinnennetz tätowiert.

»Meinst du? ... Und wie sind die schwarzen Bräute so?« Evelyn hebt eine Augenbraue. Janine sieht zu uns.

»Anders«, sage ich.

»Mehr nicht?«

»Das ist schon viel. Kein Gedankenmüll und dieses ganze ... Depressive.«

Evelyn grinst. »Glaub ich nicht.«

»... Nicht diese Verzweiflung und Panik vor ... innerer Leere.«

»Anders als wir blöden Hippieschlampen?«

»Genau.« Wir stoßen an und sind leicht. Der Sommerabend trägt uns. Janine zieht die Hose ein Stück runter, und der Engländer berührt die Rose auf ihrer Hüfte.

»Martin kann dir Zolas Gesicht auf den Arm tätowieren.«

»Sehr verlockend.«

»Kannste dir in Berlin dann immer angucken.«

»Mal sehen.«

Evelyn sieht mich an.

»Falls du es nicht weißt, die Mutter von Zola will sie reich wegheiraten, damit sie von dem Bruder wegkommt, so nem Kleinkriminellen, was auch immer da läuft.«

»Erstens ist er nur ein Cousin, und zweitens ... wieso glaubst du eigentlich immer alles, was Leonard dir erzählt?«

»Vielleicht bin ich ihm hörig«, grinst Evelyn.

»Ich meine ... liebst du ihn denn? Oder er dich?«

»Klar liebt Lenni mich ...« Evelyn holt zwei neue Biere.

»Weißt du, was meine Mutter mal allen Ernstes zu mir gesagt hat?« Evelyn seufzt.

»Was?«

»Such dir jemanden, der dich mehr liebt als du ihn.«

»... Krank!«

»Ja. Sie war zweimal verheiratet. Aber irgendwas ist dran.«

Vor uns liegt satt und grün das Tal im schwindenden Licht. Die Säulen vereinzelter Grillfeuer steigen in der Windstille auf.

»Hey, wusstest du, dass die beiden mit dem Fördergeld für den Kindergarten nach Madagaskar gefahren sind?«

»Geil. Und hier sollen wir uns resozialisieren ...«

»Und Werner wollte so eine Indio heiraten und ist abgehauen.«

»Dumm wie Brot. Indios gibt's in Peru!«

»Na dann eben Neger oder Fidschis.« Wir lachen ohne Grund und verstummen, als wir Leonard und Mathilda durchs Küchenfenster hören. Teller klappern, ein Kleiner kreischt, und Mathilda summt eine Melodie.

»Evelyn?«, flüstert eine Stimme. »Evelyn!?«, ruft Leonard fast unhörbar, aber sie antwortet nicht.

Eine Abendbrise fährt durch die Bäume und verebbt wieder. Der Engländer lässt seine Flasche hügelab rollen, und wir beobachten MacFarlaine, der in seinem Garten steht und Tai-Chi macht.

»Stranger Typ«, sagt Evelyn. »Johan behauptet, er hat mit der Guerilla gearbeitet oder so, mit Mugabe. Dann hat er irgendwas gesehen. Irgendein Massaker.«

MacFarlaines dicke Gestalt tanzt zwischen den Büschen. Plötzlich springt er auf und rennt auf ein Gebüsch zu. Kurzes Geschrei, und er erscheint mit Elvis. Undeutliche Worte. Madonna stößt MacFarlaine weg und zieht ihr Kleid runter. Elvis Hose hängt ihm um die Beine.

MacFarlaine zieht ihn am Ohr über den Weg zu unserem Haus.

»Nein, nein, nein«, jammert Elvis. Madonna trippelt hinterher.

»Der Arme«, sagt Evelyn. Elvis Pimmel schlenkert, seine Arme hilflos an den Seiten. Der Engländer lacht wie eine Ziege.

Mathilda schießt aus dem Haus und schlägt MacFarlaines Hand weg, dann zieht sie Elvis' Hose hoch.

»Au, au!«, ruft Elvis zu spät und hält sich sein Ohr. Madonna und Mathilda lachen, aber Leonard und MacFarlaine reden erregt aufeinander ein. Der kleine MacFarlaine streckt sich zu ihm hoch, Leonards Fäuste sind geballt.

»... eed rules! ... ike animals!«, hören wir MacFarlaine abgehackt. Er rudert mit den Armen.

»... put them away ... kill ... cause you ... no love!« Leonard stößt ihm den Finger in die Brust.

»Mind ... freedom ... sex ... poor people!«, protestiert MacFarlaine und weicht zurück.

»We ... have ... your bloody moral!« Sie starren sich

an. MacFarlaine sieht plötzlich zu uns und grinst. Evelyn dreht sich weg. Leonard bemerkt seinen Blick und erschlafft. MacFarlaine nickt und geht zufrieden in sein Haus.

Klippen

Die Fetzen einer Arie wehen zu uns ins Hafenmuseum.

»Hörst du sie?«, frage ich Zola.

»Wen?« Zola ist auf dem Besucherklo und hält den Strahl an.

»Was macht deine Tante, wenn sie uns hier sieht?« Es ist heiß, und wir bleiben nackt in der Hitze.

»Sie kommt nicht. Sie kümmert sich um meinen Onkel.« Zola putzt sich die Zähne und wäscht sich in der kleinen Kammer.

»Und keiner, ähm, ersetzt sie, jetzt mit den ganzen Touristen?«

»Mama sagt, ich soll das machen.«

»Geil, dann kriegen wir es bezahlt!« Ich ziehe meine Badehose an und gehe im Hafenbecken schwimmen. Als ich zurückkomme, trägt Zola mein T-Shirt und meine Shorts.

»Wir haben die gleiche Größe«, sagt sie.

»Ja, gib her.«

»Nein!«

Als wir endlich das Museum verlassen, ist es früher Abend.

Die zwei Jungs in ihren alten Pullis stehen immer noch am Aussichtspunkt und singen Arien. Sie sind barfuß und legen die Hände auf die Brust wie die großen Tenöre. Touristen filmen sie.

Wir spazieren ins nahe Highcliff, um allein zu sein. Die Besitzer der Ferienhäuser kommen nur zu Weihnachten oder zum Walfestival im September, aber die Villen sind eingerichtet, als kämen sie jeden Moment wieder. Boote stehen überdeckt in den Gärten, bunte Strand-VWs ohne

Dach. Die Lampen der Alarmanlagen blinken an den Eingängen. Jedes von ihnen ist gesichert wie das Haus eines Fernsehstars, die Logos der Sicherheitsdienste groß an den Toren.

Zola und ich entdecken ein Haus, das über und über mit Kacheln verziert ist. Es sind Fischermotive vom Mittelmeer, naive Porträts der Familie. Das Europäische daran gefällt mir.

»Ist es weit weg von ... Berlin?«, fragt Zola im Schatten eines Melkbos-Baums.

»Nicht so weit. Aber schön. Ich war als Kind oft da.«

Zola mustert die hellen Farben. Ich frage mich, was sie sieht, welche Sehnsucht in ihr geweckt wird.

»Glück«, sage ich zu Zola.

»Was?«

»Glück ist eigentlich kein deutsches Wort. Eher türkisch.«

»Isses?«

Mir fällt zum ersten Mal auf, dass sie nur *is it* übersetzt. »Isses?«, frage ich.

»Yebo!« Zola sieht in die Baumkronen und lacht. Sie ist strahlender, schöner als je zuvor.

Der Eckladen vor uns heißt ›Zum lachenden Wal‹. Zola nimmt eine Tüte Marshmellows und legt sie zurück. Wir zählen unsere Münzen und teilen uns ein Kitkat.

»Lass uns nach Kapstadt fahren, Zola. Morgen kommt Geld, von zu Hause.«

»Ich muss Mama fragen. Sie will, dass ich bei *Spar* arbeite oder so.«

»Tüten packen? Wollte sie nicht mit dir und dem Chor Geld verdienen?«

»Ja. Aber das ist doch keine Arbeit ... mit Mama.«

Ein Polizist lehnt an seinem Wagen am leeren Parkplatz. Er spuckt auf den Boden und nickt mir zu. Im Reflex seiner Ray Ban fliegen wir vorbei als nervöse Flecken.

»Hast du Freunde in Kapstadt?«

»Ich war da, als Kind.«

Ich drücke ihre Hand fester.

Zola singt keinen Popsong, sondern den Refrain eines Kirchenlieds. Es ist bedrückend, als würde ein fremder Gott zwischen uns stehen.

Bauarbeiter stehen in einer Reihe vor einem Neubau und werfen sich Backsteine ohne Handschuhe zu. Ein raues Wort wandert hoch zu dem, der mauert. Sie sehen uns nach, ein kurzes Lachen, aber die Augen schmal in den glänzenden Gesichtern. Sie weichen meinem Blick nicht aus, sie messen sich mit mir.

»Was haben sie gesagt?«

»Weiß nicht. Ich mag ihre Gesichter nicht.«

»Und du weißt nicht, woher sie kommen?«

»Afrika.«

»Wir sind in Afrika, Zola.«

»Südafrika. Sie, sie kommen aus dem … Busch.« Sie lacht und deutet auf die Berge. Ein unbekannter Kontinent liegt über uns. Wir leben an seinem hellen Rand.

»Wieso willst du keine Afrikanerin sein?«

Zola macht eine vage Geste.

»Wieso willst du kein Deutscher sein?«

Zola geht vorweg mit ihrem unnachahmlichen Gang. Ihr Knie stoßen dabei aneinander. Sie reißt die Blätter von den Büschen.

»Aber warum willst du deutsch sein?«

»Die Deutschen sind groß.« Zola springt hoch.

»Du hast keine Ahnung.«

»Ich mag, wie du gehst.« Zola schreitet o-beinig.

»Ich mag, wie du meinen Namen aussprichst, ›Määähdd‹!«

»Wie du mich immer ansiehst.« Sie blinzelt. »Süüß!«

»Süß ist dein Arsch.«

»Red nicht so. Es ist *Hintern*!«

»Es ist *ass*.«

159

»Nein, es ist *bum*. Dein Englisch ist *ass*.«

Ich nehme ihr die Hände vom Gesicht, um sie zu küssen. Zola schmeckt nach dem Staub des Sommers, nach Grün und Fanta. An meinen Händen der Kokosduft ihres Haarwachses.

Die Sonne nähert sich dem Horizont. Der Himmel wird blutfarben und babyblau, als wir den Küstenpfad zum Hafen zurückgehen. Wachmänner mit Schlagstöcken patrouillieren zwischen den Touristen, die auf den Klippen Ausschau halten.

Ein Wal springt immer wieder aus dem Wasser und klatscht auf den Rücken.

»Ich wollte schon immer mal mit einem Wal schwimmen«, sage ich. »Er ist bestimmt ... kalt«, Zola schaudert. Das Meer, das für mich verlockend ist, bleibt Zola fremd. Die Sonne versinkt im Meer und zerfließt.

»Sie trinken nicht. Und sie essen nicht.«

»Was?« Ich sehe auf den schwarzen Leviathan, der unter uns dümpelt.

»Sie können nur Plankton essen, am Southpole. Nach zwei Monaten gehen sie nach Hause.« Zola sieht mich an.

»Ich gehe nicht weg«, verspreche ich.

Wer weiß, was morgen ist.

»Please help!« Ein kleiner Mann steht atemlos hinter uns.

»Theresarobbery«, sagt er mit schwerem Akzent.

»Tu es Français?«, frage ich.

»Oui.« Er ringt die Hände und spricht weiter Englisch. »Help, please!«

Zola und ich folgen ihm. Eine Frau in weißem Sommerkleid kommt uns entgegen.

»Pourquoi me laisses-tu seule?« Ihre Stimme zittert. Zola nimmt ihre Hand. Zwei Wachmänner kommen den Weg entlanggerannt, die Hände an den Schlagstöcken.

»Two men«, sagt der Franzose und zeigt Richtung Pietersdorp, »they have knives.« Die Wachmänner joggen weiter.

»Mon appareil de photo!«, ruft der Franzose ihnen hinterher.

»My money«, seufzt die Frau. Sie sind beide noch jung, keine dreißig, aber in ihrer Verwirrung wirken sie wie alte Leute.

Zola streicht der Frau über den Rücken. Sie sind unverletzt. Mehr Sicherheitsleute steigen aus einem Wagen, und Zola zieht mich weiter.

»Komm«, sagt sie und geht eilig, »ich will nach Hause.«

»Warte. Hier ist was los!«

Außer Atem kommt uns eine Frau mit einem Mädchen entgegen.

»Habt ihr zwei schwarze Männer gesehen?«, sagt sie auf Deutsch. Sie scheint uns gehört zu haben.

»Nein.«

»Meine Gäste wurden gerade ausgeraubt.« Sie zeigt auf ein Hotel an der Straße.

»Letzte Woche haben sie eine Gruppe Italiener mit rostigen Messern bedroht.«

»Sie hatten nämlich Angst vor Aids«, kommentiert das Mädchen. Sie trägt eine bunte Zahnspange.

»Sie können nicht weit sein. Ich habe schwarze Stimmen in den Büschen gehört.«

»*Schwarze* Stimmen?«

»Ja, ganz deutlich.«

»Wieso müssen es denn *Schwarze* sein?«, schnappe ich. »Nicht jeder Afrikaner ist ein Dieb, oder?«

»Nein!«, antwortet sie irritiert. Sie sieht Zola hilfesuchend an, aber Zola zieht mich weiter.

»Zola, was ist denn?« Ich mache mich los.

»Zola, was ist das für ein scheißrassistisches Land. Sie hat sie nicht mal gesehen.«

Zola geht schnell und sicher neben mir. Wir schweigen. Der Betonpfad schimmert vor uns in der Dämmerung. Eine Stimme kommt von den Felsen unter uns. Zola bleibt stehen.

Sie sprechen Xhosa in den Büschen.

Zola ruft etwas mit *Pietersdorp* und *Hamba!*. Ein Schatten springt vor uns auf den Weg und läuft davon. Zwanzig Meter weiter folgt ein zweiter. Sein ärmelloses Unterhemd leuchtet weiß.

»Yebo, Yebo!«, sagt er zu Zola und bleibt stehen.

»Kschsch!«, macht Zola. Das Geräusch von Walkie-Talkies ist hinter uns. Das Unterhemd rennt los.

»Shit, woher kennst du die?«

Zola geht schneller.

»Sie hatten Messer!«

»Ich weiß.« Zola nimmt meine Hand, aber ich halte sie fest. Ich sehe fast nur das Helle ihrer Augen.

»Wir sind *safe*, Matt.«

»Ja, *wir!*«

Zola lacht. Niemand begegnet uns. Die Polizei rast oben an der dunklen Straße entlang.

Wir sprechen kein Wort mehr, bis wir die Kanonen am Hafen sehen. Die Straßenlaternen gehen mit einem Flackern an und wieder aus. Ein großes Ohhh folgt dem erneuten Stromausfall. Auf den Terrassen der Restaurants brennen Kerzen. Fröhliche Stimmen sind zu hören.

»Zola, sie hätten auch uns überfallen können.«

»Wir sind keine Fremden, Matt. Wir sind von hier.« Sie legt ihren Arm um mich. Paare wie wir flanieren auf der unbefahrenen Straße. Gitarrenmusik summt leise aus einem Auto. Neben einem Supermarkt arbeitet ein Generator. Undeutlich sind die Gänge unter der Notbeleuchtung zu sehen.

»Warte.« Ich lasse Zola am Eingang zurück und besorge Steak-Pies und frischen Orangensaft. Zola beißt hungrig ab, ich trinke die halbe Flasche leer.

»Sorry, Sir, you forgot to pay.« Ein Mann in Schürze, der aussieht wie ein massiger Samoaner, nickt Zola zu. Auf dem Schild an seinem Revers steht *I am Malcolm, Your Manager.*

»Oh, shit!« Ich springe auf und suche meine Taschen ab, obwohl da nichts ist.

»Matt!«, flüstert Zola und legt das Pie weg. Malcolm sieht mir eine Weile zu, dann kommt er mit einer Polaroid wieder, schießt ein Bild und reicht es uns. Wir erscheinen aus den gelben Nebeln, erst als Zeichnung, dann als Schnappschuss. Zolas blickt etwas ängstlich in die Kamera, ich stehe mit einer Hand in der Tasche neben ihr, meine Augen geschlossen.

»Like it?« Malcolm grinst.

»Where you from?«

»Germany«, antwortet Zola.

»Spreken Sie deutsh?« Er sieht aus wie Idi Amin.

Zola will das Essen zurückgeben, aber Malcolm deutet auf das Bild.

»I like Punkrock«, sagt er und hält es uns hin. Es könnte tatsächlich ein Bandfoto sein, Zola und ich überrascht vom Blitzlicht.

»She is a singer.« Ich deute auf Zola.

»Matt!«, protestiert Zola und hebt ihr Gesicht stolz in die noch junge Nacht.

»Sharp, sharp!« Malcolm hebt beide Daumen.

»Come on, smile!«, sagt er freundlich. Das zweite ist für uns, erklärt er und löst aus. Zola und ich sitzen Arm in Arm auf den Stufen wie zwei zufällige Urlauber.

»Ich bin zu fett«, flüstert Zola enttäuscht und will das Foto zerknüllen.

»Nein!« Mit aller Kraft öffne ich ihre Hand, und ein erregendes Gefühl der Klarheit durchströmt mich, als wäre es Liebe.

Kap der Guten Hoffnung

Wir passieren die perfekten Wellen bei Dewston. Grün leuchten die Algen in der Lagune vor uns. Der Fiat müht sich den ersten Pass hoch in die Berge. Zola und ich schweigen, als würde eine magische Grenze der Kindheit überschritten. Wir fahren nach Kapstadt.

Windgebückte Männer stehen am Straßenrand und halten uns Sträuße von großen roten Proteen entgegen. Eine einsame Plakatwand wirbt für Äpfel: *Always a good take-away!* Daneben eine Fabrikhalle inmitten der Felder. Ein starker Wind schüttelt den Wagen. Wir sehen auf die Apfelplantagen, die von langen Rosenhecken gesäumt sind.

Zola singt auf Xhosa über Kelis *Don't trick me twice.*

Ich sehe sie an. Im Museum gestern liebten wir uns anders als sonst, gieriger und weniger zärtlich. Zola nimmt ihren Blick von der felsigen Mondlandschaft. Sie legt ihre Hand auf meine Wange.

»Sehen deine Schwestern aus wie du?«

»Ganz anders. So!« Ich biege meine Nase hoch. »Und blond. Sehr blond.« Zum ersten Mal bedaure ich, dass ich keine Fotos bei mir habe.

»Und dein Vater ist weg?«

»Er lebt woanders. Er ist auch Lehrer.«

»Und dein Onkel?«

»Welcher?«

»Du hast gesagt, wir besuchen ihn heute.«

»Herbert? Er war beim Militär. Aber er ist lustig.« Ich sehe ihn das erste Mal seit … 15 Jahren? Und vielleicht können wir da übernachten.«

»Deutsch?«

»Ja, sehr. Was war mit deinem Vater?«

»Als wir von Namibia gekommen sind, ist Mama nach Zwelihle zurück. Wegen dem Haus. Und Papa ist nach Kwa-Zulu-Natal. Er hat uns manchmal eine Postkarte geschickt. Aber Mama sagt nur Schlechtes über ihn. Jerome hasst ihn.«

»Warum?«

»Er war … Administrator. Beim ANC. Ein *fat cat*. Er hat eine andere Frau geheiratet. Ich sollte ihn besuchen. Auf meine Briefe hat er nie geantwortet.«

»Und deine Schwester ist von einem anderen?«

Zola macht eine Geste mit der Hand, die ins Nichts führt.

»Mochtest du deinen Vater?«

»Manchmal ist es wie ein Ofen. Es ist heiß da.« Sie zeigt auf ihren Bauch.

»Wenn ich traurig bin. Weil ich nicht weiß, was wird. Und wenn Mama diese Briefe bekommt, aber wir können nicht bezahlen … das gibt mir Kraft.«

»Trauer?«

»Nein. *Disappointment.*«

»Enttäuschung.«

»Ja.« Zola lächelt. »… Außerdem gibt es so viel Schönes in der Welt.«

Nach dem letzten Pass liegt endlos das Häusermeer der Capeflats vor uns. Sogar das Massiv des Tafelbergs steht hell ohne Wolken. Männer mit Dreadlocks schlendern zwischen den Autos vor der ersten Ampel. Sie verkaufen Holzgiraffen und Obstschalen aus Glasperlen und Draht. Sie sind groß und fröhlich, ihre Gesichter glänzend und lakritzfarben. Als wir auf der Autobahn unter der Fußgängerbrücke durchfahren, beobachte ich, wer oben geht, und biege erleichtert auf den Baden-Powell-Drive ab, der am Township von Khayelitsha vorbei ans Meer nach Muizenberg führt. Onkel Herbert wohnt am Kap der Guten Hoffnung.

Zola dreht das Radio leiser und sieht auf ihr Handy.

»Wer schreibt?«

»Mama. Sie will wissen, wann du sie nach Vogelbaai fahren kannst.«

»Warum?«

Zola lehnt den Kopf zu Seite.

»Schreib ihr, sie kann mich mal. Kreuzweise.« Eine Redensart meiner Mutter, fällt mir ein. Zola schreibt.

»Du schreibst das nicht, oder? Zola!«

»Just joking.« Sie schaltet ihr Handy aus.

»Warum habt ihr kein Auto?«

»Wozu?«, fragt sie erstaunt.

Wir passieren eine Gruppe Mamas, die am Straßenrand entlang mit Säcken auf den Köpfen gehen.

Der Atlantik-Drive führt an den Townships entlang durch ein Naturreservat mit Dünen. Sand liegt auf der dunklen Asphaltstraße. Das Meer zu unserer Linken ist flach und schaumig vom starken Wind. Angler mit langen Ruten stehen am Strand. Die leeren Gelände zweier buntbemalter Strandparks ziehen an uns vorbei. Familien grillen auf einem Platz, dessen Feuerstelle und Bänke aussehen wie Spielzeug. Durch die Fenster weht der süße Duft der Konfettibüsche und manchmal der Gestank einer Kloake.

»Was singst du?«

»Ich glaube, es ist von Kylie Minogue.«

»Du solltest in einer Band singen.«

»Mo kennt einen, in Cape Town.«

»Wen?«

»Ephraim. Er macht contests. Für beginners.«

»Anfänger«, verbessere ich sie. Ich weiß gar nicht, warum. Ihr Denglisch gefällt mir.

»Hey Zola, bist du hungry?«

»Nein. Sprich Deutsch, Matt«, ermahnt mich Zola, den Blick aufs Meer.

In Muizenberg beginnt das Massiv der Kapspitze. Die ersten Häuser stehen steil am Berg, und wir fahren entlang der Eisenbahnlinie. Zig Anfänger liegen in den niedrigen Wellen auf ihren Surfbrettern, und ich habe Lust, das Meer zu schmecken.

Einige Kilometer später überqueren wir die Gleise zu einem kleinen Hafen. Das Pier ist voller Familien, die auf und ab flanieren. Wir sehen den Fischern zu, die in ihrem Ölzeug auf den Betontischen lange silberne Fische ausnehmen. Friedlich liegt der Ort vor uns unter der warmen Nachmittagssonne.

»Es ist immer schön mit dir«, sage ich.

Zola drückt meine Hand.

»Ich vermisse Pietersdorp nicht.«

»Nein.« Zola lacht.

Kinder angeln mit Schnüren und Heringsfetzen nach anderen kleinen Fischen, die sie wieder zerteilen und als Köder benutzen. Ein buntes Boot läuft ein, die Männer darauf gutgelaunt und erschöpft zwischen den Holzkisten und Netzen. Am Ende des Piers bleiben wir zwischen den Familien stehen und sind zum ersten Mal nicht nur unter Buren oder im schwarzen Township.

»Wo wohnt dein Onkel?«

»In Scarborrough, auf der anderen Seite.« Ich deute über den Berg. »Er war mal Soldat.«

»War er hier Militär?«

»Nein! In Deutschland. Er kann keinem was zuleide tun.«

»Ich glaube, ein Onkel hat hier gelebt. Aber Mama sagt, er war noch klein, als sie ihn vertrieben haben.«

»Vertrieben?«

»Ja, auf die andere Seite. Nach Ocean View.« Zola deutet ebenfalls über den Berg.

»Und jetzt?«

»Er ist in Angola gestorben. Er war ein *freedom fighter*.«

167

»Hast du noch eine Erinnerung an die Apartheid?«

»Nein. Nicht an den … Krieg. Gab es bei euch denn keine Apartheid?« Zola lehnt den Kopf gegen meine Schulter. Ich lache und sehe in die weichen Wolkenfetzen, die nach Osten treiben.

»Zola, so was gab es nur in Südafrika.«

Wir lassen die letzten Häuseransammlungen hinter uns. Die Straße windet sich eng an den steilen Klippen entlang, und wir nähern uns der Spitze des Kaps. Mir fallen die Neonazis in Brandenburg ein. Martin Luther King. Konzentrationslager. Zola ist zu mir gerückt. Sie mag den Abgrund neben uns nicht.

»Wo sind wir?« Zola dreht sich um, als wir am Kontrollhaus vorbei in die menschenleere Landschaft fahren.

»Am Kap der Guten Hoffnung.« Eintönig zieht der Fynbos an uns vorbei. Der Parkwächter hat uns daran erinnert, dass wir nur eine Stunde haben. Die Sonne geht unter.

»Hier ist doch nichts.«

»Das Ende der Welt«, sage ich.

Auf dem Parkplatz erwarten uns die Paviane. Die kleinen spielen auf den Mülltonnen oder jagen sich. Ein großer grauer Affe sitzt auf einem Autodach und klaubt etwas aus seinem Fell.

Wir fahren ans andere Ende und öffnen vorsichtig die Türen. Ein Wärter in grüner Parkuniform läuft uns schreiend mit einem Stock entgegen. Hinter mir versucht ein Pavian sich ins Auto zu drängen.

»Matt!« Zola winkt und läuft zum Postkartenstand. Ich springe einen Schritt zurück und schlage die Tür schnell zu. Der Affe bleckt enttäuscht die Zähne.

»Hoho! Husch!« Der Wärter schwingt den Stock, und der Affe trabt gelangweilt vor ihm her, schlägt plötzlich einen Haken und reißt einer Frau die Handtasche aus der Hand. Zola schreit auf.

Obwohl er gejagt wird, durchstöbert der Affe den Inhalt und wirft dann die Tasche achtlos weg. Wir lachen über den Slapstick.

»Matt?« Zola sieht den steilen Weg hoch zum Leuchtturm.

»Zola, einmal im Leben am südlichsten Ende der Welt!«

»Das ist nicht hier, Matt.«

»Für mich schon, komm.« Arm in Arm steigen wir zum höchsten Punkt des Grats. Ein Schild informiert uns darüber, dass der Leuchtturm auf dieser Höhe mit großer Mühe gebaut wurde, bis man merkte, dass er ständig im Nebel ist. Der neue steht unten.

»Wusstest du, dass der Indische Ozean und der Atlantik hier zusammenfließen?«

»Es wird dunkel ... Und es ist nicht *safe*.« Zola sieht sich um. Wir sind fast allein.

»Hier waren die Seefahrer guter Hoffnung, weil sie auf dem Weg nach Indien wieder nach Norden fahren konnten.«

»Matt«, Zola sieht mich amüsiert an, »ich bin hier in die Schule gegangen.«

Einförmig liegt die endlose Fläche der See vor uns. Das Wasser changiert grün und blau, fein gerippt von den wandernden Wellen. Wir sehen Fischerboote, die winzig in der Öde treiben, und Vögel, die wie Schwalben in den Böen geschickt zum Meer stürzen und sich im Wind wieder hochtragen lassen.

»Ich würde gerne mal zur Antarktis«, sage ich, »da lang.« Ich erwarte Zolas Einspruch, aber sie sieht nicht aufs Meer, sondern auf die grauen Berge der Falsebay und den blauen Dunst über den Vorstädten.

»Was denkst du?«

»Wie groß Kapstadt ist. So viele Menschen.«

»Lass uns weit wegfahren.« Ich stelle mich hinter Zola.

169

»Ich mag Sommerdal«, wendet sie ein.

»Pscht!« Ich nehme ihre Hände, und wir breiten die Arme im Wind aus.

»Mach die Augen zu«, sage ich, und Zola summt die Melodie von Céline Dion dazu.

»Was singt sie eigentlich?«, flüstere ich in Zolas Ohr. »Ich kenne immer nur die Melodie von Songs.« Es weht kalt. Zola singt für mich mit dem Leiern von Dions Stimme: *Because I alwayhays lohove youuuuuuuu!*«

»Ist das nicht Whitney Houston?«, frage ich.

»Hast du Wolle im Kopf!?« Zola küsst mich.

»Was?«

Ein Affe sitzt auf unserem Auto, als wir zurückkommen. Bedächtig zieht er das Gummi um die Scheiben heraus. Von den Wärtern ist keiner zu sehen, die Läden sind geschlossen.

Eine Familie geht am anderen Ende schnell zu ihrem Auto und fährt davon. Dem Affen ist es gelungen, ein langes Stück herauszuziehen.

»Hey, hey, hey!«, schreie ich. Ich lasse Zola stehen und renne auf ihn zu.

»Matt!«

»Hau ab, du Scheißvieh! Schsch-schsch!« Ich versuche es mit drohenden Handbewegungen wie der Wärter. Der Affe zeigt seine Zähne, gelb und lang. Er stinkt nach Hasenscheiße.

»Hau ab!« Bevor ich die Hand ausstrecken kann, erwischt er mich am Arm. Es ist eine lässige Geste. Ich bin erstaunt über seine Kraft. Er kaut weiter am Gummi.

»Lass ihn!« Zola tupft das Blut ab. Es sind drei Kratzer, die brennen. Zola erschrickt, als sich ein älteres japanisches Paar neben uns stellt. Sie schießen Bilder von dem Affen auf dem Dach.

»Why don't you call the police?«, fragt der Mann. Seine Frau bringt ihn mit einer Geste zum Schweigen.

»There's so much crime«, sagt sie entschuldigend.

Die Scheibe der Fahrertür fällt mit einem Ächzen zur Seite und zersplittert. Der Pavian setzt sich neugierig auf den Außenspiegel und steigt ins Innere des Wagens. Er durchsucht das Handschuhfach, leckt am Sicherheitsgurt. Er zupft den Blinkerhebel raus und trabt zurück zu einem der Mülleimer.

»Schnell!« Ich ziehe Zola hinter mir her. Mit zitternden Fingern starte ich und gebe Gas. Der Pavian dreht neugierig um und kommt im Trab zurück.

»Shit«, rufe ich panisch. »Was lachst du!?«

»Matt, es ist nur ein Affe!«

Herbert

Auf der Westseite des Kaps weht der Duft des Eukalyptus zu uns in den Wagen. Die Straße unter der Allee
liegt verlassen vor uns.

Wir parken am Strand von Scarborough, und ich wasche
meinen Arm in Salzwasser. Jogger sind unterwegs, freund-
liche Menschen mit ihren Hunden, die um die Kelpreste
am Ufer balgen. Die Luft ist neblig von der Gischt, die
orange im Sonnenuntergang leuchtet.

Wir laufen durch den warmen Dunst, Kinder rennen
beglückt auf und ab, die Frauen lächeln ausnahmslos.

Wir beobachten die Surfer, die aus dem Nichts auftauchen und durch das flache Wasser an Land waten.
Benommen sitzen wir in der süßen Abendluft, als ein
freundlich blickender Herr auf uns zukommt. Als er vor
uns steht, setzt er die Brille ab.

»Ich wünsche euch einen wundervollen Abend. Seid
gegrüßt«, sagt er auf Deutsch. Ich sehe auf seinen Bauch,
der sich unter dem karierten Hemd spannt.

»Hallo«, antworte ich perplex.

»Matthias!«

»Onkel Herbert!« Wir umarmen uns.

»Mein Lieber. Ich dachte, ihr kommt gar nicht mehr!
Do you speak German?«, wendet er sich an Zola.

»Ja.«

»Ist das denn die Möglichkeit?«

Sein melodiöses Deutsch hat eine seltsame militärische
Betonung am Ende.

»Sie sprechen wirklich Deutsch?«

»Ich habe in Windhuk gelebt.«

Herbert ergreift feierlich Zolas Hand und verbeugt

sich. »Herbert von Rüsendorp, Major der Deutschen Marine zur See a. D.!«

Zola lächelt. Herbert hat etwas Rührendes, auch wenn er zu lange Zolas Hand festhält.

Er fragt höflich, ob er sich zu uns setzen darf. Gemeinsam hören wir die Wale draußen ihre Fontänen hochschießen. Die letzten Surfer kommen zurück, und im camparifarbenen Nebel erscheinen die dunklen Leiber der Leviathane.

»Ist es nicht herrrrlich!« Herbert seufzt. Das Zackige ergibt mit seinem weichen Äußeren einen komischen Eindruck.

»Ach, wie wunderbar. Ach, dass der Matthias hier ist … und so eine umwerfend schöne Freundin mitbringt!«, sagt er zu Zola bewundernd.

»Du siehst auch gut aus!«, antworte ich, angesteckt von seiner Euphorie. Herbert winkt ab.

»Geflunkert, Matthias, aber charmant. Ich bin nur ein alter, einsamer Mann, der euch zum Essen einlädt.«

Keine 50 Meter vom Strand sitzen wir auf der Terrasse eines Restaurants, aus dessen Küche ein Papagei krächzt.

Neben uns liest eine afrikanische Frau im Anzug Zeitung. Eine Familie isst Fisch, der Vater indisch, die Mutter und die Kinder bleich und still, als wären sie deutsch. Der Kellner sieht aus wie die Surferboys in Mosselrivier.

Zola und ich bestellen alles, was besser klingt als Fish 'n' Chips und Maissnacks. Riesige Teller mit Fischtartar werden gebracht, gebratene Sardinen, Humus mit Oliven, Muschelsalat, ein gegrillter Kaplachs in Kapernsoße, Salate und ein massiges Steak, von dem Herbert sofort eine Hälfte für Zola abschneidet.

Herbert gießt uns kalten Weißwein ein, während ich ihm die Jahre erzählen muss bis zu dem Tag, an dem ich in Sommerdal ankam.

173

Er lacht bei jedem Satz der Affengeschichte. Zola sieht mich mit glänzenden Augen an.

»So sollte es immer sein«, seufzt Herbert beim Dessert. Zola öffnet heimlich den Knopf ihrer Hose.

Wir folgen seinem Wagen einen Kilometer Richtung Norden. Er bringt uns kaltes Windhuk-Bier und Erdnüsse auf der Terrasse seines Häuschens, das in den Berghang des Mysty Cliffs gebaut ist.

»Siehst du, Matthias, auch wenn du nie an mich gedacht hast, euer Weg hat hierhergeführt!«

Ich nicke. Wir hätten ihn schon vor Wochen besuchen sollen.

»Und Sie kommen auch aus dem malerischen Pietersdorp?«

»Zwelihle.«

»Zwelihle«, spricht Herbert andächtig nach. »Ich wünschte, ich hätte ein wenig Xhosa gelernt.«

»Sie können noch anfangen.« Zola trinkt von ihrem Wasser.

»Ja, ja, aber ach, ich bin zu alt.« Da ihm keiner widerspricht, sehen wir in die Nacht.

»So ein schönes Mädchen!«, sagt er, als hätte er seit Jahren keine Frau mehr gesehen. Ich stimme ihm zu und muss ihm unsere Geschichte erzählen.

»Du hast sie geliebt von Anfang an!«, ruft Herbert. »Und Sie?«

Zola lacht.

»Matt hat lustige Gesichter gemacht. Ich dachte, er ist verrückt ...«

»Was?!«, rufe ich.

»Wir haben uns in Sommerdal gesehen. Ich dachte, du bist einer von denen.«

»Zauberhaft, wie in einem Märchen.«

Zola verschluckt sich und schnappt nach Luft. Herbert und ich springen auf.

»Zola!«

»Teuflische Nüsse.« Onkel Herbert schüttet die Schale über die Brüstung. Als Zola sich beruhigt, trinkt er sein Bier durstig aus einem Weizenbierglas.

»Alles okay?«

Zola nickt. Sie sieht erschöpft aus. Herbert reicht ihr eine Decke.

»Danke!«

»Gerne! Ach, das ist die frische Seeluft. ›Champagner Air‹, wie man hier sagt.« Er prostet uns zu.

»Und sag, wie gefällt es dir in Sommerdal? Mensch, ich hätte längst mal hinkommen sollen, so eine tolle Idee. Und man spricht da Deutsch?«

»Als wäre man in Deutschland«, sagt Zola und lacht.

»Und Ihnen gefällt's da, richtig?«

Zola lächelt ausweichend.

»Man sieht's Ihnen an. Da wären Sie gut aufgehoben … ja.«

Herberts Überschwang hat mit dem letzten Bier seinen Höhepunkt erreicht. Zum ersten Mal sieht er, ohne zu sprechen, auf den noch warmen Kontrast des Himmels am Horizont.

»Ach Kinders, was hätte ich gerne Kinder wie euch um mich herum. Und viele Enkelkinder!« Er blickt auf Zola. »Und Frauen! Frauen sind das Allerschönste im Leben!«

Er wechselt zu Wein und erzählt harmlose Tierwitze, die sogar Zola lustig findet. Plötzlich steht er auf und verschwindet im hellerleuchteten Haus.

Angenehme Stille legt sich über die Bucht. Ein kühler Wind stößt uns träge an. Zola kuschelt sich in ihre Decke. Sie blickt mich hinter dem Stoff an, ihre Augen belustigt.

»Ist er wirklich dein Onkel?«

»Na ja. Er war mal mit meiner Tante verheiratet, in Belgien. Wir haben uns nicht oft gesehen, aber er hat jedes Weihnachten Geschenke geschickt.«

»Und hat er keine Kinder?«

Ich schüttle den Kopf. Herbert kommt mit einem auf-
geschlagenen Buch zurück. Er steht mit erhobener Hand
am Tisch.

»O welch Freude dieser Abend bringt,
bin ich doch seines Schattens Diener,
das Glück, das mir hold winkt,
weil eine Frau, die ich lieb hab, singt ...«

Er liest das ganze Gedicht auf Deutsch vor und schlägt
das Buch zu. Ergriffen von den eigenen Worten sieht er
schweigend zu den Bergen.

»Sehr schön«, sage ich, um ihn nicht allein zu lassen.

»Es ist über die Liebe, verehrte Zola, die ewige Liebe,
die in der Luft liegt und im Herzen!« Tränen stehen in
seinen Augen. Zola sieht ihn gespannt an.

»Matthias, Zola«, er verbeugt sich, »die großen Geister,
Beethoven, Bach, Händel, Schiller, Leibniz, Goethe, sie
sind alle hier zu Hause!« Wir stehen auf, und am Eingang
seines Wohnzimmers weist er auf die Berge und das Meer,
das sich hinter der Straße dramatisch an den Klippen
bricht.

»Wo ist Ihre Frau?« Zola sieht auf ein großes Bild vor
dem Kamin. Es zeigt Herbert in einem Garten mit einer
schönen Skandinavierin, der helle Locken ins kindliche
Gesicht fallen. Ich schüttle stumm den Kopf. Herbert
sieht Zola nachsichtig an, dann lacht er auf.

»Vergangen, liebe Zola, eine große Liebe.« Er hebt sein
Glas und prostet uns wieder zu. Wir stoßen gemeinsam
an.

»Also, ihr bleibt doch noch?«

»Wir wollen in die Stadt, ein bisschen ausgehen.«

»Ach!«

»Und Zola trifft ihren Musik-Agenten«, übertreibe
ich.

»Ach, die Stadt, Träume, Gespenst der Illusion.« Er

küsst Zolas Hand. Zola will die Wolldecke, die sie bewundert, nicht annehmen.

»Aber nein, es ist Wolle aus der Karoo. Eine so junge schöne Frau wie du muss sie haben. Wir können doch Du sagen?«

»Herbert?« Zola ist zum Auto gegangen. Ich drücke seine Hand. Er betrachtet mich plötzlich müde. Ich sehe den Abend, der einsam hinter ihm lauert.

»Kannst du uns vielleicht, ich meine, meine EC-Karte geht gerade nicht.«

Herbert dreht sich abrupt um und verschwindet. Eine Oper erklingt. Ich komme mir vor wie ein Dieb, der lauscht, und ziehe die Tür leise zu. Kaum bin ich auf den Stufen, reißt er sie wieder auf.

»So nicht, Matthias!«, ruft er mit plötzlicher Energie und hebt den Zeigefinger. Er reicht mir ein Kuvert mit acht neuen Hundert-Rand-Scheinen. Zola und ich könnten uns ein Hotel nehmen. Und es würde immer noch für eine Woche reichen.

»Fröhliche Weihnachten.«

»Wirklich?« Ich halte ihm das Kuvert nur halbherzig entgegen.

»Liebe kann nicht nur von der Luft leben«, ruft er und winkt Zola. Sie lächelt zurück, hebt die Hand, ganz Diva am Fenster einer Limousine.

»Was singt sie denn?«

»Kirchenlieder. Und Popsongs. Sie hat eine unglaubliche Stimme, Herbert.«

»Wunderbar. Vielleicht singt sie auch mal für einen alten Mann.«

»Klar, ähm, nächstes Mal.«

»Ja, nächstes Mal«, sagt er knapp. Dann schließt er die Tür mit einem lauten Rumms, und die Lichter erlöschen.

»Was ist mit seiner Frau?«, fragt Zola, als wir auf der gewundenen Bergstraße nach Kommetje fahren.

»Sie hatte Alzheimer.«

»Und?«

Ich überlege, wie wahr die Wahrheit in so kurzer Form sein kann. Zola wartet.

»Sie hat alles vergessen. Und eines Tages auch Herbert.«

»Sie hat ihn vergessen?«

»Meine Mutter hat es mir erzählt.«

»Und dann?«

»Ich, er …, er hat sie wohl manchmal stehen gelassen, um zu sehen, ob sie ihn sucht. Aber hat sie nicht. Sie kannte ihn nicht mehr.«

»Ist sie daran gestorben?«

»… Angeblich wollte er nur kurz in einen Laden … Sie wurde in der Fußgängerzone erstochen. Am helllichten Tag.«

»Von Terroristen?«

»Nein.« Komische Vorstellung. »Ich glaube, es waren Rumänen. Zwei Diebe.«

»In Deutschland?!«, fragt Zola und sinkt in ihren Sitz.

Mutterstadt

Nach den Farmen um Constantia liegt hinter einer Biegung wieder die Ebene vor uns. Ein Lichtermeer der Townships und Vororte, die Stadt. Langsam windet sich die Straße zum Fuß des Tafelbergs. Im gelben Licht der Laternen verdichtet sich der Verkehr.

Im Radio läuft schneller Kwaito, ein unruhiger, dopiger Rhythmus, in dem sich die Stadt kristallisiert, als wir in die *city bowl* kommen. Die Autobahn endet am Bahnhof. Vor uns liegen die wenigen Parallelstraßen der Altstadt.

Ich fahre für Zola die einzige Straße entlang, die ich kenne. Wir halten an einem Café, vor dem Leute an Holztischen angeregt reden und trinken. Es ist viel los auf der Longstreet.

Arm in Arm stehen Zola und ich im Strom der Bummler, die sich auf den Bürgersteigen drängen. Musik pumpt von Balkonen und weht aus Bartüren, Leute werden umarmt, man trifft sich. Wie in der Veteranenstraße vor dem Magnet. Auf den neuesten Handys werden intime Gespräche geführt, die Straße ist ein Zuhause. Wie auf der Kastanienallee.

»Und, gefällt's dir?«, frage ich Zola und meine auch Berlin damit. Zola drückt mich fester, steht gerader, stolzer. Sie bewegt sich zu einem Rhythmus, der kurz an uns vorbeifliegt.

»Miriam Makeba.« Zola lauscht der Melodie. Alle Müdigkeit ist verflogen.

Wir finden einen Tisch draußen und bestellen Bier.

Ich betrachtete Zola, die mir so vertraut vorkommt, eingeschlossen im Glück des Augenblicks.

»Prost.«

»Cheers!« Zola schlägt ihre Flasche lässig aus dem Handgelenk an meine.

Wir beobachten Menschen. Etwas zu dicke Jungs mit Sweatshirts, fickrige American-Psycho-Anzugträger, Metrosexuelle in ausgewaschenen T-Shirts, späte Mädchen aus den Büros, eng zusammengedrängt und lachend. Teenager mit kajaldunklen Augen und roten Rattenhaaren, dünne Models, die auf ihre Schritte achten, aber hässliche Männer an ihrer Seite haben.

»Molo, Zola!« Ein Mann mit Saxophon in der Hand steht vor uns. Er trägt einen Ziegenbart und kurze Rastalocken.

»How is Mo?«, nuschelt er.

»Ephraim.« Er drückt mir die Hand.

»Matthias.«

Wir bieten ihm einen Stuhl an, und er bestellt ein Bier.

»What are you up to? Business?« Er achtet darauf, sein Jackett nicht zu zerknittern.

»Just cruising«, sage ich, weil es gut klingt. Ephraim gibt mit seinem Studio an und fragt, woher ich komme.

»Berlin«, nickt er. »I like Scandinavia.« Sein Gesichtsausdruck ist müde. Er und Zola sprechen weiter auf Xhosa.

Die Frauen am Tisch neben uns lachen. Sie sind um die dreißig, makellose afrikanische Schönheiten, die ihre Cocktails nur mit den Fingerspitzen berühren. Sie sprechen nicht Xhosa oder Englisch. Ab und zu steht eine auf, eilt die Straße runter und kommt langsam wieder zurück. Dann verschwinden sie alle vier und lassen ihre Handtaschen auf dem Tisch, obwohl einem angeblich jede Plastiktüte auf der Longstreet weggerissen wird.

»Was reden sie?«, frage ich Zola, als die Frauen zurück sind. Ephraim steht abseits und telefoniert. Zola lauscht und zuckt die Schulter. So viele Sprachen, Fetzen, Laute ohne oder mit Bedeutung.

»Und Ephraim?«

»Er fragt mal rum.«

»Echt? Is ja cool!« Ich mag ihn nicht.

»Matt! Er ist nur ein …«

»Musiker?«

»Ja.« Wir lachen. Wieder steht ein frisches Bier vor uns.

Zum dritten Mal schon verlangsamt ein Mann in einem neuen Landrover, zeigt den Frauen hinter uns seine goldene Uhr und ruft etwas. Die Frauen und er scherzen. Dann fährt er weiter. Ich betrachte ihre langen weißlackierten Fingernägel, die sie in der Luft halten.

»Zola, wa…«, »Matt, wieso …« Es ist so absurd, dass wir beide gleichzeitig anfangen zu sprechen. Ich küsse ihre Hand. Zola hat mich die ganze Zeit angesehen.

»Alles okay?«

»Ja«, sagt sie glücklich, »gehen wir tanzen?«

»Was wolltest du sagen?«

»Nichts, sag du.«

Ich drehe mich um, aber die vier Frauen sind verschwunden. Zwei Männer in Lederjacken sitzen an ihrem Platz und kauen auf Zahnstochern. Ephraim ist nicht wiedergekommen.

»Nein, sag du.«

»Gehst du wieder nach Deutschland?« Zola legt ihre Stirn in Falten, eine Hand liegt auf ihrem Bauch.

»Warum?«

»Meinst du, ich kann da Arbeit finden?«

»Klar! Willst du mitkommen?«, frage ich euphorisch, aber Zola sieht auf die Straße. Dumme Frage. Neue Möglichkeiten tun sich auf. Arbeit weniger. Wir reisen, Koffer mit Aufklebern, vor den Fenstern europäische Landschaften, immer unterwegs. Eine unscharfe Vorstellung, aber umso richtiger.

»Willst du wirklich nach Deutschland?« Ich drücke ihre Hand.

»Ephraim singt auch in der Oper«, erklärt Zola. »Er kennt einen. Sie suchen für eine Band. Im April vielleicht.«

»Ach so. Klingt aber … vage?«

»Vage?«

»Was für eine Musik?«

»Free Jazz.« Zola lacht. Sie ist schön, glamourös, und setzt sich auf meinen Schoß.

»Wir können im Sommer durch den Tierpark zur Strandbar auf einen Caipirinha. Und im Tegler See schwimmen. Und abends ins Golden Gate, wenn Boomie Hip-Hop auflegt. Old School.« Es klingt *lekker*, wie die Afrikaaner sagen.

Zola atmet tief ein.

»Matt, mir ist schlecht.« Sie steht auf, springt von einem Bein aufs andere zwischen den Tischen. Mit einem Tanzschritt verschwindet sie auf dem Klo.

»Besser?«

»Ja«, Zola klatscht in die Hände und schließt die Augen. »Gehen wir?«

»Wohin du willst!«

Zola nimmt einen Schluck Bier von einem der Nachbartische. Gesichter drehen sich überrascht um, Lachen, Rufe. Wir rennen über die Straße und tauchen unter im Strom der Schaulustigen und Clubber, die sich an den Straßenständen vorbeiquetschen. Wir kaufen grobe Wurst im Brot von den malayischen Frauen in Blumenschürzen. Das Chutney ist so scharf, dass ich kaum essen kann. Zola zieht mich weiter und drängt sich an einer Schlange vorbei. Ein Riese mit Lederjacke sitzt auf einem Barhocker vor der Stahltür des Clubs. Er winkt Zola rein, aber stoppt mich.

»Sorry, we are full.«

Zola ist aufgedreht. Sie spricht schnelles Xhosa mit ihm, aber der Türsteher hebt amüsiert die Hand.

»Sister, I do not speak your language. Io sono di Somalia.«

»Certo, bene, bene«, murmle ich mein einziges Italienisch und halte ihm den Hot Dog hin. Er lacht und nimmt die Wurst.

»Was hast du gesagt?«, schreit Zola in mein Ohr. Stroboskoplicht blitzt, darunter bewegen sich Schemen. Zola beginnt zu tanzen. Ich halte meine Hand aufs Herz und deute auf sie. Zola hebt die Hände und dreht sie in der Luft. Ich hole mehr Bier.

›We are in love tonight, we are in lahahove tonight.‹ Die Stimme schwebt durch den Raum, und wir bewegen uns zu einem warmen Bass. Ein Housestück folgt nach dem anderen, rein, unverdorben. In der namenlosen Bar werden wir aufgefangen. Der kleine Raum vibriert, Freude in jedem Gesicht, Erwartung, ein Joint wird herumgereicht, und wir trinken Wodkas, tanzen und tanzen.

Ich halte Zola fest, wir küssen, atmen uns ein. Ein Mädchen umarmt mich und will Zola küssen, aber Musik treibt uns voran.

Zwei Frauen steigen auf die Bar und bewegen die Hüften, andere johlen uns freundlich zu, Zola hält mich fest. Ich rieche unseren Schweiß, die Kleider, die Wärme, Sonne ist darin, Nacht, das Glühen der Stadt.

Die Zeit verfliegt, während sich die Sekunden vor unseren Augen dehnen.

»Matt!« Zola hustet. Wir stehen in einer Gruppe vor dem Club.

Ich schlage ihr zu fest auf den Rücken.

»Sorry.«

»Nein, es ist schön. Schlag nochmal.«

Ich fahre sanft über ihren Rücken. Auf der Longstreet sind nur noch ein paar Gestalten unterwegs.

»In Berlin schließt nie ein Club«, sage ich mit lahmer Zunge. Zola hält sich an mir fest.

»Ich muss aufs Klo.«

Neben dem Club ist eine Gasse.

»Was?«

»Hilf mir.« Zola hängt schwer an mir. Ich ziehe ihre Hose herunter und halte sie an den Schultern fest. Ein Rinnsal läuft über den Bürgersteig zur Straße.

»Fertig«, Zola kichert und fällt zur Seite. Ich ziehe sie hoch, ein Schwall Kotze verfehlt mich knapp. Ich knicke sie auf die andere Seite wie einen Futon. Der nächste Schwall kommt. Zola würgt.

»Hey!« Ich wische ihr den Mund ab. Sie atmet schwer.

»Zizi«, murmelt Zola und spricht Xhosa. Ich klopfe ihr auf die Wange, und sie öffnet schwer die Lider.

»Hit me!«, sagt sie plötzlich, und der nächste Schwall kommt.

»You're okay?« Der Türsteher stützt Zola. Ephraim steht neben ihm. Diesmal ohne Saxophon.

»Seid ihr drauf?« Ephraim sieht mir in die Augen.

»It's okay.« Ich muss lachen. Beide Männer mustern mich befremdet. Ich nehme Zola auf den Rücken und trage sie die Straße hoch zum Auto.

»Zola, du musst laufen.« Meine Beine knicken weg. »Zola!« Ich schlage ihr leicht ins Gesicht. Zola stöhnt. Paare in Mänteln und Pullovern eilen an uns vorbei zum Taxistand. Kalter Wind kommt vom Meer hoch. Was ist los mit dieser Stadt? Es ist Samstagnacht.

Auf einem Balkon tanzen eine Handvoll Leute zu Reggae, aber ich finde den Eingang nicht. Ein altmodischer Toyota Celica kriecht mit scheppernden Bässen an uns vorbei. Mein Fiat ist offen. Eine leere Wimpy-Burgertüte liegt auf dem Sitz.

Ich lege Zola auf den Beifahrersitz und schließe die

Augen. Zola wimmert leise, ihre Hände auf dem Bauch. Ich hätte nie gedacht, dass Zola grau aussehen kann.

»Matt …« Sie krümmt sich.

Ich biege in verschiedene Straßen ab, mal den Berg hinauf in kapmalaiische Viertel, dann wieder hinunter. Wir kommen an einer Moschee vorbei, die Straßen sind leer. Ich halte neben einem alten Mann mit Bart und Fes, der bedächtig den steilen Berg hochgeht. Er sieht uns misstrauisch an.

»Hospital!«, rufe ich.

Sein Mund öffnet sich ohne Ton.

»Help!«, sage ich. Er deutet auf ein Kreuz auf der anderen Straßenseite. Wir stehen direkt davor. Schemen eilen hinter der Milchglastür der kleinen Notaufnahme. Nur eine Familie sitzt zwischen den großen Topfpalmen, ein Mädchen im Sari schläft auf dem Boden. Ein Helfer und eine Ärztin nehmen mir Zola eilig ab.

»Wo sind sie überfallen worden?«, fragt eine blonde Schwester besorgt auf Englisch.

»Äh, nein.«

»Vergewaltigung?«, schlägt der schlaksige Helfer vor.

»Nein, no. Ihr Magen, ich weiß nicht.«

»Ein Unfall?«

»Meiner Freundin ist schlecht«, sage ich schnell.

Die Ärztin leuchtet Zola mit einer Stablampe in die Augen. Dann führen sie Zola durch eine Schwingtür.

»Danke«, sage ich. Die blonde Schwester sitzt neben mir mit einem Formular. Sie duftet nach Wäschestärke. Wenn sie lächelt, bewegen sich ihre Sommersprossen.

»Victoria.« Sie gibt mir die Hand. »Ich bin heute Aushilfe. Rugbymatch!« Sie zeigt auf einen Fernseher an der Decke.

»Rugby um diese Zeit?«, frage ich schwach.

»Ja, in Australien.«

Der Helfer kommt zurück.

»Hallo, ich bin Albert.« Er reicht mir eine schmale, dunkle Hand.

»Wo kommt ihr her?«

»Pietersdorp.« Aus meinem Mund klingt es sehr abgelegen. Wie eine Erinnerung, weit weg. Mein Mund ist trocken.

»Wo ist Zola?«

»Sie ist okay.«

»Habt ihr eine Medicard oder so was?«

Ich schüttle den Kopf.

»Das ist ein Privatkrankenhaus. Kreditkarte?« Victoria nimmt Herberts Kuvert als Anzahlung.

»Sorry, Mann.« Albert kommt zurück mit einem Kissen für die Lehne.

»Ein Dankeschön. Für Kunden, die bar zahlen.« Er grinst. »Du siehst aus wie der Wal«, sagt er und legt den Kopf zur Seite.

»Was?«, frage ich benommen.

»André de Waal, Kricket.« Er schwingt den Arm.

Wir sehen eine Weile dem Rugbymatch zu. Es sieht aus wie eine Urform des Fußballs, nur dass der Ball platt gedrückt ist. Und wenn sich einer mit der Pille auf den Boden wirft, freuen sich alle.

»Sorry?« Die Frau im Kittel vor mir sieht der Schauspielerin *Queen* auf Zolas Postern ähnlich.

»Kann ich mit Ihnen sprechen? Ist das Ihre Freundin?«

Ich nicke. Mein Kopf wird schwer.

»Sie hat zu viel getrunken, glaube ich.«

»Irgendwelche Drogen?«

»Nein. Aber sie hustet die ganze Zeit.«

Die Ärztin lächelt. Ich rieche den Kamillentee in ihrem Atem.

»Sie müssen sie schonen.«

»Ja, ja, ich passe auf.«

Der Helfer und die Schwester lachen.

186

»Dann haben wir eine gute Nachricht für Sie«, sagt die Ärztin und legt die Hand auf meine Schulter.

»Okay.«

»Ihre Freundin ist schwanger.«

Sommerdal

»Du kannst in Südafrika nicht so leicht abtreiben.« Mathilda sieht mich mitfühlend an. Ihre Locken sind streng zurückgebunden.

»Jedes Kind, das hier gemacht wird, wird auch geboren ... und das ist richtig so. Sie wollen auf die Welt kommen.« Mathilda nippt an ihrem dünnen Kaffee. Wir sitzen vor dem Haus in der Sonne.

»Bei uns geht man doch zu einem Arzt. Und erklärt das, oder?«

»Will Zola das auch?«

»Ich weiß nicht, was Zola will ... Kann sie das Kind verlieren, wenn sie betrunken war?«

»Möglich. Oder es hat einen Schaden. Wie Leo.« Sie deutet auf den Kleinen, der einen Feigenbaum umarmt, während die anderen im Kreis rennen.

»Die Ärztin hat ihr Broschüren gegeben für ein Heim. Für junge Mütter. Als wäre sie eine Waise.«

»Matt, hier ist alles anders. Den Provinzkrankenhäusern fehlen die Medikamente. Die reichen Mädchen fliegen einfach nach Europa und erledigen das da. Im Township müssen die Mädchen zu den alten Hebammen, damit es keiner erfährt.«

Ein kühler Wind weht schwach vom Meer hoch und flaut ab. Still liegt der Sommer auf dem Dorf. Ich sitze benommen neben Mathilda.

»Ich wollte Kinder.« Sie spitzt die Lippen, als wäge sie die Entscheidung noch einmal ab.

»Aber?«

»Ich hätte mir einen anderen suchen sollen. Jetzt ist es zu spät.«

»Das war's dann«, sage ich leise. Mathilda lacht.

»Ein Kind ist etwas Schönes. Du musst dich nur mehr einbringen.« Ihr Blick verliert sich in der Ferne. Wir sehen den Bauarbeitern zu, die ohne ein Geräusch das Dach von Haus Bern neu decken.

»Zola ist in der, ähm, zehnten Woche oder so.«

»Oh.« Mathilda sieht auf den Boden. Ich bin seit einem Monat hier.

»Redet ihr denn darüber?«

»Ich weiß nicht. Vielleicht ist es vorbei.«

»Was hat Zola gesagt?«

»Auf der Fahrt zurück hat sie geschlafen und …«

»Matt«, Mathilda drückt meinen Arm, »ich dachte, ihr liebt euch.«

Ich sehe ihr in die Augen. Sie weicht meinem Blick aus. Mathilda schwitzt auf der Oberlippe. Was haben ihre Probleme mit mir zu tun?

»Steht dir gut.« Ich deute Lippenstift an.

»Danke.« Sie öffnet die Haare.

»Hab ich seit meiner Berlinzeit nicht mehr getragen.«

»Oh.« Mir ist nie in den Sinn gekommen, dass sie und Leonard einmal jung waren.

»Elvis hat den Salat zu früh rausgeholt«, wechselt Mathilda das Thema und lacht.

»Ich wusste nicht, dass Johan krank ist.«

»Jeder hat seine Aufgabe, Matt. Egal, was kommt. Wir haben sonst niemanden im Garten.«

»Wir waren auch nur einen Tag weg.«

»Warst du nie für etwas verantwortlich?«

Ich zucke die Schultern. Mathilda räuspert sich.

»Deine häufige Abwesenheit, deine Unlust hat die anderen Hauseltern etwas verärgert.« Sie öffnet die Kekse.

»Tja.« Ich drücke ihre Hand. Keiner erwähnt es, aber jeder weiß inzwischen von Evelyn und Leonard. Es ist ruhig in Sommerdal. Als warten alle auf einen Knall. Mathilda isst einen Keks nach dem anderen, nachlässig, die Brösel auf dem blauen Kleid.

»Alles wird gut«, sage ich nach einer Weile.

»Ja!« Mathilda zieht scharf Luft ein. »Ja. Hoffnung. Alles, was wir sind, ist Hoffnung.«

Ich nicke und trinke aus. Evelyn und Madonna laufen Hand in Hand über die Wiese. Evelyn biegt erschrocken zur Schule ab, Madonna löst sich und gibt Mathilda einen Kuss auf den Mund.

»Madonna, mein Kleines. Hast du Hunger?«

Madonna schüttelt den Kopf und drückt Mathilda.

»Du armes, armes, armes Rh-rhinozeros!«

Mathilda will sich losmachen und lacht.

»Du Armes, ich l-liebe dich sehr!!« Madonna liegt halb auf ihr. Mathilda zittert. Sie unterdrückt ein Schluchzen und lässt los. Sie weiß nicht, wohin mit ihren Händen, Madonna streichelt ihren Kopf.

Auf dem Weg zum Pool wähle ich Zolas Nummer. Sie hat nichts davon gesagt, dass sie das Kind will. Und ich fahre bald zurück.

»Zola?«

Ein Kind antwortet auf Xhosa und legt den Hörer weg. Jemand kreischt freudig im Hintergrund und ruft: »Lass mich!«

»Meki?«, sagt eine Frauenstimme. Ich schalte das Handy aus. Unter der Eiche beobachte ich Johan im Garten. Er hat einen Neuen. Robert. Einen erwachsenen Downie. Er pfeift den Frauen nach und trägt einen Strohhut wie Johan. Wir winken uns zu. Statt Garten habe ich jetzt Spüldienst und streiche unser Haus mit Leonard.

»Hey, Cowboy!« Evelyn taucht unter. Sie und Madonna schwimmen Brust im kleinen Becken.

»Isser nicht süß?! Ko-komm ins Wasser, Matti«, ruft Madonna.

Ich setze mich an den Poolrand und sehe in den

Himmel. Der Wind kommt vom Südosten, die Flut steigt. In Mosselrivier müssen die Wellen großartig sein.

»Was denkst du?« Evelyn schwimmt zum Poolrand. Hinter ihr schwebt Madonna im Flickern der Nachmittagssonne.

»Surfen. Ich will raus.« Ich nicke zum Haus. Erst eine Wand ist geweißelt.

»Lass uns doch runterfahren. Wir nehmen ein paar von den Kindern mit, Lenni gibt uns den Bus.« Evelyn grinst. Beide sind nackt im Wasser.

Ich ziehe meine Sachen aus und kraule mit Evelyn um die Wette. In dem kleinen Becken sind es mehr Wenden als Schwimmzüge.

»He, he, he, ihr macht ja das Wa-wasser ganz wild!«, ruft Madonna und strampelt, dass es spritzt.

»Los!« Evelyn landet eine Arschbombe, dann bin ich dran.

»Ma-martin m-muss doch den Pool putzen«, sagt Madonna erschrocken.

»Ach der.« Evelyn springt.

»Wer?«

»Der aus Edinburgh. Er kennt Irvine Welsh.«

»Wer's glaubt.«

»Redet nur von Sex.« Evelyn verdreht die Augen. Wir stehen im tiefen Wasser und sind außer Atem.

»Martin ist böse!« Madonna kommt zu uns.

»Er tut dir nichts. Er ist einfach dumm. Er hatte böse Eltern, die ihn geschlagen haben«, erklärt Evelyn.

»Der Arme!« Madonna senkt den Blick.

»Dein Pimmel ist ja ganz st-steif«, stellt sie fest.

»Nur wegen des kalten Wassers.«

Madonna schwimmt weg und geht sich hinter dem Zaun umziehen.

»Kann ich mal?«

Evelyn drückt meine Latte unter Wasser, dann legt sie meine Hand zwischen ihre Beine. Wir küssen uns kurz.

»Warum ist aus uns nie was geworden?«, flüstert Evelyn und verschränkt ihre Arme hinter mir. Ich drücke wieder meinen Mund auf ihren, der so anders schmeckt als Zolas.

»Warte.« Sie hebt die Beine. Ich versuche reinzukommen, aber rutsche ab. Evelyn seufzt und dreht sich um. Sie hält sich am Rand fest.

»Was ist?« Sie sieht mich an. Ich versuche es.

»... Aua!« Evelyn steigt aus dem Wasser und nimmt ein Handtuch. Wasserperlen glitzern in ihrem Schamhaar.

»Man kann nicht alles können.«

Ich zeige ihr den Finger. Madonna kommt angezogen zurück und trocknet Evelyns Rücken ab.

»He«, sagt Evelyn, »morgen helfen wir dir ein bisschen, und dann fahren wir alle an den Strand!« Sie schlägt das Handtuch um die Hüften und spreizt die Beine auf der Liege.

»Was meinst du?«

Es ist mehr eine Feststellung als eine Frage.

Feuer

Auf dem Weg nach Zwelihle überholt mich ein Feuer-
wehrwagen, dann zwei Golfs der Verkehrspolizei mit Sirenen, die nach amerikanischem Film klingen.

Am De Kerkdam steigt Rauch auf, und ich sehe die Barrikaden. Zwischen Supermarkt und den Hütten stehen
Menschen vor brennenden Reifen. Aus Holzpaletten
und Brettern haben sie Straßensperren gebaut, davor ratlose Polizisten, die in Handfunkgeräte sprechen. Helfer
der freiwilligen Feuerwehr stehen neben einem altertümlichen MAN-Laster und sehen zu.

Ich parke den Fiat vor einem Möbelladen. Ein klein-
gewachsener Bure steht davor und sieht auf die Szene.
Hinter den Barrikaden spielen Kinder. Die Straße ist
voll wie bei einem Volksfest. Familien kaufen bei den
Händlern am Straßenrand ein, Wagen wenden, die nicht
mehr den Weg zum Hafen nehmen können. Ein paar
Schaulustige stehen auf den Gehsteigen. Die Barrikaden
werden zu Fuß über die Wiese umgangen.

»Verdammte Kaffer«, sagt der Bure auf Deutsch. »Erst
klauen sie wie Raben. Jetzt zünden sie die ganze Stadt
an.«

»Yes«, antworte ich, aber er zwinkert mir zu. Er trägt
eine Art Kirchenväterbart, nur an der Kinnlade entlang,
wie auf einem alten holländischen Gemälde. Ein
Hubschrauber fliegt niedrig und kreist über den Häusern.

Die zwei Nigerianer neben mir lachen über etwas.
Sie tragen fabrikneue Nikes und Stoffhüte, schräg aufgesetzt.

»Howzit?«

»Tight.«

Wir machen den Handshake und beobachten das Treiben. Als einer der Polizisten einen brennenden Reifen wegzuschieben versucht, wird er mit Flaschen beworfen. Wütende Gesichter tanzen hinter der Barrikade.

Wie eine Sonde fliegt der Hubschrauber tief über uns. Drüben am Fliesenmarkt steigt ebenfalls Rauch auf. Beide Straßen nach Zwelihle sind gesperrt.

»Worum geht's?«, fragt mich ein indischer Mann mit altmodischer Hornbrille. Ich zucke die Schultern. Die beiden Nigerianer machen ebenso ratlose Mienen.

Ich halte vorm *Zebra Crossing* in Pietersdorp. Der Fernseher über der Bar zeigt den Aufstand überall im Land. Vor Ocean View an der Kapspitze stoppten Polizeieinheiten eine friedliche Demonstration, die die Versprechen der Provinzregierung einforderte. Seit Jahren warten sie auf Strom und Wasser.

Sondereinheiten feuerten Gummigeschosse in die Menge, das Ganze eskalierte. Erschrockene Gesichter hinter den Barrikaden ebenso wie bei den Villenbesitzern, die im Schutz ihrer Vorgärten gafften.

Das Gleiche in Soweto und Khayelitsha vor Kapstadt. Der regierende ANC lehnt jede Verantwortung für die Missstände in den Townships ab. Der Geheimdienst ist beauftragt worden, die wahren Hintergründe der Aufstände zu untersuchen. Die Wahlen stehen vor der Tür. Über Zwelihle kein Wort. Es ist zu klein.

Die Händler vom Markt sitzen in dunklen Ecken an den Holztischen und trinken Bier. Zigaretten werden gedreht.

»Eines Tages werden wir alle gekillt«, sagt ein Mann mit Pferdeschwanz und tabakverfärbten Zähnen. Er spricht das breite Englisch der Afrikaaner. Die große Blonde neben ihm wirft mir einen freundlichen Blick zu und spricht britisch.

»Robert, deine Paranoia stinkt wie ein alter Furz!«

»Solange der ANC Mugabe unterstützt, geht hier nichts weiter.« Der mit den kurzen Dreadlocks leckt langsam sein Zigarettenpapier. Seine Zunge ist spitz wie sein Gesicht. Die ganze Gruppe ist weit über dreißig.

»Mann, und das Land für das neue Housing-Projekt hat jetzt der Golf-Club«, kommentiert der Pferdeschwanz zusammenhangslos.

»Hi, ich bin Janis. Hör nicht auf die Verrückten!« Die Engländerin streckt mir die Hand hin.

»Wo kommst du her?«

»Belgium«, lüge ich und hoffe, keiner von ihnen spricht Französisch.

»Du hast aber einen deutschen Akzent!« Inzwischen haben sich mir alle zugewandt.

»Hallo, ich spreche Deutsch«, sagt eine kleine Frau mit kurzen Haaren. »Meine Mutter kommt aus Hamburch.«

Kurzes Schweigen, während die Männer den Kricketnachrichten lauschen.

»Wir sollten was machen.« Die kleine Deutsche nickt schuldbewusst.

»Bullshit«, unterbricht die Engländerin. »Die wollen uns nicht auf ihrer Seite. Nur weil du weiß bist, musst du nicht glauben, dass du ihnen helfen kannst.«

Der Barkeeper bringt eine neue Runde Bier. Am anderen Tisch wird ein Kricketschlag aus der Rückschau begrüßt.

»Du bist aus Sommerdal, ne?«, sagt die kleine Blonde. Ihre Augen haben Krähenfüße, als würde sie den ganzen Tag in die Sonne sehen.

»Yes«, antworte ich langsam. Sie bietet mir eine Zigarette an.

»Und was denkst du darüber?«, spricht sie wieder Deutsch.

»Ich weiß nicht. Ich hab gelesen, die Weißen hier sterben langsam aus. Wie die Deutschen.«

»Ja, ne?!« Sie strahlt, als wäre das eine gute Nachricht.

Wellen

Es ist ein langes Wochenende mit Feiertag, den Demonstranten wie Urlauber gleichermaßen nutzen. Einer der neuen, alten südafrikanischen Nationaltage, Gedenken an einen Burentreck, jetzt an den Schüleraufstand im Township soundso. Der Strand ist voll. Sonnenschirme leuchten bunt, junge Paare spielen Beachball mit flachen hölzernen Schlägern. Über den Kindern, die aus dem jüdischen Ferienlager quellen, steht der Rauch aus dem Township. Zola und ich haben uns seit einer Woche nicht gesehen.

In der fröhlichen Menge auf der flachen Sandbank hüpfen Evelyn, Elvis und Madonna in der vordersten Reihe zwischen den Jugendlichen, die wild kraulend auf den Wellen zu gleiten versuchen.

Das Wasser wäscht die jubelnde Menge hin und her. Mädchen springen hoch, um nicht an der Brust nass zu werden, Omas halten Babys in die Höhe, während das Meer unermüdlich Wellen erschafft.

Ich wate in die Strömung, tauche unter den ersten Schaumkronen durch, um das kalte Wasser zu spüren, das durch den zu großen Neoprenanzug schießt.

»Howzit?« Die Jungs paddeln näher, die Arme auf den Brettern verschränkt.

»Wie geht's?«, ruft einer auf Deutsch. Er heißt Kobus.

»Baie goud, en jy, John?«, versuche ich auf Afrikaans.

»Hundert percent!« Er hebt die Daumen.

Kobus nimmt eine Welle, flippt an ihrem Kamm in einen Seitwärtssalto und rast über meinen Rücken.

»Kamikaze!«, rufen die anderen und schubsen sich von den Brettern.

Plötzlich ist es zu spät. Ein Brecher wirft sich über uns zusammen, drückt mich auf den Boden, tritt mir in den Arsch, bis ich im Schaum wieder nach Luft schnappe.

»Yieehhaaah!«, schreit einer neben mir. Es ist großartig. Die Kälte des Atlantiks vergeht. Wir kraulen in den nächsten Brecher, der mich trägt und trägt.

»Matt! Matt!« Elvis wird umgeworfen, rappelt sich wieder auf und winkt, während ich lässig die Welle reite. Evelyn lacht, die Rettungsschwimmer blicken von ihren Karten auf. Kurz bevor sie bricht, versuche ich den Seitwärtsflipp, hoch zum Kamm … Mein Herz rast.

»Hey, du gefällst mir in deinem Supermannanzug«, ruft Evelyn.

Ich will mehr, verstehe die Jungs, die Monsterwellen in Indonesien reiten wollen, Giganten mit Jack Johnson auf Hawaii. Von den *people* der Meere auf den Schultern getragen. Vielleicht ist was an der Legende der Xhosa dran. Die ersten Surfer, Buschmänner, Xhosa, *dudes* mit bunten Haaren. Lange bevor die Holländer mit ihren Spitzhüten kamen.

»Sie ist w-weg!« Madonna reißt an meinem Arm.

»Was? Was ist los?« Wir stehen im knietiefen Wasser und sehen mit den anderen aufs Meer.

»Elvis!« Evelyn und ich ziehen ihn zurück. Er will das Mädchen retten, das rausgetrieben wurde.

»Mach was!«, sagt Evelyn aufgelöst.

»E-elvis kann doch n-nicht schwimmen«, bemerkt Madonna und hält seine Hand.

»Raus aus dem Wasser!«
Evelyn legt ihre Arme um mich.

»Hey, ich hol sie«, sage ich cool und paddle los. Zwei Rettungsschwimmer tauchen mit ihren Bojen in die Strömung an den Felsen, aber es ist die falsche Richtung.

Ich kraule raus in den weißen Schaum. Einer der Surfer steht lässig in der Wand einer großen Welle und fährt zurückgelehnt den stürzenden Wassermassen im Rücken davon.

Vor mir ist etwas Dunkles, eine Hand. Ich tauche, aber kann nichts sehen. Ein Stück Kelpalge taucht auf. Ohne Strömung raus ist es zu anstrengend. Ich atme schnell.

Ein Brecher stößt mich auf die Sandbank, saugt mich wieder hoch und entlässt mich endlich ins ruhige Wasser. Einer der Rettungsschwimmer tanzt in der Gischt bei den Surfern. Von dem Mädchen keine Spur. Wie sieht sie überhaupt aus? Ich sehe mich um. Etwas Weißes taucht auf und verschwindet.

»Shit!« Ich denke an Haie. Das Meer ist ruhig, wölbt sich leicht, senkt sich wieder. Die Kolonie der großen Weißen ist nicht weit. Einer unter ihnen soll ein Riese sein, zehn Meter lang. Die Surfer nennen ihn *Submarine*, aber keiner, der an der sicheren Dusche darüber redet, hat ihn je gesehen.

Vor dem Surfshop hängt ein Plakat. Ein einbeiniger Boogieboarder wirbt darauf für Blutspenden. Surfer sehen aus wie Robben, angeblich.

»Fuuuck!« Etwas hat mich berührt. Ich ziehe die Beine an und schiebe mich auf das zu kurze Board. Haie sind aggressiver im warmen Wasser. Ist es warm? Ich fühle nichts.

Eine fette Qualle treibt vorbei, und ich gebe ihr erleichtert einen Tritt. Winzige Punkte wimmeln am Ufer, die Sonne glüht unbeeindruckt. Erhaben stehen die Berge, ihr Fynbos schimmert grüngrau. Wolkenfetzen hängen in den Gipfeln.

Ich stelle mir ein blasses Mädchen vor, das von Algen umarmt auf dem Meeresgrund treibt. Aber keiner hat gesagt, dass sie weiß ist.

Existiert die Welt überhaupt noch, wenn man selbst plötzlich fehlt?

Mein Bein krampft. Ich tauche unter, die Unterwasserwelt ist unscharf, und ich erschrecke vor meiner roten

Flosse. Ganz ruhig, Matt. Ich fange an, den Namen zu mögen.

Aber warum ruft Zola nicht an? Versteckt sie sich? Will sie das Kind? Mit wem? … Denkt sie überhaupt an mich?

Die Woche ohne sie begann seltsam frei und wurde schnell leer. Seitdem vermisse ich … ihren Arm, ihren Duft am Hals, ihr »Yebo!«, ihr Gesicht, wenn sie schläft …

Der Rauch über dem Township steigt auf wie von einem gemütlichen Lagerfeuer.

»Oschises!«, rufe ich wie die Surfer. Ein weißer Rücken taucht auf, flach und ohne Flosse. Es muss ein Wal sein, keine 50 Meter von mir. Ein Baby. Manche sind weiß, hat mir Zola einmal erklärt.

Nur wenn es allein ist, sind auch Haie in der Nähe. Meine Füße sind taub. Wie weit weg Berlin ist, als zähle nur der Moment.

Der Wal stößt eine Fontäne hoch. Es klingt, als würde jemand durch einen Schnorchel husten. Sein Atem stinkt nach Dosenfutter und alter Butter. Hinter ihm leuchten pfirsichfarben die Felsen der Küste nach Pietersdorp. Die Brandung springt freudig an ihnen hoch.

Zola hat recht. Es gibt so viel Schönes auf der Welt.

»Hey, bist du okay?« Der Junge schwimmt vorsichtig näher, eine Boje in seiner Hand. Er ist nicht älter als 15.

»Ja, ja … bis auf die Haie.« Ich grinse. Er ist nur leicht außer Atem.

»Wo?« Er sieht sich um.

»Nee, ein Wal, glaube ich.«

»Eine Flosse?«

»Nein.« Ich deute in die Richtung des Rückens.

»Das ist Jan Smuts«, sagt er mit einem Grinsen, der Wal antwortet mit einer höheren Fontäne.

Wir schwimmen nebeneinander. Als wir eine Welle erreichen, hält er sich fest, und sie trägt uns leicht ans

Ufer. Er geht wenige Meter vor mir, grüßt ein paar Kumpels.

»Howzit?«, sage ich. Die Mädchen hinter den Jungs kichern.

»Habt ihr das Mädchen?«, fällt mir ein, aber sie sehen mich nur ausdruckslos an.

»Hey! Ich hab einen Wal gesehen«, rufe ich und lasse das Brett neben Elvis auf den Sand fallen. Evelyn schirmt die Augen gegen die Sonne ab.

»Hast du sie ge-gerettet?«, fragt Madonna aufgeregt.

»… Nein.« Ich rolle den Anzug runter.

»I-ch bin ge-gesurft, Matti. Auf einem r-richtigen Brett!« Elvis zeigt auf ein Board, auf dem ein Junge im flachen Wasser übt. Madonna reibt seinen Rücken, Evelyn krault seinen Kopf.

»Wir sollen Mathilda nichts ve-verraten!«, sagt er.

»Was?«

»Dass wir im Meer w-waren, Mensch«, ruft Madonna.

»Ihr erzählt es ja doch allen«, wende ich ein. Die Downies können nur schlecht lügen.

»N-nein.« Madonna lehnt sich trotzig an Evelyn.

Ich gehe in die Wellen und wasche den Sand ab.

»Matt?«

Evelyns Silhouette steht vor der Sonne. Sie sagt nichts, und ich betrachte den Schatten ihres Gesichts. Evelyn sieht sexy aus, aber der Moment ist mit etwas anderem geladen als Lust. In ihm ist ein anderer Sinn, Sommerhitze, helle Stimmen, Freude, Meer und Sand. Und eine Verliebtheit, von der ich nicht weiß, von wem sie ausgeht.

»Vorsicht!«

Eine Welle wirft mich hart auf den Sand. Meine Lippen sind taub. Blut rinnt mir in den Mund.

»Matt!«, höre ich Zola, aber es ist Evelyn, die mich das Ufer hochzieht. Elvis reicht mir ein Taschentuch.

»Alle da?« Ich zeige Evelyn meine Zähne.

Evelyn gibt das O.K.-Zeichen. Elvis legt den Arm um mich.

»I-im Meer kann man nicht sp-spielen, Matthias«, sagt er ohne Ironie. Mein Lachen schmerzt. Der Moment der Schönheit. Er ist verschwunden. Wie das Mädchen und der weiße Rücken des Wals.

»Elvis, wieso kannst du eigentlich nicht schwimmen?«

»I-ich kann, ich kann!«, protestiert er.

»Elvis! Mit Flügelchen.« Evelyn küsst mich in einer Anwandlung auf die Stirn.

»Jahaa, sie-siehste!?«

Evelyn streichelt meine Wange. Ich schiebe ihre Hand weg und sehe aufs Meer. Ein Surfer reitet mühelos eine der großen Wellen. Gelangweilt tippt er am Ende die Spitze über den Kamm, bevor sie mit einem Donnern aufschlägt. Er ist unsterblich.

Barrikaden

Ein ausgebrannter Mazda liegt zur Seite gekippt vor der Straßensperre aus Holz und Müll. Im Schatten eines Mannschaftswagens sitzen Männer im Gras neben ihren Helmen und Westen. Sie essen Sandwiches oder schlafen. Die Männer auf der anderen Seite der Barrikaden stehen in Gruppen und diskutieren.

Ich parke vor dem Spar-Supermarkt und folge den Arbeitern und Einkäufern den De Kerkdam hinunter. Bei den Polizeiwägen bleibe ich unentschlossen stehen. Ich denke an den Geburtstag, als die Moses-Freunde in ihrer Euphorie anfingen, Jerome auf den Boden zu treten.

Und ich bin der einzige Weiße. Abgesehen von einem fettleibigen Mann mit Schirmmütze, der auf einem dreibeinigen Gartenstuhl Telefonadapter verkauft.

»Ich bin Pater Michael«, spricht mich ein Herr mit grauem, kurzem Haar auf Englisch an. Er führt mich am Ellbogen.

»Der mit der Uhr in der Wüste«, hilft er mir weiter. Er trägt ein babyblaues Jackett mit Kirchenemblem.

»Oh, das Dalibild? African Time!«

»Sehr gut!« Er lacht. »Sehr, sehr gut! Komm!«

Wir gehen hinter tratschenden Frauen, der Kirchenmann ruft ihnen etwas zu und bekommt eine fröhliche Antwort. Wir passieren die Barriere. Zwei Jungs in rußigen Kleidern nicken mir zu. Auch für sie hat der Pater einen Witz, über den sie grinsen.

»Wir sind alle Gottes Kinder. Einige sind mehr kindisch, andere weniger!« Er schlägt mir auf die Schulter, als wollte er ein Lachen herausklopfen.

Abgesehen davon, dass keine Autos fahren, ist Zwelihle fast festlich. Eine Frau grillt auf der Straße an einem Lagerfeuer und verkauft Koteletts, Kinder umringen sie, Teenager stehen um einen Ghettoblaster und eine Zweiliterflasche Cola. Sie üben neue Moves. Ein zahnloser Mann in Unterhemd wird von einer Frau zwischen den Hütten verfolgt. Ein räudiger Hund folgt ihnen bellend.

»Das sind gute Zeiten«, sagt Pater Michael fröhlich und grüßt andere Kirchenmänner, die mit Passanten diskutieren. Sie tragen die gleichen Jacketts.

»Nächste Woche haben wir ein Konzert mit dem Chor.« Wir stehen vor Zolas Haus, und er reicht mir feierlich die Hand.

»Dienstag um acht. Ich freue mich, wenn du kommst.«

»Danke.« Er hält meine Hand fest wie ein Staatspräsident.

»Möge Gott immer mit dir sein«, spricht er.

»Ähm, danke«, sage ich, unsicher.

»... die Uhr«, hilft er mir, »wer lebt ohne Zeit?«

»... Gott?«, rate ich richtig.

»Sehr gut!« Er geht den Weg am Stadion zurück und stellt sich zu einer Gruppe, die einem Kofferradio lauscht.

Zolas Familie sitzt vor dem Fernseher. Der Cousin mit der Zahnlücke und die Schwester mustern mich nur kurz. Zonga starrt mich an.

»Hi, wie geht's?«

»Tachchen«, antwortet Jerome aus einer dunklen Ecke, und ich überlege, ob ich wieder gehen soll.

Auf dem Schirm sind Bilder vom Prozess gegen den Geschäftsmann Shabir Shaik. Sein Freund und Vizepräsident Jacob Zuma, der Volksheld der Zulu, wird gezeigt als ein Mann, der verzweifelt an einem Luftwaffenstützpunkt auf ein Kuvert mit 80 Euro von Shaik wartet. Die Regierung hat durch Zuma und Shaik Milliarden verpulvert für Waffenbestellungen. Vor Gericht steht der bislang unantastbare Mythos des ANC, spricht der weiße Reporter in sein Mikrofon. Jerome lacht.

»Matt!« Mandwambe winkt mich in die Küche und umarmt mich. Ihre Haare sind hochfrisiert. Sie trägt lila Lippenstift und ein gleichfarbiges Kostüm mit afrikanischen Höhlenzeichnungen.

»Wie geht's Zola?«

»Ich hab dir doch gesagt, du musst auf sie aufpassen!« Sie schiebt mich in den dunklen Gang. Ich mache einen Schritt vorwärts, vorsichtig.

»Zola?« Ich stolpere über einen Kleiderhaufen.

Nur ein diffuses Abendblau beleuchtet Zolas Zimmer. Betten und Schrank sind flach wie Zeichnungen.

Zola liegt friedlich auf der Seite, eine Hand unter ihrem Kopf, ihr stilles Gesicht weit weg in traumlosem Schlaf. Auf ihrer Stirn glänzt Schweiß.

Ich setze mich neben sie, nehme ihre Hand. Sie ist heiß und schlaff. Ihre Züge werden deutlicher. Als ich ihre Hand streichle, atmet sie tief. Sie ist schön, und ein seltsamer Friede ist um sie.

»Zola.« Ich küsse ihre Hand.

»Matt?« Sie hustet trocken und dreht sich weg.

Ich gehe in die Küche, um Wasser zu holen. Mandwambe steht in Schwaden von Gebratenem und winkt mich wieder ins Wohnzimmer.

»Meki! Wo ist der Tee!«, ruft sie. Jerome und die anderen sehen einer afrikanischen Schönheit mit Dreadlocks zu, die hinter einem finster aussehenden Mann mit Schnurrbart hersprintet.

»Freeze! Police«, ruft sie und feuert in die Luft. Beide hechten lässig über Autos vor einer Ampel.

»Schwarzes Afrika jagt weißes Afrika«, erklärt Jerome mit einem Grinsen. Mandwambe gibt ihm einen Schlag auf den Hinterkopf und drückt mir die Teekanne in die Hand.

»Er hat den Fernseher von Pater Michael verkauft.«

Mandwambe schüttelt den Kopf. Jerome stellt den Ton lauter.

Ich helfe Zola auf und lege ihren Kopf an meine Brust. In der Stille ist das Aufjaulen der Werbepause zu hören.

»Matt«, sagt Zola schwach.

»Ja, ich bin da.«

Sie hustet, und ich schalte die kleine Lampe ein. Der Schirm ist zerbrochen.

»Hier, trink das.« Sie öffnet den Mund für einen winzigen Schluck und hält mich fest.

»Du verpasst was. Hier brennt die Luft.«

»Es brennt oft hier.« Zola legt sich an meinen Arm.

»Wo ist die verfickte Cola?«, ruft Jerome, etwas kracht, und Zola lacht mühsam.

»Warum ist er hier?«

»Er muss seine Medizin nehmen.«

Ich decke Zola zu. Ihre Augen glänzen.

»Sorry«, flüstert sie.

»Für was?«

Ein Topfdeckel klappert, Zonga greint etwas, dann ist es wieder still. Zwelihle gibt ein unbestimmtes Summen von sich, und Zola atmet leise neben mir.

Bilder meiner Kindheit tauchen im Schatten des Zimmers auf. Ein Spaziergang am winterlichen Wannsee, später die Mauer, als wir in die Stadt zogen. Danach wurde der Grenzstreifen unsere Wiese.

Im schmalen Bett mit Zola sind die Erinnerungen daran lose wie Baumwollfetzen. Ich schalte das Licht aus und sehe an der Wand die kleine Hintertür unserer Küche in Berlin, hinter der ich eine gespiegelte Welt vermutete. Ich schließe die Augen und höre die Stimme meiner Mutter. Ein Kind. Ich selbst. Oder es ist Zonga.

Lärm weckt mich. Eine Frau schreit aufgeregt, die Luft vor den Fenstern ist rot wie vor Sonnenaufgang. Leute laufen im Haus umher. Die dicke Schwester kommt ins

Zimmer, reißt etwas vom anderen Bett und geht wieder. Ich ziehe vorsichtig meinen Arm unter Zola hervor und decke sie zu.

Wohnzimmer und Küche sind leer, beide Türen zum Hof offen. Auf der Straße sehe ich die Holzhütten gegenüber vom Stadion brennen. Männer schippen Sand in die Flammen, Leute schreien und tragen Decken, Kinder, Fernseher, Schuhe, Fahrräder, Geschirr, Teppiche und sogar ein riesiges Sofa aus den Verschlägen, die einer nach dem anderen Feuer fangen. Die Hütten stehen zu nah beieinander. Männer hauen mit Äxten auf die Bretterwände ein, um eine Schneise zu schaffen.

Ganz vorne in der Menge, die zusieht, steht Zolas Schwester, Zonga auf ihrem Arm.

Endlich ist das Heulen der Feuerwehr zu hören, die mit ihren zwei altertümlichen Löschfahrzeugen um die Ecke biegt. Präzise entrollen die Männer ihre Schläuche, schließen sie an einen Hydranten an und zielen in den Flammenturm, der sich im Zentrum der Feuersbrunst aufbaut. Schwarze Flocken wehen über uns hinweg. Es riecht nach Plastik und nassem Lagerfeuer. Die Gaffer sind ehrfurchtsvoll zurückgewichen.

Gelbes und rotes Blinklicht markiert die Löscharbeiten, knapp wie bei einem Ballett bewegen sich die Feuerwehrleute und attackieren das Feuer von allen Seiten mit Decken, Äxten, Wasser, Sand. Männer mit Händen in den Taschen sehen ihnen zu.

Minuten später fliegt der erste Stein. Er trifft den Mann vorne am Schlauch. Er taumelt, rückt seinen Helm zurecht und löscht weiter. Der nächste trifft den an der Pumpe. Er schlägt die Hände vors Gesicht und geht in die Knie. Mehr und mehr Steine prasseln auf die Feuerwehrleute ein, wütende Stimmen werden laut, und der Mob beginnt zu toben.

Ich sehe eine Mutter mit Kindern, die Müll und Holzscheite auf das Feuerwehrauto wirft, alte Männer, die sich den Löschfahrzeugen nähern mit Stöcken. Dazwischen Jerome mit ein paar Kumpels, die auf den Wagen klettern. Ein Feuerwehrmann humpelt davon.

Zwei Jugendliche mit rußigen Gesichtern heben die Fäuste und tanzen im Kreis.

Mit Sirenen rast die Feuerwehr davon, die Straßen ins Township hinein, die Schläuche auf dem Boden hinter sich herschleifend. Die Menge jubelt. Der Müll, der eben noch für die Feuerwehrleute bestimmt war, fliegt in die Flammen. Es wird getanzt, dann sind die Möbel dran.

Die Frau, die sich ans Sofa klammert, wird wieder heruntergezogen. Jerome und zwei Männer wuchten es in die Flammen. Stühle fliegen hinterher, Decken, Flaschen, jeder Gegenstand wird mit einem Schrei der Freude begleitet. Kinder zappeln auf den Schultern, Bier macht die Runde. Zolas Schwester tanzt mit Zonga. Ein Mann in der blauen Uniform einer Sicherheitsfirma bietet mir seine Flasche an.

»Trink, Mann, trink! Heute ist ein guter Tag! Jetzt bauen sie neue Häuser!«

Der Geschmack des Schnapses vermischt sich mit dem Brandgeruch, den Schwaden aus Holz- und Plastikrauch, die in unsere Richtung treiben. Der Wind hat sich zum Meer gedreht.

Zola schläft, wie ich sie zurückgelassen habe. In der Atemlosigkeit des Zimmers rieche ich den Rauch an mir und den roten Staub der heißen Erde.

»Zola«, flüstere ich und lege mich wieder neben sie. Berlin ist weit weg. Mein Abflug, eine andere Welt. Zum ersten Mal denke ich, ich bin hier angekommen.

Zola seufzt still. Ihr Atem verwebt sich mit dem Stimmengewirr, dem Lachen und Rufen, das jetzt die Straße entlangfliegt und hohl im Zimmer widerhallt, um uns in den Schlaf zu wiegen.

Wiese

»Ungefähr 800 Euro.«

Evelyn sieht mich zweifelnd an.

»Klauen?«

»Wüsste nicht, wo«, sage ich ehrlich.

»Du könntest das Auto verkaufen.«

»Wusstest du, dass es eigentlich Johan gehört?«

»Und?«

»Na ja, so wie alle hier Besitz teilen. Er hat nie was gesagt.«

Junge Familien mit Kinderwägen schlendern an uns vorbei, während wir Chickencurry aus einem Styroporbecher löffeln. Es ist Tag der offenen Tür in Sommerdal.

Evelyn trägt ein rotes bauschiges Kostüm, ihr Gesicht ist in Regenbogenfarben bemalt. Sie soll die Kinder in der mit Heuballen ausgelegten Spielecke beschäftigen und ich die Broschüren verteilen. Mit einem Strohhut wie Johan.

»Wir haben einen Neuen. Impfschaden oder so was.«

»Wie?«

»Er kann nicht reden. Nur blinzeln.«

»Hart.«

»Ja, aber süß.«

Die *Crazy Bananas* spielen ihren Swingjazz. Überall sind Leute. Die dicken Biergesichter der Afrikaaner, die Hippies der Gegend mit ihren Holzketten, die Vorstädter, Mütter und Väter in pastellfarbenen Sommerkleidern.

»Wir könnten Bier verkaufen.«

»Nur über Mathildas Leiche.«

»Diese Jungs, die Bier bei der Love-Parade verkauft haben. Die sind reich geworden damit.«

»Gott hab sie selig.«

»Was?«

»Die Love-Parade. Tiergarten 98, da wurde ich entjung-fert.«

»… Sag nicht in einem Zelt.«

»Nö, in den Büschen.« Der Duft von Pisse und Bier liegt für einen Moment in der Luft.

»Und, war's schön?«

»War geil«, sagt Evelyn kraftlos.

Wir stoßen mit Fanta an und beobachten das Treiben. Seit dem verkorksten Nachmittag am Pool reden wir wie ein altes Paar.

»Janine hat Martin gestern im Schwimmbad einen ge-blasen.«

»Unter Wasser?«

»Du hast so was von keine Ahnung.« Wir grinsen und sehen Martin zu, der seinen Arm um Janine legt. Die beiden stehen vor dem Würstchenstand an. Martin ver-kleidet als Farmer mit Latzhose und Strohhut wie ich, Janine im gleichen Kostüm wie Evelyn, nur grün und mit albernen Schnabelschuhen.

»Meine haben zum Glück nicht gepasst … sie ist schon zweimal hingefallen. Darum hält Martin sie fest.« Wir lachen.

Mathilda führt eine kinderreiche Familie vorbei. Sie hebt spaßhaft den Finger, weil wir nicht bei der Arbeit sind.

»Und was ist mit Leonard?«

»Leonard nervt. Aber der Sex ist seitdem besser.«

Ich sehe auf die schlappen Gartenhandschuhe, die ich zu meinem Kostüm tragen soll.

»Bitte, ich will's mir nicht vorstellen müssen.«

»Wenn du jemanden kennst, spielt das Äußere keine so große Rolle mehr. Leonard ist eine alte Seele.«

»Das glaube ich.«

»Nein, ich meine wirklich eine alte Seele. Wir kennen uns von früher.«

»Früher? Aus Deutschland?«

»Nein, früher, aus einem früheren Leben.«

Ich überlege, ob ich Zola von früher kenne.

»Vor allem wie man sich kannte, ist wichtig«, liest Evelyn meine Gedanken.

»Du meinst, wir kannten uns, als die Ngunis mit den Mambos den 2000-jährigen Frieden schlossen in einem Kral oder so?«

»Kann mich nicht erinnern.«

»Ich meine Zola und ich.«

Evelyn und ich gehen hinter die Gemeinschaftsküche. Plötzlich leckt sie mein Gesicht, ich weiche ihr aus.

»Stell dich nicht so an«, befiehlt Evelyn, aber gibt auf.

»Du stehst nicht so auf mich, oder?« Sie wischt mir mit dem Stoff ihres Kostüms den Lippenstift ab. Eine Küchenfrau mit Afro kommt aus der Tür und zündet sich eine Zigarette an, ohne uns zu beachten.

»Und das stört dich nicht, dass sie schon einen Braten in der Röhre hat?«

»In der Röhre«, lache ich. »Wo kommst du denn her?«

»Unterschicht. Wie deine Kleine. Hier sind alle Kinder ungewollt.« Evelyn verbeugt sich.

»Mal sehen«, sage ich.

»Du willst der Vater sein?« Evelyn grinst. »Na, das ist ja ein toller Urlaub.«

»Sagt die Richtige. Außerdem kommt sie mit.«

»Ach ja, Mister Gutmütig sammelt ja Geld. Aber lieben tut sie dich nicht.«

»Woher willst du das wissen?«

»Nur so.« Evelyn küsst mich flüchtig.

»Warte!« Ich will herausfinden, was sie damit meint.

»Bis dann, mein Hengst.« Sie schlägt mir leicht in die Eier und schlendert Richtung Kinderecke.

Johan sitzt am Infostand und raucht Pfeife. Leute, die interessiert stehen bleiben, ignoriert er.

211

»Hey, du wirbst auch nicht gerade für eure Ideen.«

»Nicht meine Ideen«, grinst er, »ich wollte nur aufs Land ziehen.«

Zwei Frauen mustern ein Faltblatt. Dem Kind im Rollstuhl läuft der Sabber aus dem Mund.

»Also, was kostet die Betreuung?«, fragt die Ältere. Ich lese vom Blatt: »*Sommerdal ist ein Ort der Liebe und Anerkennung. Hier leben wir mit Menschen, denen wir helfen, weil keiner ihnen hilft. Unsere ausgebildeten Pädagogen* ... Johan, wie viel sind 800 Euro?«

»7.000«, sagt er ohne Zögern.

»7.000«, antworte ich den Frauen.

»Im Jahr? Das ist okay. Hmm, Saskia?« Sie spricht zu dem Mädchen, das nicht reagiert.

»Also, das ist pro Woche. Drunter geht's nicht. Wir haben topqualifizierte Leute wie mich aus Europa hier und so.«

Die Frauen befingern ihren Goldschmuck.

»Corkvalley ist billiger«, sagt die eine schließlich.

»Da kann man sicher drüber reden«, sagt die andere vermittelnd. Sie tatscht meine Hand.

»Saskia ist aus meiner ersten Ehe«, erklärt sie.

»Hey«, lese ich aus dem Prospekt vor: »*Wir geben Hoffung ein Zuhause!*«

Johan lacht.

»Habt ihr so was öfter, Leute, die ihre Kinder abschieben?«, frage ich ihn, als sie weg sind.

»Öfter?«, fragt er amüsiert.

»Alle?«

Johan nickt. »Mehr oder weniger. Wieso 800 Euro?«

»Ich will Zola mitnehmen«, verrate ich, »nach Deutschland.«

»Dein schwangere Freundin?«

»Hmm.«

Er steht mit einem Ruck auf. Ich bin mir nicht sicher, ob ich was Falsches gesagt habe. Nach fünf Minuten ist er zurück und drückt mir sechs Hundert-Rand-Scheine in die Hand.

»Oh, äh, danke.«

»Wenn 14 Leute 500 geben …«, rechnet er mir vor und zündet seine Pfeife wieder an.

»Cool, tja …«

»Komm morgen, vielleicht hab ich mehr.«

Er geht beschwingt davon und wedelt mit seiner Gieß-kanne fröhlich vor den Besuchern. Ich gebe Robert, dem Neuen im Garten, einen Hundert-Rand-Schein und kaufe an seinem Stand zwei Koeksisters, frittierte, süße Mehlzöpfe, aus denen der Zucker tropft.

»Ich-ich hab zweihundert Ra-rand«, keucht Elvis. Er trägt seinen Frack und sieht hungrig auf meine angebissene Koeksister. Wir im Dorf essen nur die Reste von den Festen. Wenn etwas übrig bleibt.

»Danke, hier.«

Elvis steckt sich das Ding ganz in den Mund.

»Du siehst wieder kolossal aus, Elvis!«

Elvis stöhnt und streckt die Hand aus wie Travolta.

Er und Madonna gehen inzwischen zu jedem Fest als Hochzeitspaar. Es ist eine einstudierte Nummer geworden. Andere Paare lassen sich jeden Monat in Las Vegas neu trauen, Leonard gibt ihnen bei jeder öffentlichen Gelegenheit den Segen. Es ist der Höhepunkt jeder Party, nachdem es sogar von den Sommerdalgemeinden in Europa Zuspruch bekam. Zwei Downies heiraten. Die ersten, im neuen Südafrika.

Elvis trinkt vom Hahn am Haus und legt freundschaftlich seinen Arm um meine Schultern. Er schwitzt unter dem Anzug.

»Danke Ma-matt!«

»Danke auch. Das ist dein ganzes Geld!«

»H-heiraten i-ist toll!«

»Ja«, sage ich, ich bin seine Gedankensprünge gewohnt.

»Ich hab 150 R-rand!« Madonna steht ebenso wie Elvis mit leeren Händen vor mir.

»Super. Ihr seid echt toll.«

Madonna gibt mir einen nassen Kuss auf den Mund, und Mathilda sieht erstaunt rüber.

»Kinder!«, ruft sie. »Wir haben Gäste!«

Ich verteile weiter Broschüren und sage *Danke* oder *Gott vergelt's* gegen die Langweile. Keinen stört's. Plötzlich strömen die Besucher zur Wiese, Kameras werden ausgepackt, und Elvis und Madonna schreiten zum Altar. Es ist ein Déjà-vu, für einen Moment bin ich am Anfang meiner Sommerdalzeit. Es kommt mir wie ein halbes Jahr vor.

Madonna wirft wieder und wieder einen Brautstrauß aus falschen Blumen in die Luft, Elvis spielt Luftgitarre, dann wird noch am Altar ein Sketch für die Besucher gespielt, den Elvis und Madonna eingeübt haben.

»Warum du, wa-rum hast du immer einen Schrau-ben-zie-her dabei, mein bun-ter Papa-gei?!« Beide stottern nicht, sondern betonen jede Silbe mit Gesten wie Theaterschauspieler, die vor Schwerhörigen spielen.

»Frankensteeeiiin! Meine Eltern ha-ben mich-ver-lassen!« Elvis stampft eine Art Regentanz um Madonna mit seinem Schraubenzieher.

»Warum, ohh, hast du immer dei-nen Schrau-ben-zie-her dabei?«, wiederholt Madonna.

»Oink, oink, oink!« Elvis schraubt an Madonnas Kopf.

»Geh weg. Du bist doch … ver-rückt!« Madonna stößt ihn spaßhaft zur Seite. Kindern und Eltern stehen spätestens jetzt die Münder offen. So etwas haben sie in der Provinz noch nicht gesehen. Aber Madonna und Elvis schaffen immer die Kurve.

»Wo mein Schraubenzieher ist, ist mein Zuhause!«

»Wo ist das denn?« Madonna legt die Hände an die Ohren.

»In Sommer-dal, in Sommer-dal!«, ruft Elvis.

»In Sommerdal!«, trällert Madonna, und das ist das Zeichen für den Applaus.

Geld

Am Abend schiebt jemand ein Kuvert unter der Tür durch. Es sind 1.000 Rand in neuen Scheinen. Der Gang ist leer.

Die Geschichte von Zolas Flug scheint etwas in Sommerdal auszulösen. Vielleicht ist es Heimweh. Fünf Minuten später klopft es an der Tür.

»Matt?« Mathilda kommt in einer Wolke süßen Parfums herein.

Ich wickle mir ein Handtuch um.

»Kann ich?« Sie hat die Haare hochgesteckt wie Evelyn und den Kajalstift zu dick aufgetragen.

»Klar.«

»Und wie findest du mich?« Sie dreht sich im Kreis, das weiße Leinenkleid fliegt hoch. Ralf eilt mit seinem Crocodile-Dundee-Lederhut geschäftig durch den Gang und stutzt.

»Hallo Ralfi!« Mathilda schließt zufrieden die Tür.

»Ich glaub nicht, dass Leonard glaubt, dass …«

»… ja, glaub ich auch nicht.« Mathilda setzt sich neben mich aufs Bett und stützt ihren Kopf auf.

»Danke für das Geld«, sage ich, aber sie hört mich nicht.

»Was ist das mit dem Sex, Matthias?«, seufzt sie. »Ich meine, ist das wirklich so wichtig?« Etwas Verletzliches ist an Mathilda.

»Weiß nicht. Manchmal.«

»Ich meine, ich kann mich erinnern …!« Mathilda lacht übertrieben.

»Weißt du, dass ich mal in einer Band gesungen habe? Leonard war am Bass, nur wegen mir!«

216

»Oh. Und was habt ihr so gespielt. Klassik?«

Mathilda schlägt mir leicht auf den Hinterkopf.

»Wir waren wie die *Dead Kennedys*. Punk, das war vor deiner Zeit.« Mathilda stellt sich vor dem Spiegel.

»Wir waren auch mal wilder«, sagt sie und zerwühlt ihr Haar. Sie hält inne und mustert ihre Krähenfüße.

»Sag mal, du und Evelyn. Ist da was?«

Mathilda zieht durchs Kleid ihren Slip zurecht.

»Nee«, antworte ich sofort und überlege. »Keine Chemie«, erkläre ich. Mathilda seufzt laut.

»Und Zola?«

»Na ja, is kompliziert. Vielleicht kann ich ihr helfen.«

»Helfen?« Mathilda sieht mich erstaunt an. Sie reißt die Tür auf, und Ralf geht schon wieder vorbei. Madonna, Elvis und er stauen sich im engen Gang für einen Moment.

»Kommt Kinder, wir tanzen noch. Aufräumen können wir später!«, singt ihre schrille Stimme. Die *Crazy Bananas* sind zu hören. Jemand spielt eine funkige Gitarre dazu, ein anderer trommelt ohne Rhythmus auf den Bongos.

»Was?«, sage ich zu Madonna und Elvis, die in der Tür stehen.

»Warum h-habt ihr g-gelacht?«, fragt Elvis. Madonna setzt sich zu mir. Ihr Brautkleid ist zerdrückt.

»Haben wir gelacht?«

»Lenni sagt, man k-kann lachen, mit wem m-man will.« Elvis sieht in meinen Schubladen nach.

»Und Lenni erzählt euch so was?«

Madonna keucht und schubst Elvis aufs Bett.

»Hey, was is denn hier für eine Party?« Leonard füllt die Tür. Er grinst unverschämt. In seinem Haar klebt Gras.

»Mathilda und Matt haben gel-lacht, Lenni«, erklärt Madonna freudig.

»Hey, anders gelacht, nicht *gelacht*!«

217

»Hey, wer meine Frau anfasst!« Leonard küsst seine Faust und sieht sich im Zimmer um.

»Matt, ich dachte, Zola wäre längst hier. Wir haben vielleicht einen Job für sie.«

»Okay«, sage ich überrascht.

»Leute, draußen ist was los!«, ruft Evelyn außer Atem. »Martin spielt Ramones, und Werner tanzt Pogo!« Sie klettert an Leonard hoch und küsst ihn auf die Wange.

»Evelyn! Matt lacht mit M-mathilda!« Madonna springt auf der Stelle.

»Und Zola. Und E-evelyn!«, gibt Elvis bekannt. Leonard starrt uns an.

»Quatsch«, sagt Evelyn schnell. »Zola ist doch schwanger!«

»Sie hat mit a-anderen gelacht.« Madonna seufzt.

»Das is ja besser als in jedem Roman!«, ruft Leonard und schlägt Evelyn auf den Hintern.

Schnaps

Als ich mit dem Fiat auf die Asphaltstraße komme, umgibt mich eine Mondlandschaft, die Berge schwarz, die kahlen Bäume zur Rechten verwüstet wie nach der Landung eines Riesen. Über mir die afrikanische Nacht.

Alle Proportionen scheinen in diesem Tal verzerrt, der Fiat ein Käfer auf einem Pfad aus Mondgestein. Ein grelles Licht kommt auf mich zu, im letzten Moment weiche ich aus. Ich bin wieder rechts gefahren.

An der Küstenstraße leuchtet die 24-Stunden-Tankstelle, getunte BMWs brettern über Gelb, als ich Richtung Pietersdorp fahre und dann unter den hohen Laternen zum Township.

Vom Aufstand sind nur noch die angekohlten Paletten am Straßenrand zu sehen. Zolas Haus ist hellerleuchtet. Autos stehen im Hof. Im Fernsehzimmer sitzen Frauen und Männer bei einer Flasche süßen Weins und diskutieren.

»Matt!« Mandwambe steht feierlich auf und umarmt mich.

»Welcome my friend, welcome«, spricht der Kirchenmann müde und schüttelt meine Hand. Neben ihm sitzen die Frauen, für die ich schon einkaufen gefahren bin.

»Moloweni«, sage ich höflich.

»Matt ist ein guter Junge«, erklärt Mandwambe auf Englisch. »Zola und er heiraten und haben Kinder. Und dann wird er mein Hotel führen.« Sie verliert kurz das Gleichgewicht. Die Anwesenden nicken desinteressiert.

Zola liegt bei Licht neben einem Buch und schläft. Es ist ein Exemplar von »*Europa in sieben Tagen*«. Auf dem

Cover der Kölner Dom. Noch ohne Domplatte. Berlin ist darin noch eine Frontstadt. Ich schlage die Seite mit dem alten Checkpoint Charlie zu.

»Zola?«

Sie dreht sich zur Seite. Ich fühle vorsichtig ihre Hand, und sie öffnet die Augen.

»Hey!«

»Na, Süße?«

»Geht's dir besser?«

»Ja.« Zola hustet trocken.

Mandwambe platzt mit einer der Frauen herein und redet laut auf Xhosa. Zola zieht die Decke über den Kopf. Mandwambe zeigt auf die Badewanne, die immer noch in der Ecke steht.

»Zola, wann ist das Bad fertig?«

»Mama, ich bin krank!«, antwortet Zola empört. Mandwambes Miene wird sanft.

»Mein Mädchen, was mache ich mit dir?« Sie streichelt Zolas Wange und betrachtet Christina Aguilera auf dem Poster.

»Sie hört weiße Musik«, sagt sie zu mir und schüttelt den Kopf. »Wie ein deutsches Mädchen.« Mandwambe quiekt mit hoher Stimme in ein unsichtbares Mikrofon, beide Frauen lachen und gehen raus.

»Sie lässt mich keine Minute in Ruhe.« Zola zieht sich einen Pullover über. »Findest du, ich bin wie eine Deutsche?«

»Deutsche Mädchen sind ... unglaublich kompliziert. Anstrengend!«

Zola lacht und sieht auf ihr Handy. Die Melodie kommt mir bekannt vor.

»Was ist das für ein Lied?«

»Britney. *I love Rock 'n' Roll* ...«, singt Zola rau.

»Gott sei Dank bist du kein deutsches Mädchen.«

»Sag nicht *Gott*.«

»Wieso?« Ich drücke ihre Hand.

»Haben die Deutschen keinen Gott?«

»Keine Ahnung ... Zola, lass uns abhauen.« Wir sehen uns an. Das Unklare zwischen uns seit Kapstadt verfliegt für einen Moment.

»Ich kann nicht nach Deutschland, Matt.« Zola lässt los und zieht an einem herausstehenden Faden meiner Hose.

»Sei nicht so deutsch«, ziehe ich sie auf. »Außerdem habe ich schon für dein Ticket gesammelt«, verrate ich. Zola reagiert nicht.

»Zola, ich meine, lass uns *jetzt* gehen.« Ich zeige aufs Fenster, das zum Hof führt. Sie horcht kurz, dann steht sie auf und packt ein paar Sachen.

An der Nachttankstelle kaufen wir Sandwiches und Cola.

»Matt ... wohin fahren wir?«

»Sommerdal?«, biete ich an. »*Hier leben wir mit Menschen, denen wir helfen, weil keiner ihnen hilft«,* spreche ich den Text im Prospekt nach.

»Yebo.« Zola nimmt einen großen Schluck und rülpst. »Sorry.« Sie lehnt sich tief in den Sitz und ist wieder die Zola, die die heißen Tage im Hafenmuseum mit mir verbracht hat.

Wir sehen Kindern und Frauen zu, die aus einem Minibus steigen, warme Housebässe dröhnen aus dem Innern. Die drallen Frauen tragen Haushaltskittel und tanzen neben den Zapfsäulen Hand in Hand mit den Kindern. Kleine Chipstüten werden verteilt, Männer taumeln aus dem Bus und strecken sich, fröhliche Rufe werden laut, eine Sorglosigkeit, als wären sie Nomaden.

Zola und ich könnten ihnen folgen, weiter und weiter ... nach Namibia hoch, durch Savannen, Tropen, Wüsten. Immer Musik. Niemals Arbeit.

Zola schreckt zurück, als meine Lippen ihre berühren, dann küssen wir uns vorsichtig, wie Kinder.

Wir schweigen auf dem Weg durchs Tal, das diesmal

kleiner ist, eine Miniaturwelt, bis still das Dorf vor uns liegt, als wären wir seine einzigen Bewohner.

In meinem Zimmer umarmen wir uns kurz im Dunkeln. Zola legt sich unter die Decke, kreuzt die Arme über der Brust und dreht sich zur Seite.

»Gute Nacht«, sage ich an der Tür.

»Ja.«

Im Büro ist noch Licht. Leonard sitzt über einem Heft. Ich klopfe an den Türrahmen, aber er schreibt weiter.

»Kann ich dich was fragen?«

»Hmm.«

Ich setze mich auf den Hocker vor dem Schreibtisch und sehe mir die Bilder an, die die Kinder über die Jahre gemalt haben. Eine bunte Hölle.

»Leonard, vermisst du nie etwas? Ich meine, zu Hause.«

»Deutschland?« Er sieht kurz auf.

»Ja. Irgendwas?«

Statt zu antworten, hält er kurz den Buchumschlag hoch.

»Benn. Ich schreibe Gedichte ab.«

»Oh. Ich dachte, du bist mehr so … politisch.«

»Wenn du denkst, du wirst verrückt«, spricht er klar, »lies Gottfried Benn. Ich geb's dir mal.«

Er und Onkel Herbert, denke ich. Die verlorenen Söhne der deutschen Kultur.

»Und, gefällt's dir noch hier?« Leonard grinst.

»Ich weiß nicht. Jetzt, wo ich bald fahre …«

»Weißt du, was ich vermisse«, Leonard sieht an die Wand und sinnt.

»Musik? Hier hört nie einer Musik, Sound, was Neues.«

»Ach, das is vorbei. Aber was ich jeden Tag vermisse, Matt, ist ein … Kölsch. Ein kühles Kölsch vom Fass.«

»Echt? Nie getrunken.«

»Was!? Mann, das is so köstlich. Innem Kölsch, Matt, wo du's trinkst, wie, … mit wem, die Leute … das gibt's hier einfach nicht.« Er lässt das Heft sinken und legt den Kopf kurz in die Hände.

Fröhliche Stimmen kommen näher. Leonard schlägt das Buch vor sich zu. Ralf und ein großer Mann poltern gegen die offene Tür. Es ist der Arzt, der für mich hinter dem Laster herraste, in dem Zola saß.

»Ach, wir müssen doch!«, spricht Ralf mit spitzem Mund.

»Aber sicher, sicher!«, schnarrt Dr. Schreyer. In seinem Arm Madonna.

»Huhu«, singt sie mit erhitztem Gesicht. Neben Dr. Schreyer ist sie winzig. Sie macht sich frei und reicht Leonard ein Kassenbuch und das Geld vom heutigen Fest.

»Geld!«, stöhnt Leonard und nimmt die Tüte mit Münzen und zerdrückten Scheinen.

»Ich kann's nehmen«, sagt Ralf.

»Nix, du kaufst dir nur Pornos.«

Ralf sieht mich an. Er schwankt.

»Na und, das ist mein gutes Recht!«, brüllt er fröhlich. Dr. Schreyer schlägt ihm auf die Schulter und Ralf stolpert auf einen Stuhl.

»Donna?«, sagt Dr. Schreyer, als Madonna geht. Er schlägt ihr auf den Hintern.

»Süß, die Kleine. Früher hätten sie sie umgebracht.« Er reicht mir die riesige Hand.

»Mensch, Gerd!«, sagt Leonard streng.

»Das ist also der Nachwuchs!«

»Gerd kommt aus Namibia, der deu-schn K-lonie«, erklärt Ralf. Dr. Schreyer hält noch meine Hand.

»Ich wusste gar nicht, dass Namibia wieder *in deutscher Hand ist*«, antworte ich, stolz, weil mir sonst so was immer zu spät einfällt. Leonard lacht.

»Is in deutscher Hand.« Der Arzt sieht mir fröhlich in

die Augen. »Wir sind ein auserwähltes Volk, wusstest du das, Matthias?« Er hat Äderchen auf den Wangen, aber wirkt tatsächlich unzerstörbar.

»Wir sind keine Götter, Gerd!« Leonard stellt vier Schnapsgläser auf den Tisch. Er gießt Amarulalikör ein.

»Wir sind nicht wie das hohe Wesen«, er reicht uns die Gläser, »… wir sind die Kreatur, die wissen will …«

»Du bleibst ein verdammter Gutmensch«, antwortet der Arzt, und die Männer stoßen an. Ein langsames Summen erhebt sich, dann rufen die Männer »Hört! Hört!« und trinken den sahnigen Alkohol mit einem Ruck aus.

Ralf nimmt seinen Lederhut ab und legt ihn auf den Tisch. Er bietet Dr. Schreyer eine Zigarette an. Er ignoriert Ralf und hebt den Benn-Band hoch.

»Leon, lies mal das alte Testament.« Dr. Schreyer lässt das Buch laut auf den Tisch fallen.

»Wir sind das Volk Gottes. Die Kaffer und die Hottentotts, die hatten noch nicht mal das Rad erfunden, als wir hier ankamen!« Er sieht mich von der Seite an.

»Gerd, lass den Naziquatsch!«, ermahnt ihn Leonard.

Ich schweige und nippe an meinem Glas.

»Ich hab nichts gegen die Kaffer und Juden, Matthias, aber sie sind nicht die Söhne Israels, wusstest du das?«

»Gerd. Matt ist neu. Der nimmt das ernst!«

»Lass ihn doch!«, lallt Ralf.

»Klar«, sage ich, »wir sind die Überrasse. War'n das nicht die Nazis, oder die Scientologen, die an diese blonden Aliens glauben, die am Nordpol gelandet sind?« Ich sehe ihm in die Augen. Er sieht in sein Glas.

»Gut!«, sagt der Arzt, »gut, sehr gut!« Er lächelt vor sich hin.

Leonard schüttelt entschuldigend den Kopf.

»Die ›Ossewa-Brandwacht‹, Matthias, sagt dir das was? Sie haben hier im Krieg auf unserer Seite gegen die verdammten Engländer gekämpft. Im Untergrund.

Wusstest du das?« Dr. Schreyer geht mir auf die Nerven mit seinem ›Wusstest du das?‹.

»Ich hab mit Joschka für die Intifada gekämpft! … Lenni, weißt du noch, wir als Palästinenser?« Ralf kann sich kaum auf dem Stuhl halten. Dr. Schreyer sieht ihn mitleidig an.

»Was ist das immer für ein Scheiß gegen die Juden?«, frage ich.

Dr. Schreyer blickt mich väterlich an. Ich starre auf seine Hände, und mir wird klar, dass er es ernst meint. Ich verstehe zum ersten Mal, wie großartig der friedliche Sieg über die Apartheid ist.

»Bin ich hier im falschen Film?«, frage ich Leonard. Ralf steht auf und schnippt mit den Fingern.

»Tanz den Mussolini …!«, grölt er mit tuntiger Stimme. Die drei Männer lachen auf, und es wird nachgeschenkt.

»Matthias. Du kannst das nicht mit zu Hause vergleichen. Hier haben wir eine andere Geschichte«, beruhigt mich Leonard.

»Unter den Talaren«, singe ich, »der Muff von tausend Jahren!«

Ralf und Leonard lachen.

»Wo hast'n das her?«

»Aus einem Film.«

»Was erzählt ihr dem Jungen wieder für eine Scheiße!?« Mathilda steht zwischen uns.

Ralf und Leonard sehen auf den Boden.

»Tilda«, sagt Dr. Schreyer, »du darfst dich nicht aufregen! Denk an dein Herz!« Mathilda rückt ein Stück zur Seite, aber seine Hand liegt weiter auf ihrem Rücken.

»Es sind doch noch Kinder!« Sie fixiert Leonard.

»Du hattest mal Ideale«, spricht sie freundlich, und es trifft Leonard sichtlich.

»Wir sind ja nur …«

»Wir waren mal … smart!«, unterbricht ihn Ralf und verliert seine Kippe. Er sucht unter dem Tisch danach.

225

Dr. Schreyer lächelt auf eine Weise, die ich lange nicht mehr gesehen habe: maliziös.

»Ab ins Bett!« Mathilda klatscht in die Hände.

»Bleib sauber, Junge«, sagt der Arzt zu mir. Ralf nimmt seinen Hut, und Mathilda küsst Dr. Schreyer auf die Wangen. Er drückt sie an sich, und mit einem Blick auf Leonard kichert sie wie ein Mädchen.

Pfannkuchen

»Zo-zohola! Zoloazola!« Es klopft leise, Elvis und Madonna kommen auf Zehenspitzen rein. Sie tragen ein Tablett mit Muffins und Pfannkuchen.

»V-von Mathilda. U-und uns!« Elvis umarmt Zola. Madonna liegt auf mir.

»Au!«

»Ich l-liebe dich«, sagt Madonna zu Zola.

»Danke.« Zola reibt sich die Augen und legt sich in meinen Arm.

»Warum schlaft ihr mit Kleidern?«

»I-ist es ein Junge?«, will Elvis wissen.

»Hey, lasst uns erst mal aufstehen …«

Elvis kitzelt mich. Mathilda kommt mit einer Kanne Tee.

»Willkommen in Sommerdal!« Sie gießt eine Tasse ein. Zola scheint der Zirkus nicht zu stören.

»Himbeerblätter.« Mathilda reicht Zola die Tasse. »Gut gegen Übelkeit. Wie geht's dir?«

»Danke.« Zola setzt sich auf, Tablett auf den Knien und trinkt. Madonna und Elvis sehen ihr still zu.

»Wenn du was brauchst, sag es mir.« Mathilda streichelt Zolas Hand.

»Shit!« Ich suche ein T-Shirt.

»Pscht!«

»Was denn?!«

»Männer«, sagt Mathilda, und Zola und sie lächeln sich an.

»Ja, ne?« Elvis wickelt einen Muffin für Zola aus und wirft das Papier in die Ecke.

»Wi-willst du unser Zimmer sehen?«, fragt Madonna.

»Wir haben frische Äpfel und Milch vom Nachbarn. Nimm dir einfach in der Küche, was du brauchst«, erklärt Mathilda und sieht auf Zolas Bauch.

»Danke.« Zola zieht die Decke höher.

»Du hast es schön hier«, sagt sie, als die anderen weg sind. Ich sehe mich um. Der Resopalschrank blättert ab. Das Fenster hat einen Sprung. An der Tür hängt ein Zettel von Johan, der mich wieder im Garten sehen will. Zwischen zwei Smileys mit Hörnern steht: *Arbeit macht frei.*

»Na ja«, sage ich zu Zola, die inzwischen alles aufgegessen hat.

Ein Schirm wird für Zola im Garten aufgestellt und ein Liegestuhl. Mathilda bringt ihr Limonade. Die Sonne wandert schnell in den Zenit.

Die Paviane haben in der Nacht allen Salat herausgerissen. Wir schwitzen und drücken die Wurzeln zurück in die gelbe Erde, die trocken unter unseren Fingern klebt.

»Huhu, Zola!« Zwei Kinder verstecken sich hinter den Büschen. Das ganze Dorf scheint sich in der Nähe aufzuhalten. MacFarlaine bringt etwas von seinem Käse, Robert starrt Zola an, statt mit uns zu arbeiten. Zola seufzt glücklich und schließt die Augen.

»Matt, Mensch, lass die Kartoffeln drin!«, ruft Johan.

»Sorry.«

Johan sagt etwas auf Xhosa zu Zola, und Zola lächelt.

Leonard und Elvis kommen zu mir und Johan aufs Feld. Sie tragen Strohhüte und ernten das Gemüse für das Mittagessen.

Elvis hat einen neuen Trick. Er reißt die Augen auf, wenn er einen ansieht. Jemand hat ihm nach der Schraubenziehervorstellung gesagt, er wäre ein guter Komiker.

»Ma-matt, willst du einen Wi-witz hören?«

»Klar.«

Leonard grinst und wiegt einen Kürbis in der Hand.

»D-drei rosa Ti-tinten-fische sitzen auf einem Ast … u-und stricken ei-einen Pullover. Da-da fliegen zwei, zwei …«

»Kühe«, murmelt Leonard.

»… Kühe vo-vorbei. Sagt der ei-eine Tintenfisch zu de-dem anderen, also er sagt.« Elvis ist außer Atem und keucht. Wir sehen ihn erwartungsvoll an.

»Wenn du lachst, versteht doch keiner den Witz«, sagt Leonard streng. Elvis schlägt sich an den Kopf und stampft auf den Boden.

»FLIIIIEGEN MUSS MAN KÖNNEN!«, schreit er, Johan fährt erschrocken herum.

»Fliegen *müsste* man können«, murmelt Leonard, »sehr gut, Elvis!«

»Ü-überhaupt nicht gut!«, schreit Elvis, und Leonard nimmt ihn in den Arm.

»Hey, Elvis«, sage ich, »ich kann keinen einzigen Witz erzählen.«

Leonard sieht mich böse an. Im Krebsgang geht Elvis zu den Frauen unter dem Schirm und erzählt seinen Witz nochmal. Zola lacht auf, Mathilda klatscht. Elvis setzt sich zu ihren Füßen und lässt sich von Zola den Kopf streicheln. Die beiden Frauen lächeln zufrieden zu uns herüber. Leonard schüttelt den Kopf.

»Man kennt sie nie wirklich«, murmelt er. Ich weiß nicht, ob er Frauen meint oder Downies.

»Matthias …« Er zieht ein paar Mohrrüben aus der Erde. »… Das gestern Abend …, das musst du nicht so ernst nehmen …«

»Was habt ihr mit diesem Nazi zu tun?«

Leonard nickt zu Mathilda.

»Er hilft uns. Das ganze Aromatherapiezeug hilft nicht immer. Er behandelt die Kleinen für fast umsonst. Und Tilda … hat so einen Rhythmusfehler.« Er klopft aufs Herz.

Madonna bringt Getränke. Mathilda winkt uns zu sich. Johan wischt sich die Stirn mit einem Handtuch ab, und wir setzen uns ins Gras.

»Und worüber redet ihr?«, fragt Mathilda.

»Fußball, und ihr?«, antwortet Leonard.

»Shopping.« Mathilda und Leonard lachen über ihren Witz.

»Trainspotting«, erklärt Johan, und Mathilda lächelt, als wäre der Film ein erotisches Geheimnis.

»Matt hält Gerd für einen Nazi«, sagt Leonard trocken.

»Solche Leute sind schwer zu ändern.« Mathilda seufzt. »Früher hat man ihnen recht gegeben, und jetzt liegen sie falsch …«

»Mit der Apartheid«, erklärt Leonard weiter, »das war was ganz … Reales, Matthias. Und nicht alle waren böse.«

»Gerd ist kein Afrikaaner, Matt, er ist ein Bure vom alten Schlag. Die wollen ihre Farm, ihr Gewehr und ihre Ruhe.« Mathilda lächelt.

»Aber alle sind sie Rassisten.«

»Klar. Aber einer wie Gerd ist mir lieber als die Leute, die nur so tun.«

Ich sehe zu Zola. Mathilda wendet sich ihr zu.

»Du kennst doch Gerd, oder deine Mutter kennt ihn.«

»Ja, er hat Meki geholfen. Er ist nett.«

»Was!?« Ich bin fassungslos.

»Apartheid, Matt«, spricht Leonard weiter, »… war furchtbar. Aber sie war mal gedacht als friedliches Nebeneinander. Wie im Nahen Osten.«

»Wir hatten es besser«, sagt Zola. »Mama sagt, im Provinzkrankenhaus hier hätte sie mich verloren. Damals waren sie besser. Es gab einen Bus nach Kapstadt. Und weniger Verbrechen.«

»Mensch, habt ihr eine Ahnung, wie viele Leute gestorben sind bei den Umsiedlungen«, wirft Johan ein.

»Und sie haben Menschen verschleppt. Wie in Argentinien.«

»Mama hatte Glück.« Zola lässt sich nachgießen.

»Matt, früher konnte man hier nachts spazieren gehen. Überall!«, wirft Mathilda ein.

»Ja, die anderen hatten Ausgangssperre.« Johan rülpst laut. Madonna und Elvis spielen mit einem Grashüpfer.

»Ich dachte, ihr *denkt* anders.«

»Matthias, wir sind anders.« Leonard nickt schwer. »Und wir haben ja Widerstand geleistet, lange vor Sommerdal. Es gab zum Beispiel ein Gesetz, nach dem Schwarze oder Farbige nicht im gleichen Haus mit uns wohnen durften. Es war lächerlich, wir hatten ja schon ein paar Kinder aus dem Township bei uns zu Hause.«

»Und Zola und du«, sagt Mathilda schnell, »ihr wärt am ersten Tag verhaftet worden.«

»Und Elvis und Madonna?«

»Wen will die P-polizei ver-verhaften?«, fragt Madonna besorgt.

»Den bösen Mann.« Elvis macht den Hubschrauber nach.

»Matt, das waren die Afrikaanergesetze, ihr Terror, wie in der DDR.« Leonard streicht sich durchs Haar.

»Hey, hey, das war Antifaschismus«, ruft Johan ohne Ironie.

»Weißt du, in Europa, da war Widerstand schick«, sagt Mathilda, »hier wurde man dafür eingesperrt.« Sie wirft einen Blick auf Johan, der Elvis und Madonna bei den Erdbeeren beobachtet.

»Sie haben meinem Vater einmal einen nassen Sack über den Kopf gezogen.« Zola schließt die Augen.

»In Namibia?«

»Sie waren überall, Matt«, murmelt Johan. Madonna und Elvis verteilen Erdbeeren an die Kleinen. Johan sagt nichts, obwohl sie dabei auf die Stauden treten.

»Es war auf beiden Seiten brutal.«

»Ja«, Mathilda nickt. »Du hättest mal die Kleinen sehen sollen, damals. Bei den Xhosa und Zulu hält man nicht viel von ihnen.«

»Von den Behinderten?«

»Alte Seelen, Matt«, verbessert mich Leonard.

»Manche haben sie einfach verhungern lassen.« Mathilda sieht in die Weite.

Das Tal liegt friedlich vor uns. Bienen summen. Die Kinder kreischen fröhlich.

»Wann gibt's Mittagessen?«, bricht Zola das Schweigen.

Piepol

»Matt, was ist *Leichtigkeit*?« Sie zeigt auf eine Stelle in ihrem Buch. Wir sitzen unter der Eiche am Pool.

»Leichtigkeit?« Ich stehe auf und laufe mit wedelnden Armen übers Gras.

»Wie ein Piepol?«

»Piepol!?«

»Ein Vogel, Matt. Sag!«

»Wenn man sich frei fühlt.«

Zola schreibt das Wort in ihr Heft.

»Lies vor, bitte!« Ich lehne mich an sie.

Zola legt den Finger auf die erste Zeile. Sie hat ein System, eine eigene Ordnung deutscher Wörter.

»Verführen, Kokosnuss, Wellenreiter, Tram, voll geil, urst gut!«

»Wo hast du das denn her?«

»… Jerome sagt, in Berlin spricht man so … abchillen, verstrahlt, Titten, Gutgläubigkeit …«

»Weiter! Aus deinem Mund klingt alles neu!«

»… Hippiekommune, Bahnhof Zoo, Gedächtniskirche, Kinderladen, was war ein Kinderladen?«

»Ich glaube, hier nennt man es … Crèche.«

»Oh, das.« Zola sieht nach oben. Wir haben kein einziges Mal über ihr Kind gesprochen.

»Weiter!«

»… kaputt, Schönhauser Allee, zeitmäßig, Prater, Mitbewohner, … Beratungsgruppe?«

»Kannste streichen. Benutzen Leute wie wir nicht.«

»Okay.« Zola setzt es nur in Klammern.

»Hey, weg damit.«

»Nein! … Kaffeemaschine, U-Bahn, Furz, Leckschwes-

tern, eifersüchtig, Neonazi, löffeln, Lass mich! Genau-
genau, … Leichtigkeit.«

Ich schlage die vorigen Seiten um, auf denen andere
Wörter auf ihren Anschluss warten, den nur Zola versteht.

»Wenn du in Berlin bist. Kann ich dann das Heft haben?«

»Matt … Warum willst du, dass ich mitkomme?«

»Wozu lernst du denn die ganzen Wörter?«

Zola seufzt.

»Hey, ich pass schon auf dich auf. Mach dir keine
Sorgen.« Ich nehme ihre Hand, freundschaftlich, aber
kein Kuss entsteht daraus.

»Hör mal.« Zola schlägt eine andere Seite auf:

»Die Deutschen
sind zerbrechlich
Wie ein Mann an der Kreuzung,
Er weiß nicht, wohin.«

Ich sehe Zola erstaunt an.

»Zola, die Deutschen haben fast die ganze Welt erobert
und zerstört.«

»Ich meine dich … Johan und die anderen.«

»Wir sind … *zerbrechlich*?« Ich zeige Zola meine Arm-
muskeln, sie lacht.

»Vielleicht ist es nicht das richtige Wort.«

»Zerbrechlich ist … eine Vase, oder ein Glas, oder ein
dünnes Mädchen kann *zerbrechlich* aussehen.«

»Trotzdem«, sagt Zola. Ich ziehe sie hoch und deute
Schwimmen an.

»… Matt? Mathilda sagt, ich soll zu Kundalini kommen.«

»Nein! Kundalini ist grauenhaft.«

»Wie?«

»*Grauenhaft.* Schrecklich.«

234

Zola schreibt es auf, und ich stelle sie mir vor in Berlin mit ihrem Heft.

»Rührend, süß, anziehend.« Ihr kleiner Bauch gefällt mir.

»Was!?«

»Außerdem hat es längst angefangen.«

»Schnell!« Zola reißt an meinem Arm.

»Aua, warte, ich bin doch so *zerbrechlich!*«

Zola lacht und schlägt mir mit dem Heft auf den Kopf.

Das Summen ist schon in der leeren Halle zu hören. Die Luft im Hinterzimmer ist veratmet. In der Mitte zwischen den Kerzen sitzt Martin, der Engländer, und kratzt an seinen Füßen. Der Platz neben ihm ist frei.

»Ich liebe das Gefühl sehr«, sagt Evelyn, »von einem warmen Maschinengewehr!«

Ralf und Werner applaudieren. Wir setzen uns neben Evelyn, aber Ralf steht auf und winkt Zola neben Martin.

»Willkommen in Sommerdal, Zola!«, sagt er.

»Willkommen in Sommerdal!«, rufen die anderen im Chor. Zola hält verlegen die Hand vor den Mund. Martin ist offensichtlich schon begrüßt worden und versteht sowieso kein Wort.

»G-gras ist meine L-lieblingsspeise«, sagt Elvis auf Deutsch.

Leonard und Mathilda klatschen. Evelyn lehnt an meine Schulter.

»Sie haben die Regeln geändert«, flüstert sie.

»Was ist *Lieblingsspeise*?«, fragt Zola Mathilda.

»… lecker Essen«, antwortet Evelyn.

»Wir machen Lieblingssätze oder Reime«, erklärt Mathilda.

»Kommt e-ein Vöglein g-geflogen …«, singt Madonna.

»Gut!«, ruft Ralf.

235

»… setzt sich nieder auf meinen Fuß …«, singt Mathilda mit hoher Stimme.

»… hat ein Brieflein im Schnabel, von der Mutter einen Gruß …«, Zolas Stimme schlägt alle in den Bann, »… liebes Vöglein, flieg weiter und nimm einen Kuss, sag der Mutter liebe Grüße, weil ich hierbleiben muss …«

»Bravo!«, rufen Leonard und Madonna, ich habe eine Gänsehaut.

»Venceremos ayay!«, singt Ralf.

»Am Horizont die Hoffnung, im Herzen Utopie!«, sagt Leonard.

»Cocaine, is good for your brain«, wirft Martin ein. Leonard grinst. Werner hebt die Daumen.

»Männer sind Schweine, lasst uns alleine«, skandiert Janine. Gelächter. Mathilda klatscht. Martin lacht mit, aber versteht sie nicht.

»Lasst uns wild sein, lasst uns leben!«, rezitiert Leonard.

»Hoho!«, ruft Ralf. Die Stimmung ist entspannt. Die Frauen kichern.

»So viele Schwänze«, Mathilda klatscht den Rhythmus, »und keiner kennt die Grenze.«

»Uuuuuuh!«, heult Elvis wie ein Wolf, wir Männer lachen. Zola und ich tauschen einen Blick. Ich vermisse unsere Tage im Museum.

»Wenn Männer lachen, denken sie nur … an bestimmte Sachen«, ruft Mathilda.

»A no is a no! Respect the right of women!«, antwortet Zola mit erhobener Faust, diesmal johlen die Frauen.

»Heyhey!«, sagt Leonard gutmütig. »Jetzt reicht's aber mal!«

Pinguine

Es ist, als hätten wir nie anders gelebt. Zola ist das magische Puzzlestück, das fehlte. Leonard und Mathilda gehen Hand in Hand über die Wiese zum Frühstück. Ralfs Frau, die depressive Johanna, bringt MacFarlaine Blumen, der dem Engländer und Janine Geschichten aus Simbabwe erzählt. Evelyn grüßt neugierig, wenn Zola und ich zusammensitzen. Und wenn ich sie mit Leonard ertappe, küssen sie sich nur freundschaftlich und winken mir zu.

Wann immer Zola aus meinem Zimmer tritt, kommen die Kinder und hängen an ihr, und ich bleibe allein zurück. Wir küssen uns manchmal, wie Teenager knutschen, und es gefällt mir. Keiner redet vom Abflug, am wenigsten Zola, und ich habe die vage Idee, wir könnten doch noch reisen, mit dem Wohnwagen quer durchs Land.

»Wer schreibt?« Ich beuge mich über Zolas Handy. Unser Haus macht einen Ausflug zu einer Pinguinkolonie bei Kapstadt.

»Mama«, flüstert Zola und lehnt ihren Kopf an meinen. Hinter uns schlafen Madonna und Elvis. Die Kinder drücken sich ans Fenster und bestaunen ein Kriegsschiff vor dem Hafen von Simonstown.

»Und?«, frage ich. Seitdem Zola in Sommerdal ist, habe ich keine Mamas mehr zum Einkaufen gefahren.

»Mein Onkel stirbt«, bemerkt sie mit einem Schulterzucken.

»Dein Onkel? Welcher Onkel?«

»Baba Mtumbe.«

»Oh.« Ich frage mich, was Zola dann bei uns im Bus macht.

»Es ist ein Onkel von Jerome.«

»Ich dachte, Jerome hat keine anderen Verwandten hier.«

»Nein, er ist neu hier.«

»Wie, er kommt her, obwohl er krank ist?«

»Er denkt, dass Mama das Geld für das *funeral* hat.«
Zola liest die nächste Nachricht.

»Sie fragt, ob Jerome bei uns ist.«

»Zum Glück nicht«, seufze ich, und Zola lacht mit mir.

»Machst du dir Sorgen?«

»Nein«, sagt Zola fröhlich. »Ich bin hier.«

»Ganz schön was los im Township.«

»Ja, Jerome, er hat bei meiner Tante eingebrochen!«

»Da wird doch ständig geklaut.«

»… Du Dummkopf.« Zola schlägt mich mit ihrem Buch. »Man bestiehlt doch nicht seine Familie.«

Leonard folgt einer kleinen Abzweigung zum Strand. An der Wiese vor dem Meer verkaufen afrikanische Händler Wecker, Masken und Gehstöcke mit Tiermotiven. Zola und ich sind beschäftigt damit, den Kindern bunte Spielsachen aus Coladosen, Drahttiere und handbemalte Straußeneier wieder wegzunehmen.

Am Strand zwischen den Felsen liegen kapmalayische Familien, die Mütter in Stoffkitteln und Kopftüchern, die Kinder und Männer planschen im Wasser.

»Küsst euch hier nicht«, ermahnt uns Mathilda. »Muslime«, sagt sie. In einer Aufwallung umarmt sie Zola.

»H-haben wir für dich gefunden!« Elvis reicht Zola eine Nautilusmuschel. Zwei der Kinder ziehen Zola zum Strand.

»Wo?«, frage ich Elvis.

»Da.« Elvis zeigt auf einen Stand. Der Mann am Stand sieht sich suchend um und entdeckt die Muschel in Zolas Hand. Sie gibt sie zurück, aber der Händler flirtet mit ihr. Zola sagt etwas, worüber er lacht.

238

»Matthias!«, ruft Mathilda. Sie kämpft mit dem Schirm.

»Was denn?!«, antworte ich genervt. Mathilda sieht zu Zola und dann zu mir.

»Geht ihr zwei, wir machen das schon.« Leonard nimmt den Schirm und zwei Körbe. »Los!« Er schiebt mich zu den Händlern.

»Bist du jetzt fertig?«, frage ich Zola, und sie legt die Muschel zurück.

»Warst du eifersüchtig?«, fragt Zola mit einem Lächeln. Wir steigen über die rundgeschliffenen Findlinge beim Restaurant.

»Nein!« Ich breite die Arme aus. »Ich bin niemals eifersüchtig!«

Hand in Hand kommen wir auf einen Uferpfad, dann an eine kleine Bucht mit Villen, die mit hohen Zäunen abgeschirmt sind. Die Häuser machen einen unbewohnten Eindruck.

Von einem Felsen sehen wir aufs Meer. Kein Tier weit und breit. Und kein Mensch. Ich ziehe Hemd und Hose aus und springe ins Wasser.

»Matt!«

»Komm, in Deutschland baden alle nackt!«

Zola steht am Ende des Felsens und sieht unentschlossen zu mir herunter.

»Los.«

Sie klettert in einen Felsspalt und kommt mit BH und Unterhose wieder hervor. Langsam geht sie ins Wasser und sieht vorsichtig auf den Grund.

»Kalt!«

»Ja, super. Eiswürfelkalt ..., aber du traust dich doch nicht.«

Mit einem spitzen Schrei gleitet sie ins Wasser, ohne den Kopf unterzutauchen.

»Badet man bei euch wirklich nackt?« Zola hält sich an mir fest.

»Wenn man Lust dazu hat.«

Sie sieht zum Ufer, ob jemand kommt. Ich ziehe an ihrer Hose, aber sie entwischt mir.

»Und du musst schwimmen können. Im Sommer ist man jeden Tag am See.«

An einer tiefen Stelle hält sie sich erschrocken an mir fest.

»Matt, ich weiß nicht!«

»Doch, halt dich an mir fest.«

Ich schwimme aufs Meer mit Zola auf dem Rücken. Sie stützt sich auf und sieht an mir vorbei ins Wasser.

»Lass locker, dir passiert nichts.«

Ihr Griff wird sanfter.

»Es ist nur Wasser, Zola. Und Schwimmen ist einfach.«

Zola zieht an meinem Ohr. Ich beginne die Tiefe unter mir zu spüren. Kelp an meinen Zehenspitzen, der meterlang wird, aber Zola ist leicht, und ich schwimme mit kräftigen Zügen.

»Vielleicht ist das Meer wie der Himmel, nur fester«, schlage ich vor, »wie dickere Luft. Und wir fliegen.«

»Warum machst du das, Matt?«, flüstert Zola in mein Ohr.

»Was denn?«

»Alles. Mit mir.«

Ich antworte nicht. Wir umrunden einen Felsen, und ich suche nach einer Stelle zum Stehen. Hinter den Algenköpfen bewegt sich etwas Großes.

»Schau mal. Ich glaube, es ist ein Wal.«

Zolas Finger krallen in meine Schultern. Eine Fontäne spritzt hoch, und das Tier dreht sich zur Seite. So nah war ich noch nie an einem Wal.

»Zola! Au! … lass locker!«

Zurück im flachen Wasser halte ich Zola fest und lasse sie Brustzüge machen, die Hand an ihrem Bauch, so wie ich es meinen Schwestern beigebracht habe. Zola strampelt.

»Zola! Halt ruhig.«

»Matt!«

»Was denn?«

»Ich mag es, wenn du meinen Namen rufst.« Sie steht auf.

»Zola! Zola, Zola!«, rufe ich.

»Nicht so laut!« Sie kickt mir leicht in die Eier.

Die Felsen sind warm, und wir liegen nebeneinander zum Trocknen. Das Meer, das sie fürchtet, passt zu ihr.

»Du bist eine schöne Strandnixe.«

»Nixe?«

»Meerjungfrau.«

»Ich hab Mama gefragt. Sie sagt, es gibt sie wirklich, die *people* im Meer. Es ist eine alte Sage.« Zola stützt sich auf und fährt an meinem Arm entlang.

»Sie sagt auch, dass die *people* einem Zeichen geben. Sie sind immer da, wie Fische. Sie kennen die Zukunft.«

Ich sehe aufs Meer. Ich wüsste gerne die Zukunft. Manchmal.

Still liegt das Wasser in der Bucht vor uns. Tausende von Möglichkeiten.

»Qadruquerks!«, rufe ich.

»Was?« Zola lacht.

»Das haben die *people* sicher nicht vorausgesehen, hmm?«

»Du bist verrückt«, sagt Zola nachsichtig. Ich berühre ihre Hand.

»Mattti! Ma-Matti!« Elvis klettert über die Felsen, hinter ihm Madonna und die Kinder. Er trägt meinen Neoprenanzug, für den er zu dick ist.

»Huhu! Hallo!«

Zola wirft mir ein Handtuch über und steht auf.

»Ha-habt ihr einen Pinguin ge-gesehen?« Elvis steckt den Fuß ins Wasser und zieht ihn zurück.

»Der K-kaiser hat n-neue Kleider!« Madonna deutet auf mich.

»Alle Farben u-und doch keine!«, ergänzt Elvis. Er spannt die Muskeln wie ein Bodybuilder.

»Mein Superman«, sagt Madonna und öffnet die Schnüre an ihrem Kleid. Leonard und Mathilda spazieren am Uferweg.

»Vorsicht!«, ruft Mathilda den Kindern zu, die um uns herumturnen.

»Hey, das is ja wie an einem FKK-Strand!« Ich ziehe mich an. Nach Madonna haben auch Elvis und die Kinder ihre Kleider abgestreift.

»Matthias!« Mathilda sieht mich streng an. »Was ist das nur mit euch, dass sich jeder ausziehen will«, ruft sie und legt ihren Arm um Leonard. Sie sehen aufs Meer, als wäre es ein Moment der Erinnerung. Es sieht nicht aus, als wollte Leonard sie verlassen, wie Evelyn behauptet.

Ein einsamer Pinguin erscheint aus seiner Höhle. Ich stoße Elvis und Zola an.

»Da! Da ist einer!«

Der Brillenpinguin sieht mit hängenden Flügelchen herüber. Die Kinder staunen.

»Sonst sind hier immer Hunderte«, behaupte ich.

»Och, der Arme!«, sagt Madonna. Die Kinder machen ähnliche Geräusche. Eine ganze Kolonie hätte sie wahrscheinlich gelangweilt.

»Da sind noch mehr.« Ich zeige auf einen großen Felsen weit draußen, der übersät ist mit schwarzen Punkten. Wir sehen hinaus. Etwas fliegt auf mit großen Schwingen und gleitet flach übers Wasser.

»D-die können d-doch gar nicht fliegen!«, ruft Elvis.

»Hey, manche schon. So andere Sorten.«

»Matt. Du musst nicht immer alles erfinden!«, sagt Zola.

»Wieso denn?«

»Ist d-doch schon a-alles da, Matti!« Elvis stößt mich ins Wasser, ich ziehe ihn mit. Die Mädchen sehen uns zu. Madonna nimmt ihre rechte Brust und zeigt sie Zola.

Zola geht näher, beide nicken. Madonna streichelt Zolas Bauch.

»Hey.« Ich ziehe Elvis zurück. »Nicht so weit raus. Da ist ein Wal.«

»Och, ich will den sehen.« Elvis wäscht sich den Pimmel.

Ein alter Mann mit Gehstock steht am Uferweg und sieht uns finster an.

»Das ist ein Naturreservat«, ruft er. Madonna steht auf und winkt ihm, und seine Augenbrauen schnellen in die Höhe.

»Das, ist, ein, Natur-re-ser-vat!« Er stößt mit dem Stock dazu auf den Boden.

»Usch, usch!«, kommt ihm eine Frau in lachsfarbenem Kostüm zur Hilfe. Sie spielt nervös an ihrer Halskette.

»Voetsak! Voetsak!«, schreit der Mann, und der Pinguin spritzt ängstlich Kot auf den Fels. Einer der Kleinen bleibt fasziniert stehen. Er geht in die Hocke und kackt daneben.

»Usch!«, ruft die Frau, als hätten wir sie nicht gehört. Der Mann deutet aufgeregt auf die Kinder. Zola lacht und lacht. Es ist ansteckend. Elvis rudert mit den Armen, Madonna strampelt. Der frische Haufen dampft in der Sonne, dann kackt der Nächste unter Freudengeschrei.

Standesamt

Auf dem Weg nach Villiersdorp liegt Nebel über dem Tal. So fein, dass er nur als leichter Schleier auf den Wiesen steht.

Als die Asphaltstraße in eine lehmige Landstraße übergeht, blendet uns die Sonne.

Wir kommen an alten Farmhäusern vorbei, inmitten von Weizenfeldern. Der lange Stahlarm einer Bewässerungsanlage steht still dazwischen. Vor uns kriecht langsam ein Tanklastwagen den Berg hoch. Plötzlich wird dieselbe Landschaft, die eben noch in der schnell aufsteigenden Hitze lag, eine verwunschene Gegend Nordeuropas.

Im Schritttempo fahren wir durch die graue Wand und folgen dem Glühen der Rücklichter.

»So ist Deutschland«, sage ich zu Zola.

Zola sieht aus dem Fenster. Ein neues Stück von Madonna läuft im Radio, und die Feuchtigkeit weht mir durch die fehlende Scheibe ins Gesicht. Mein Hals wird steif, und ich habe die Orientierung verloren. Ich halte an einer Ausbuchtung unter Bäumen.

»Wir könnten in Kapstadt wohnen«, sage ich. »Deutschland ist so … grau.«

»Wieso bist du wiedergekommen, Matt?«

»Wann, nach Kapstadt?«

»Ja.« In Zolas Augen sind Tränen.

»Zola«, ich streiche mit dem Handrücken auf ihre Wange. »Du musst glücklich sein, du hast es verdient, … und ich kann dich schlecht bei deiner Mutter lassen.«

»Nein.« Ich habe Zola zum Lachen gebracht.

»Weiß deine Mutter von dem Kind?«

Zola hebt eine Schulter.

»Weiß sie, dass du nach Berlin fliegst mit mir?«

»… ja. Von Mathilda. Aber sie glaubt es nicht.«

»… Zola«, sage ich. Ein Mann mit Plastiktüte auf dem Kopf taucht aus dem Nebel auf, geht an uns vorbei und verschwindet. »Ich will dir helfen.«

»Danke«, sagt Zola und lehnt sich auf ihre Seite. Es ist nicht das, was ich sagen wollte. Aber ich habe sie auch nie gefragt, von wem das Kind ist.

»Mir gefällt's hier«, lenke ich ab.

»Matt … ich kann hier nicht bleiben.«

»Warum?«

»… meine Tante muss bei dem Mann einkaufen, der sie früher auf der Straße geschlagen hat, … und Zonga darf nicht in die gute Schule. Es gibt keine Arbeit.«

»Und?«

»Weißt du, was mir die Jungs nachrufen, nur weil ich schwanger bin?«, spricht sie wütend.

»Nein.«

Zola schweigt. Ich lache, ratlos, und Zola sieht mich böse an.

»Du bist anders. Du verstehst das nicht.«

Zum ersten Mal sehe ich, dass der Glanz in Zolas Augen verletzter Stolz ist, Beherrschung, wie man es oft bei Xhosa sieht, am Straßenrand, bei den Kindern, die Supermarkttüten packen, die sie sich nie werden leisten können.

»Sorry.« Ich nehme Zola in den Arm und spüre den warmen Atem ihrer Tränen. Ein Schluchzen steigt aus ihrer Kehle.

»Sing was für mich«, bitte ich sie und fahre los.

Zola drückt ihren Kopf fester an meine Seite.

»Bittebitte!«

Mit langsamer Melodie beginnt sie ein Lied, jeder Klicklaut ein Moment des Glücks. Als der Nebel auf-reißt, liegen vor uns die warmen Farben der Eukalyptuswälder. Die saftigen Felder sind übersät mit weichen, hellen Felsen, die zu regungslosen Schafen werden, als wir an ihnen vorbeikommen.

Mächtige Getreidesilos stehen am Eingang der kleinen Provinzhauptstadt, in der wir Zolas Reisepass abholen wollen. Zwischen den kapholländischen Häusern torkeln Männer umher. Laster donnern über die ampellosen Kreuzungen.

Wir halten an einer BP-Tankstelle. Die Frauen an den Zapfsäulen tragen trotz Sonnenschein Winterjacken. Es weht kalt hier oben. Nebenan, über einer schmierigen Glastür, hängt schlicht das südafrikanische Wappen des Meldeamts. Durch eine offene Tür nebenan sehen wir beim Metzger die Fliegen auf dem Fleisch sitzen.

Zola hustet trocken, und wie zur Antwort husten die anderen Frauen im beige und grün gehaltenen Warteraum ebenfalls. An der Stirnseite des Raums hängen unter großen Deckenventilatoren die Porträts verschiedener Minister. Ganz oben der Präsident, darunter das glänzende Gesicht der Innenministerin und zuunterst das des Provinzministers. Er trägt den schwarzen Hut eines eben Graduierten.

Frauen und Mädchen stehen vor dem Schalter mit Babybündeln im Arm und warten. Die Angestellte hinter dem Tresen sitzt auf einem Barhocker und geht immer wieder ans Telefon. Die Box mit den Gratiskondomen neben ihr ist leer.

Wir betrachten die Babys, die in dicke Decken eingewickelt in den robusten Armen der Mütter liegen. Die Frauen erzählen sich Witze auf Afrikaans und lachen derb. Den meisten fehlen Zähne.

Zola legt ihre Geburtsurkunde vor und füllt ein Formular aus, dann warten wir auf braunen Cordstühlen auf die Bürovorsteherin. Zola mustert die Ankündigung zu einem Geburtshilfekurs.

»Miss Mdekanibe?« Die Vorsteherin ist eine laute, fröhliche Frau in High Heels und einer weiten Blumenbluse. Zola steht auf.

»Verstehen Sie mich?«, fragt sie auf Englisch.

Zola nickt.

»Und ist das Ihr Ehemann?«

Zola schüttelt den Kopf.

»Warten Sie draußen bitte«, sagt sie zu mir und schiebt Zola in ein gläsernes Kabuff.

Zola lächelt, die Vorsteherin lacht, dann blicken sie eine Weile ernst, während die Papiere durchgesehen werden.

»Zwei Wochen«, sagt Zola, als sie wieder herauskommen.

»Zola, wir fliegen in einer Woche. Johan hat schon das Ticket gekauft für dich … Entschuldigen Sie, Frau …«

»Mueller.« Sie gibt mir die Hand. Sie duftet nach frischgebackenen Keksen.

»Mrs. Mueller, ähm, bitte, wir brauchen den Pass früher.«

Die Vorsteherin sieht mich erstaunt an.

»Das geht alles nach Pretoria. Ich kann nur einen Notpass ausstellen, wenn Sie wollen.«

»Wenn der in Europa gilt.«

»Eine Einreise?« Miss Mueller sieht mir in die Augen.

»Ja. Ich fliege zurück nach Deutschland.«

»Wenn Sie verheiratet wären, wäre das alles viel einfacher«, seufzt sie. Zola lacht und ich mit.

»Im Ernst?«

»Haben Sie denn ein Visum?«, wendet sie sich besorgt an Zola.

»Nein.« Zola blickt auf den Boden.

»Also ich kann Ihnen einen Termin geben.« Sie lässt uns Platz nehmen und blättert in einem Kalender.

»Also … hm, Mittwoch um 11, in drei Wochen, oder in … nein, das ist zu spät.« Sie sieht auf die Uhr. »Heute ginge auch. Es hat jemand abgesagt.«

Wir nicken.

»Dann können Sie auch gleich Ihren Reisepass haben. Ein Ersatzpass, aber er gilt.«

Zola und ich sind baff. Mrs. Mueller verschwindet geschäftig mit einem Lächeln.

»Sie ist nett«, sagt Zola.

»Ja.«

Männer in orangefarbenen Overalls werden von zwei Polizisten in den Wartesaal gebracht. Sie sind an den Füßen zusammengekettet. Der erste lächelt uns zu und scherzt mit dem Wärter. Auf ihren Anzügen steht hufeisenförmig *Prisoner*.

Die Gefangenen werden in einen Raum geführt, aus dem Mrs. Mueller kommt.

»Und?«, fragt sie uns im Vorbeigehen. Wenige Minuten später erscheint sie in einem pinkfarbenen Jackett und gibt uns förmlich die Hand. Sie schließt ein Zimmer auf.

»Bitte!« Sie zeigt auf zwei Bürostühle vor einem niedrigen Tisch und setzt sich auf die andere Seite. Hinter Mrs. Mueller hängt die südafrikanische Flagge und ein abstraktes Häkelbild.

»Ihren Ausweis«, bittet sie mich. Alles, was ich habe, ist mein deutscher Führerschein. Mrs. Mueller seufzt.

»Gut, dann müssen Sie Ihre Passnummer nachreichen.«

Eine Frau von der Tankstelle betritt das Zimmer und legt Jacke und Mütze ab. Ihr folgt ein kleiner Mann mit blondem Pferdeschwanz. Er hält eine Kamera und gibt erst mir und dann Zola die Hand.

»André.«

»Frau Kortje und Herr Swarts von der Metzgerei sind ihre Trauzeugen. Das sind zehn Rand pro Person. Sind Sie einverstanden?«

Wir nicken. Es kann nur ein Scherz sein. Aber bevor wir etwas sagen können, liest Mrs. Mueller im Licht der Neonröhre von einem Formular ab, das mit einem Kugelschreiber ausgebessert ist.

»… Freud und Leid teilen, bis der Tod euch scheidet? …«

»Ja«, sage ich mit krächzender Stimme. Ich sehe Zola an, dann Mrs. Mueller, die das Gleiche für Zola wiederholt.

»Ja«, antwortet Zola laut und hustet.

»Somit erkläre ich Sie zu Mann und Frau. Können Sie hier bitte unterschreiben?«

»Matt!« Zola zieht eine der Muscheln aus dem Museum aus der Tasche und steckt sie mir an. Wir küssen uns kurz, dann schütteln uns die Trauzeugen die Hände und nehmen ihr Geld. Der Metzger schießt Bilder von uns und schreibt meine Telefonnummer auf. Wir warten wieder auf denselben Cordstühlen.

»Wir sind verrückt, Zola!«, flüstere ich. Das Mädchen am Tresen nickt uns zu.

»Matt …« Zola drückt sich an mich. »Es ging so schnell.«

Wir sehen einem Mann zu, dem Fingerabdrücke abgenommen werden. Er trägt einen zerdrückten Hut und eine Rose im Knopfloch.

Als Mrs. Mueller wiederkommt, gibt sie Zola den Umschlag mit dem Pass. Mir reicht sie einen Quittungszettel.

»Das ist Ihr Heiratszertifkat. Das müssen Sie bei der Ausreise vorlegen.«

»Gibt es keine richtige Urkunde?«

»In sechs Wochen«, sagt sie.

»Können wir das nicht gleich haben?«

»Das geht nach Pretoria …, warten Sie, ich sehe mal nach.«

Ein Wachmann kommt aus einer Tür am Ende des Gangs, und wir sehen Mrs. Mueller mit einem der Gefangenen. Seine Hand liegt auf ihrer Schulter. Sie küssen sich zärtlich, dann schließt sich wieder die Tür.

»Warte!«, sage ich an der Glastür zur Straße. Ich hebe

Zola hoch und trage sie über die Schwelle. Die Frauen von der BP-Tankstelle winken und lachen, die Leute beim Metzger drehen sich um. In Villiersdorp scheinen immer ein paar schnelle Wolken am Himmel zu fliegen.

»Meinst du, das ist echt?«, fragt Zola, als wir im Auto sitzen.

»Mann und Frau!«, antworte ich. Die Reflektionen in den Fenstern auf der anderen Seite beleuchten uns wie auf einem Fotoset.

»Es fühlt sich an wie immer«, sagt Zola nachdenklich.

»Es ist so völlig ... unreal!«, rufe ich.

»Spinnst du?« Zola schlägt mich auf den Arm.

»Au!«

»Mama hat gesagt, dass ich niemals heirate!« Zola lacht.

»Warum?«

»Weil ich so, wie ist das Wort?« Sie schlägt mit Händen, als wären es Flügel.

»Leichtigkeit.«

»Nein! So ähnlich.«

»Leicht?«

»Nein, fast.«

»Weil du leichtsinnig bist!«

»Ja!«

Wir halten am Markplatz, um etwas zu essen. Eminem dröhnt aus kleinen Boxen. Nigerianer verkaufen Nike-Schuhe und Sporttrikots an den Ständen. Die Dorfbevölkerung sitzt in Jacken gehüllt um den Platz. Der Geruch von Grillwurst liegt in der Luft, und wir setzen uns auf eine Bank und halten Gesicht und Hände in die schwache Sonne.

Zola schlägt andächtig den Pass auf. Auf dem Foto sieht man die Sprenkel der Sommersprossen um ihre Augen.

»Das Bild hätte ich gerne.«

»Matt, sie haben meinen Namen eingetragen.« Zola reicht mir das Heiratszertifikat.

»Ja, ich weiß nicht. Heutzutage behält man seinen Namen. Meine Mutter hat es so gemacht ... außerdem merkt dann deine Familie nichts«, tröste ich sie.

»*Zola Bamenheide!*«, spricht Zola vorsichtig aus.

»Furchtbar! Als Xhosa kannst du nicht Bamenheide heißen!«

Zola schüttelt den Kopf.

»*Matthias Mdeknibe* wäre auch gegangen.«

»Mde-ka-nibe, Matt«, verbessert Zola mich. Zwei Alte mit Schiebermützen nicken uns zu, und Zola atmet tief durch.

»Danke«, sagt Zola.

»Hey, ich wollte schon immer mal verheiratet sein.«

»Ja.« Zola lächelt. »Ich auch.«

Am Pool

»Matt, Matt!« Elvis steht verschwitzt vor der Tür. Sein Smoking ist voller Lehmflecken und Grasbüschel.

»Matt! Wi-wir feiern. A-alle sind da. Ko-kommst du?«

»Was feiert ihr?«

»… mei-meinen Geburtstag!«

»Du hast doch gar nicht Geburtstag.«

»A-aber es ist e-eine Party!«, flüstert er.

»Pscht!« Ich ziehe ihn ins Zimmer.

»G-geh nicht weg.« Elvis umarmt mich und lässt nicht los.

»Elvis, ich fahr erst nächste Woche. Elvis!« Ich mache mich frei.

»Hallo!«, sagt er fast unhörbar zu Zola, die sich aufsetzt.

»Was macht ihr?«, fragt sie verschlafen.

»Du bist schön!«, ruft Elvis.

»Pscht!« Ich fürchte, dass er Leonard und Mathilda weckt.

»Danke!«, sagt Zola wach.

»B-bitte geht nicht w-weg!« Elvis klammert sich wieder an mich. Ich bin beunruhigt. Für die Downies ist es absolut verboten, Alkohol zu trinken.

»Elvis, geh ins Bett!«, sage ich, aber Zola zieht sich schon die Jeans an.

»Okay«, gebe ich nach. Zola und ich haben eh nicht geschlafen.

»Yees!«, ruft Elvis. Ich schiebe ihn schnell durch den Gang ins Freie.

»Morgen si-sind wir vielleicht schon t-tot, Matti!«

»Wer sagt das?«

»Lenni sagt das.« Er reißt die Augen auf, und Zola kichert.

Unter den Bäumen stolpern wir über die dunkle Wiese zum Pool. Ein Strahler ist aufs Wasser gerichtet, und Reflektionen zittern über die Wände und Gesichter. Martin und Janine liegen aufeinander im Gras, Evelyn tanzt für sich, Madonna saugt gierig an einem Glas mit Strohhalm. Eine Flasche liegt leer auf den Kacheln, und der Kassettenrekorder spielt Jefferson Airplane.

»Hey, hallo!« Evelyn küsst Zola und mich umständlich auf die Wangen und drückt uns Gläser in die Hand hin. Zola nippt daran. Der Gin ist süß und stark.

»Auf das Brautpaar!«, ruft Evelyn und stößt an.

»Woher weißt du das?«

»Huhu! Jahjah!« Elvis hopst auf der Stelle, und Madonna schüttelt irre den Kopf beim Geräusch des leeren Strohhalms. »Auf uns!« Zola trinkt ihr Glas in einem Zug aus.

»Hey!« Ich komme zu spät. »Und hört auf, den Downies Alkohol zu geben!«, sage ich. Martin und Janine reagieren nicht. Evelyn und Zola bewegen sich zur Musik. Elvis rempelt uns an. Seine Augen sind rot.

»Schau ihn an, er platzt gleich vor Freude«, kreischt Evelyn.

»Und der?« Ich tanze mit und deute auf einen schmächtigen Mann in altem Kapuzenpulli, der am Zaun hockt.

Evelyn zuckt mit den Schultern. »Ich glaub, er ist einer von den Hausmeistern …«

Der Kapuzenmann sieht Martin und Janine beim Küssen zu.

»Hey, sag, woher weißt du …«, will ich Evelyn fragen, aber sehe Zola lächeln.

»Komm schon, entspann dich«, ruft Evelyn über die Musik. »Sei ein guter Ehemann!«

»Langsam!« Ich nehme Zola das Glas weg, aber sie holt es sich zurück. Evelyn dreht sich im Kreis und drückt plötzlich ihr Gesicht an meines. Ich weiche ihr aus, und sie gibt mir einen Tritt.

»Reingefallen!«, ruft sie, und ich lasse mich fallen. Das Wasser im Pool ist kühl. Über mir sind Schwärme aus Licht und Schatten. Langsam steigen Luftblasen hoch zur Silberhaut. Es ist unsere Hochzeitsnacht.

Elvis klatscht neben mir ins Wasser und treibt an der Oberfläche. Er lächelt, die Arme ausgebreitet.

»Paaaarty!«, schreit Janine. Die Mädchen tanzen mit Martin. Madonna trinkt aus der Flasche und reicht sie Zola. Als ich versuche, Elvis im Wasser umzudrehen, springt er hoch.

»Jippieeh!« Er reckt die Fäuste in den Himmel. »Du-du kannst mich nicht r-retten, haha!«, ruft er, und Jefferson Airplane erreicht einen frenetischen Höhepunkt.

Elvis strampelt in seinem nassen Anzug. Janine und Martin tanzen eng, Zola umarmt mich, wir lassen die Flasche kreisen, unsere Gesichter sind warm, und Evelyn umarmt uns beide, bis der Kassettenrecorder klackt. Das Stück ist zu Ende.

Ein Windstoß fährt in die Bäume und erstirbt. Wir legen uns ins Gras.

»Und, wie fühlst du dich?«, fragt Evelyn. Unsere Köpfe liegen nah beinander.

»Weiß nicht«, sage ich.

»Ich bin jetzt frei.« Zola seufzt.

»Aus dem Haus, aus die Maus«, reimt Evelyn.

»Mama Zizi kann nichts mehr sagen.«

»Wirklich?« Daran habe ich noch nicht gedacht.

»Mann, ihr seid echt cool«, spricht Evelyn mit Bewunderung. Zola reicht über mich und drückt Evelyns Hand.

»Berlin«, flüstert Zola.

»Ja.« Evelyn atmet tief ein.

»Ich weiß nicht. Ich werd's vermissen«, sage ich. »Hier gibt's so eine Leichtigkeit in Südafrika. So ein Schweben, … unschuldig irgendwie, versteht ihr?«

»Nö.« Evelyn und Zola kichern.

»In Mitte, in Berlin ... gibt es das nicht. Selbst wenn du ausgehst, ist alles so ... steif, ... als wäre alles schon mal dagewesen. So Déjà-vu-mäßig.«

»Déjà-vu-mäßig«, spricht Zola mir nach.

»... ein Rave wäre hier geil. Sommerdal ist so ein Altersheim!« Evelyn sieht in den Sternenhimmel.

»Was ist ein Rave?«, fragt Zola.

»Seid ihr okay?«, rufe ich Madonna und Elvis zu. Sie treiben als Kleiderinseln im flachen Wasser. Martin und Janine streicheln sich wieder auf der Liege mit dem Kapuzenmann als Zuschauer.

»Techno, hundert, tausend Leute tanzen zusammen«, erklärt Evelyn, »das ganze Wochenende, irgendwo, in einer Etage, oder am Pool ...« Evelyn richtet sich auf und streicht Zola über die Augenbrauen. Zola schließt die Augen. Evelyns Arm ist in meinem Gesicht.

»Hey!«, hören wir Janine.

»Fuck off, man!«, ruft Martin und stößt den Mann in der Kapuzenjacke weg, der das Peacezeichen macht. Er setzt sich und trinkt an einer Flasche. Martin dreht die Kassette um, ich lege meine Arm um Zola.

»Matt!«

»Was?« Ich halte sie fester, aber Evelyn zieht Zola schnell hoch, und Zola kotzt in einen Busch. Evelyn streichelt ihr Haar.

»Sorry«, sagt Zola.

»Is okay.« Evelyn reibt ihre Schulter. »Hey, du solltest vielleicht nicht trinken ...«

Zola nickt, und Evelyn bettet sie auf eine Liege mit einem Handtuch unter dem Kopf.

»Es ist so schön hier«, sagt Zola schläfrig.

»Ja.« Ich spüre den Gin und einen Lufthauch.

Bei MacFarlaine brennt noch Licht. Ein Hund bellt zwischen zwei Liedern. Der Himmel ist nah, als beuge er sich zu uns mit kleinen Augen.

»Zola?«

»… Yebo?« Sie nickt ein.

»Erzähls nicht allen. Ich meine, es ist … unser Geheimnis.«

»Hmm.« Zola dreht sich weg und legt sich eine Hand unters Gesicht.

»Hey«, Evelyn winkt mir, »Martin hat ein bisschen Koks!« Sie lässt den Kopf vor mir kreisen wie ein Tänzer in einem Bollywoodfilm.

»Koksikoksi, Matthias?«

»Vertrag ich nicht.«

»Wirklich schade.« Evelyn dreht sich mit einer wegwerfenden Handbewegung um und fällt fast hin.

»Hallo! Bin ich vielleicht betrunken?«

»Ma-matti!« Elvis winkt mir aus dem Wasser. Er steckt in einem rosa Schwimmreifen. Madonna döst selig auf einer Liege.

Janine und Evelyn schniefen von Martins Finger. Als er seine Line einsaugen will, schiebe ich meinen Kopf dazwischen und puste. Janine und Evelyn kreischen auf.

»Holy shit!«, schreit Janine. Die beiden kriegen sich nicht mehr ein.

»Fuck, man.« Martin grinst doof. »Hey, it's your day!« Er legt nach, sein Tütchen ist leer. Ich niese, und Martin sieht ungläubig auf die nassen Schwimmbadkacheln. Janine schlägt sich die Hand vor den Mund. Plötzlich steht der Kapuzenmann zwischen uns und stößt mich weg.

»Fuck you!«, sagt er finster.

»Yeah, fuck you!«, spuckt Martin, »bloody rich kid.« Ich rülpse laut.

Martin nimmt mich in den Schwitzkasten, reibt seine Knöchel über meinen Kopf und dreht sich im Kreis. Er lässt mich hinterherstolpern, und ich schlage ihm in den Magen. Martin knickt zusammen, und mit einem Tritt ist er im Pool. Sogar der Kapuzenmann lacht mit.

»Ich bin ein Hippo!«, ruft Elvis und dreht eine Pirouette. Martin taucht neben ihm auf, stützt sich auf den Rand und grinst. Er hebt seine dünnen Ärmchen wie ein Boxer. Ich kann den Ficker nicht ausstehen.

Er trifft mich mit der Linken in den Magen. Seine Rechte knallt in mein Gesicht, und ich verfehle ihn. Er tänzelt und erwischt mich am Ohr. Er ist zu schnell, es tut höllisch weh.

»Hö-ört a-auf!«, schreit Madonna zwischen uns.

»Da-da-da-da!«, äfft Martin ihr Stottern nach. Janine zieht an ihm. Ich will ihn ins Gesicht treffen, aber Martin duckt sich.

»Uiiih«, seufzt Madonna und sinkt auf die Knie.

»Shit«, ich stütze sie. »Madonna?«

»Bö-böser, böser«, schreit Elvis außer sich und springt auf Martin. Beide rollen auf dem Boden.

Ich helfe Madonna auf, und sie tritt Martin in die Seite. Er schreit auf, Madonna zieht ihn an den Ohren, Evelyn geht dazwischen.

»Seid ihr verrückt!?«, lacht sie. Madonna und Elvis schnaufen laut.

»Hey, vertragt euch. Man schlägt sich nicht«, sagt Evelyn streng, und Elvis sieht beschämt zu Boden.

»E-Entschuldigung.« Er streckt Martin mechanisch die Hand hin.

»See you in the gaschamber«, zischt Martin, und Evelyn schlägt ihm ins Gesicht.

»Hör auf, du verrückte Lesbe!«, kreischt Janine und zieht den humpelnden Martin zum Kindergarten.

»Such dir lieber mal 'n richtigen Freund!«, ruft sie von der sicheren Seite, und Evelyn zeigt ihr den Finger.

»A-arschloch!«, ruft Elvis hinterher. Madonna setzt sich auf eine Liege und stöhnt.

»Schlampe.« Evelyn grinst. »Aber eigentlich kein schlechter Abend.«

»Ja«, lache ich. Meine Nase ist taub. »Shit, ich glaub, das gibt Ärger.« Auf Madonnas Wange ist ein roter Fleck.

»Scheiß auf den Ärger. Vor allem ihr tut's weh.«

Der Kapuzenmann reicht Madonna die Flasche, sie nimmt einen großen Schluck.

»Schluss für heute.« Ich leere die Flasche auf den Boden.

»Ei-eine Nase kann man leider nicht a-abschrauben«, bemerkt Elvis. Madonna kichert und hängt sich schwer an mich. Ihre Augenlider klappen zu.

Elvis und ich schleppen sie den Hügel hoch zum Haus.

»Chhhrrrr«, stöhnt Madonna.

»Warte mal.« Auf halbem Weg lege ich sie ins Gras, aber fühle keinen Puls.

»Matti?«, fragt Elvis ängstlich.

»Madonna!« Ich schüttle sie. Sie ist kalt und schwer. Panik. Wie ging das? Ich beuge mich über sie und puste in ihren Mund.

»O bitte!« Ich presse ihr Herz und beatme sie.

»W-was machst du!« Elvis' Stimme ist weinerlich.

»Hol Lenni, schnell.« Ich schiebe Madonnas Busen beiseite, halte mein Ohr an ihre Brust. Ein Herz rast, aber es ist meins. Die Lichter im Haus gehen an, Schritte kommen näher.

»Matt!?«, höre ich Leonard. In meiner Verzweiflung schreie ich »LEBE!« und gebe Madonna einen Schlag aufs Herz.

»Donna?!«, ruft Mathilda hysterisch.

Tief aus Madonnas Kehle kommt ein Rülpser, dann ein Seufzen. Der betäubende Geruch von Gin und vergorenen Karotten liegt in der Luft, und ich sinke erleichtert in Madonnas Arm.

»Was macht ihr hier?« Ralf, Werner und Leonard stehen mit Taschenlampen über uns. MacFarlaine eilt im Bademantel über die Wiese. Keiner ist ganz angezogen. Mathilda träufelt Notfalltropfen auf Madonnas Lippen. Sie und Elvis bringen sie ins Haus.

»Matt, mach mal einen starken Kaffee.« Leonard übernimmt das Kommando. In seiner Hand hält er einen Baseballschläger. Mehr Taschenlampen tanzen über die Wiese. Das Licht am Pool geht aus.

»Streesemann! Da!«, schreit jemand. Im Schein von Ralfs Strahler taumelt der Kapuzenmann aus einem Gebüsch am Pool, einen Arm um Evelyn.

»Das Schwein!«, ruft Leonard, und die Männer rennen los.

»Streesemann!«, wird wieder geschrien. Evelyn kreischt auf, der Kapuzenmann klettert über den Zaun am Pool und rutscht ab.

»Kill him!« MacFarlaine schwingt ein Küchenmesser über dem Kopf. Der Kapuzenmann will um den Pool, aber Johan schneidet ihm den Weg ab, Leonard und ich kommen von hinten, Ralf springt ins Wasser. Der Kapuzenmann stößt Werner zur Seite, tritt das Holztor zum Kindergarten auf und verriegelt es. Leonard, Ralf und Werner werfen sich dagegen.

»Mensch, wartet mal!«, ruft Johan, und das Schloss gibt nach.

»Scheiße!«, brüllt Ralf. Sein Arm blutet. Die Männer keuchen und es wird still.

Im Kindergarten redet eine ängstliche Stimme auf Afrikaans. Werner antwortet ruhig.

»Kacke, Mann«, sagt Ralf, »des is der Jakob.«

»Wer?« Gerade hatten wir ihn fast, den Serienkiller.

Als die beiden herauskommen, hat Werner seinen Arm um Jakob gelegt. Jakob zittert, Ralf fährt ihm durchs Haar.

»Spatz. Bist du okay?« Leonard umarmt Evelyn.

»Ja!« Evelyn kreuzt die Arme über den Brüsten.

»Lenni!«, ruft Mathilda vom Haus. Evelyn sieht ihn fragend an, aber Leonard macht sich auf den Weg den Hügel hoch.

»Scheißkerl.« Evelyn stolpert und sieht zum klaren

Himmel. Die anderen Männer folgen Leonard, nur MacFarlaine sieht nach, ob in einer Flasche ein Rest ist.

»Was war los?«

Evelyn schüttelt den Kopf.

»Das hätte 'ne super Nacht werden können«, sagt sie ärgerlich.

»Wieso?«

»Stresi oder wie er heißt, der hatte Gras dabei.« Evelyn sieht zum Haus hoch. Ich entdecke Zola, die unter einer Decke auf ihrer Liege schläft.

»Das Leben könnte doch auch mal … großartig sein, oder?«, heult Evelyn und zieht den Rotz hoch.

»Hey, hey.« Ich lege den Arm um sie.

Wir stehen vor Zola, ihr Gesicht friedlich in einem Traum. Auf ihrem Schoß liegt ein Kranz kleiner Wiesenblumen.

»Wenn man sein Schicksal kennen würde«, frage ich, »meinst du, man würde versuchen, es zu ändern?«

»Nee«, lacht Evelyn. »Sonst wär's ja kein Schicksal, oder?«

Küche

Johan und ich beobachten Zola durchs Fenster der Werkstatt. Sie bewundert einen Papierdrachen, den ein Kleiner gebastelt hat. Johanna, Ralfs Frau, sitzt in der Ecke und strickt, während die anderen Downies an ihren Tischen mit Kleber und Papier beschäftigt sind.

»Guten Tag, was wünschen Sie bitte?« Zola ist ans Fenster gekommen. Alle im Raum sehen sie an.

Johan reicht ihr einen Apfel, ich werfe ihr eine Kusshand zu.

»Zola!«, ruft einer und steigt auf den Tisch. Sie hebt ihn herunter und zeigt auf seine Arbeit, die er sofort wieder aufnimmt.

»Hast du schon was vor heute?«, frage ich im Scherz.

»Bis später!« Zola lächelt. Ich komme mir vor wie ein junger Ehemann.

Im Garten betrachtet Johan die Kürbisse, als hätte er sie eben selbst erschaffen.

»Das ist ein gutes Jahr«, spricht er stolz und nickt. Er zeigt mir, wie man die Früchte sanft ablöst.

»Zola passt hierher.«

»Ja, es gibt selten gute Leute«, antwortet Johan, als ich mit der Schubkarre zurückkomme. Sogar er lächelt vor sich hin wie die Downies in der Werkstatt.

»Sommerdal braucht Veränderung«, setzt er seinen Satz nach einer Viertelstunde fort.

»Nicht so Querulanten wie mich«, ergänze ich. Johan lächelt. Er ist unbeeindruckt von letzter Nacht, während die Hauseltern das berüchtigte Küchentribunal vor dem Mittagessen abhalten wollen.

Johan betrachtet ein Schneckenloch in einem Blatt.

»Du bist schon okay.« Er streichelt die perfekte Oberfläche eines großen Kürbisses. Dann bricht er ihn auseinander und zeigt auf die Würmer.

»Nur eine kleine Verletzung. Und sie sind hin.« Er grinst. »Gilt für alle Systeme.«

Ich nicke. Das Tal liegt grün und cremefarben vor uns. Kühe fressen auf den Weiden, eine Traktorscheibe blinkt in der Ferne. Selbst im Schatten des Gartenhauses ist es stickig und heiß.

»Johan, kann ich dich was fragen?«

Johan arbeitet weiter.

»Also …, Mathilda hat erzählt, du warst mal verheiratet oder so … mit einem schwarzen Mädchen?«

Nachdem er die Schubkarre gefüllt hat, sieht Johan aufs Feld.

»Sie war Sotho. Wie Mama Schuh. Aber sie sah ein bisschen aus wie … Zola.« Er lächelt.

»Echt?«

»Matt«, er sieht mich an, »hier in Sommerdal *kümmert* man sich umeinander. Da unten«, er zeigt Richtung Pietersdorp, »da ist Leidenschaft und Hass und Liebe und Krankheit und Eifersucht, …« Er setzt seinen Strohhut ab, stützt sich auf die Hacke und streicht über die Holzmaserung. Johan trägt wie jeden Tag die gleiche Hose und das gleiche Gesicht.

»Es ist großartig, jemanden zu lieben, Matt. Aber es ist auch eitel«, spricht er und arbeitet weiter.

Elvis und Madonna kommen quer über das Beet und umarmen Johan.

»Hey, wie geht's?«

»Wir dürfen Brote essen. Im Bett, Matti …«

»Und warum redest du nicht?«

»Werner hat uns s-seinen Plattenspieler ge-geschenkt!« Elvis grinst und umarmt mich ebenfalls. Wie selten die Hauseltern die Downies durchschauen.

»Elvis, sie wollen mich bestrafen«, sage ich in der Hoffnung, das Ganze klärt sich.

»… Keiner weiß, warum Madonna nicht redet.«

»Ach die … sind d-doch verrückt!«, ruft Elvis.

Madonna reicht mir eine Blume.

»Sprichst du auch nicht mit mir? … Madonna?«

»Pap«, sagt sie.

Evelyn und drei der Kleinen lutschen an saftigen Äpfeln und spazieren über die Wiese. Ich sehe Evelyn zum ersten Mal in einem Kleid. Der Wind spielt mit dem dünnen Stoff.

»Shalom«, spricht sie und winkt. Madonna küsst sie auf die Wange, und Evelyn wischt ihr den Mund ab. Der weiche, strohige Duft des Sommers liegt in der Luft.

»Seit wann machst du auf Ökotante?«

Die Kleinen sehen zu mir auf. Manchmal habe ich den Verdacht, dass sie auch Deutsch verstehen.

»Findest du, es steht mir?« Evelyn lacht. Ihr Gesicht wirkt runder, die Lippen voller.

»Erschreckend gut. Ich würde dich niemals ansprechen.«

Evelyn grinst.

»Hat dich der Abend am Pool gestern *bewegt*?«, frage ich im Scherz. Evelyn zuckt nur die Schultern. Sie scheint eine andere Frage zu erwarten und streckt den Bauch raus.

»Nein! Wenn du schwanger bist …«

»Lenni trennt sich von Mathilda«, unterbricht sie mich.

»Wegen des Kindes?«

»Was? Sehe ich aus wie ein Karnickel?« Sie zieht den Bauch ein.

»Sorry«, sagt sie schnell. »Ich meine, ich muss mich nicht vermehren oder so.«

»Und Mathilda?«

»Muss man nicht alles so eng sehen.«

Wir lauschen dem Donnern eines Düsenjets, der unsichtbar zwischen den Bergen fliegt.

»Matt«, sagt sie ernst, »Mathilda bringt Madonna zu einer ärztlichen Untersuchung.«

»Hey, ich dachte, Elvis ist …«

»… weil sie nicht spricht. Außerdem denkt sie, Madonna ist missbraucht worden.« Evelyn zündet sich eine an und lässt den Rauch nur im Mund kreisen.

»Sie hat dich auf dem Kieker.«

»Wie bitte?«

»Was ist los?«, ruft Johan und hebt seinen Hut. Er scheucht die Kinder aus dem Beet.

»Sie sind halt besorgt«, sagt Evelyn zu mir.

»Trouble in paradise!«, antworte ich Johan. Die Mittagshitze brennt wie ein Höllenfeuer.

Als ich in unsere Küche komme, sind schon alle Hauseltern versammelt und halten Kaffeetassen in ihren Händen. Ralf, Mathilda und Werner sitzen am Küchentisch. Davor ein Stuhl für mich.

»Setz dich bitte«, sagt Ralf sachlich.

»Wo sind die anderen, Evelyn und Martin?«

»Mich musst du nicht fragen!« Mathilda sieht Leonard an und stellt sich mit verschränkten Armen an die Spüle. Ralfs Frau reicht mir eine zu heiße Tasse.

»Ähm, nur du.« Werner schaut auf ein Papier. MacFarlaine pult mit einem Zahnstocher in den Zähnen. Ralf schlägt mit dem Löffel an seine Tasse.

»Können wir?«

Werner nickt.

»Matthias Bamenheide, warum bist du hier?«, fragt Ralf laut.

»Also erst mal, die Party war nicht meine Idee …«

»Nein, hier in Sommerdal«, unterbricht er mich.

»… Weiß nicht. Land und Leute kennenlernen. Im Garten arbeiten …«

»… du bist«, liest Werner, »als Ladendieb angezeigt worden. Und du hast nicht zum ersten Mal geklaut …«

Und nicht zum letzten Mal, denke ich.

»… und du bist hier, um etwas über die Gesellschaft zu lernen, Matthias. Werte wie Gemeinschaft, Sorge, Pflicht.«

Ich sehe die anderen erstaunt an.

»Na ja, ihr seid auch nicht gerade Vorbilder.« Keiner findet meinen Einwand lustig. Nur Leonard zwinkert mir leicht zu.

»Wir haben Werte. Sonst gäb's das alles hier gar nicht, Matthias. Wir haben Verantwortung.« Ralf fixiert mich.

»Ihr habt Alkohol getrunken?«, fragt Werner.

»Äh, ja …«

»Madonna und Elvis auch …«, schnappt Mathilda. Werner unterbricht sie mit einer Geste.

»Martin fing an, ich meine, er ist ein Aso, ich weiß gar nicht, was der hier will …«

»Martin hat ein Problem«, sagt Werner, als wäre das eine Entschuldigung. »Er ist wieder zurückgefahren.«

»Ihr hättet ihn ja nicht gleich rausschmeißen müssen.«

»Seine Zeit war um. Er sollte sich hier resozialisieren, Matt, mit Leuten wie *dir*«, erklärt Werner.

»Er hatte nur zwei Wochen, Alkoholproblem.« Leonard blickt versöhnlich. Mathilda sieht ihn böse an.

»Eure Party da unten«, zischt sie, »das war das Letzte, was ich von euch erwartet habe …«

»Streesemann hätte sich jederzeit ins Dorf schleichen können …«, meldet sich Ralf.

»Äh, ihr habt den Hausmeister gejagt!«

»Jakob hatte genauso Angst wie wir.«

»Wir müssen wachsam sein«, ruft Werner.

»Ihr mit eurem Streesemann immer. Der Feind kommt von innen!«, ermahnt uns Mathilda.

»Matthias, du hast deine Aufsichtspflicht verletzt.«

Ralf nestelt an einer Lesebrille. Johanna schenkt mehr Kaffee aus.

»Es reicht dir nicht, dass deine Freundin schwanger ist?!«, sagt Mathilda unbeherrscht.

»Was hat das denn damit zu tun?«, mischt sich Leonard ein. MacFarlaine nimmt fünf Löffel Zucker.

»Leonard, Matt hat Madonna *geschlagen!* Und wir dulden keine Aggression in Sommerdal, das haben wir lange schon klargemacht.«

»Ja.« Werner nickt. Er ordnet seine Papiere, und ich sehe, es sind Rechnungen.

»Wir müssen eine Lösung finden.« Ralf hebt beschwichtigend die Hände.

»… das mit Madonna war keine Absicht, ich schwöre«, sage ich mit schlechtem Gewissen.

»Wie kann man jemanden ohne Absicht schlagen?« Werner blickt wieder nur kurz von seinen Papieren auf.

»Ah, Männer.« Mathilda knallt ihre Kaffeetasse auf den Tresen.

»Also, Tilda«, ermahnt sie Ralf.

»Madonna ist etwas passiert, und ihr Männer wollt es nicht wahrhaben!«, schreit Mathilda. Ihre Hände zittern.

»Das ist doch gar nicht gesagt«, spricht Leonard ruhig, aber sieht auf den Boden.

»Und wieso küsst er sie dann?« Mathilda zeigt auf mich, alle anderen sehen weg.

»Äh … ich hab sie beatmet.«

»Tss! Ihr seid doch alle geile Böcke.«

Ralf lacht, und Mathilda wirft einen Apfel auf ihn.

»Hey!«

»Wir hatten mal Träume«, meldet sich Johanna, Ralfs Frau. Sie lächelt. Die Küche schweigt. Jeder scheint für sich nachzudenken. Ralf räuspert sich.

»Wir müssen zu einem Entschluss kommen.«

»Schwanz ab!«, ruft Mathilda.

»Ich habe einen *Cane*«, meldet sich MacFarlaine mit einem Grinsen und deutet einen Stock an.

»Ich seid alle so was von bekloppt.« Ich stehe auf. »Wer interessiert sich denn noch für eure Spinner-Ideen? Was wollt ihr überhaupt?«

»Eine bessere Welt?«, antwortet Ralf ruhig.

»Und wieso bin ich dann hier allein, merkt ihr nicht, was hier läuft? Ihr habt keinen Plan, nichts, ihr schnallt's nicht«, sage ich wütend.

»Ja, wieso ist diese … Evelyn nicht hier?«, fragt Mathilda. Leonard sieht aus dem Fenster.

Heimat

Die Kinder gehen in einer Reihe hinter Mama Schuh. Als Letzte die neue Lehrerin, eine Frau in Shorts, die Zola aus dem Township kennt. Sie grüßen sich über die Wiese.

»Wenn man diesen verlogenen Haufen einfach wegputschen könnte.«

»*Wegputschen?*«, fragt Zola. Wir sitzen unter der großen Eiche und warten auf Johan.

»Ja, wir und Mama Schuh, vielleicht noch Johan. Mama Schuh und die Neue. Wir könnten den Laden übernehmen. Und Madonna und Elvis als Hauseltern.«

»Matt, sie können nicht alles.«

»Aber diese Altlinken, Antisemiten, Hippies, Burenfreunde ...«, ich überlege, was mir noch einfällt, »... die stehen sich doch nur selber im Weg.«

»Ich mag Leonard. Johanna ist nett.«

»Am Ende versagen sie doch«, sage ich mehr zu mir selbst. Nichts davon kann Zola aufmuntern. Sie muss ihrer Mutter helfen. Ihre Schwester ist krank, und der Onkel will gepflegt werden.

»Was ist mit Jerome, kann der das nicht machen, oder dein Cousin, Kwazili?«

»Kwazelihne«, verbessert mich Zola. Sie lehnt sich an mich.

»Es ist schön hier, Matt. Du darfst nicht alles schlechtmachen.«

»Du hättest mal Mathilda sehen sollen. Sie hasst mich, nur weil ich nichts von Evelyn will.«

Zola rückt ab.

»Du verstehst das nicht.«

»Sorry.« Ich nehme ihre Hand, aber sie will nicht. Seitdem wir geheiratet haben, gab es keinen Kuss mehr.

»Hast du Angst vor Berlin?«

»Nein.« Zola schüttelt den Kopf, aber lächelt.

»Meine Schwestern freuen sich schon auf dich«, übertreibe ich.

»Und deine Mutter?«

»Sie findet's cool. Keine Angst, die musst du abwimmeln, sonst hilft sie dir die ganze Zeit.«

Zola lacht bei der Vorstellung.

»Vor was hast du denn Angst?« Ich küsse Zola auf die Stirn, und sie liegt wieder in meinem Arm.

»Mama.«

Johan fährt uns in die Stadt. Der Bus duftet nach Gemüse und Kürbissen. Ein Pick-up mit frischen Holzscheiten fährt vor uns her. Zola döst an meiner Schulter, und durch das Fenster weht die morgendliche Süße der Gräser im Tal.

»Alles dabei?« Johan sieht auf meine Tasche und das Boogieboard.

»Jo.«

»Und kein Abschied.«

»Nö.«

»Na dann schreib mal ne Postkarte. Wie's so ist in Deutschland.« Wir sehen uns kurz an. Vielleicht denken wir dasselbe. Sommerdal hat seine beste Zeit hinter sich.

Als wir am Hafen aussteigen, will Johan Zola die Hand geben, aber sie umarmt und küsst ihn.

»Mach's gut«, sagt er verlegen. Er setzt mir seinen Hut auf und fährt eilig ab.

»Mach's besser«, rufe ich ihm nach.

Still liegt die Bucht vor uns, selbst der Wind hat vergessen zu blasen. Ein Lieferwagen hält, und ein früher Tourist sieht aufs Meer. Träge prallen die Wellen an die Hafenmauer und lassen die Kelpköpfe tanzen.

269

»Komm.« Zola geht die Rampe hinunter zum Museum und schließt auf. Im Dunkeln lässt sie ihre Tasche fallen und zieht sich aus.

»Zola?«

Sie legt sich auf unser altes Bett aus Tauen und wartet. Ich küsse ihre Brüste, ihren Hals, aber Zola dreht ihr Gesicht weg. Ich streife die Kleider ab und liege ruhig neben ihr.

»Was ist los?« Ich will ihr Gesicht streicheln.

»Meinst du, ich komme wieder?«

»Wohin?«

»Hierher.«

Ich sehe mich um. Ich werde das Museum vermissen. Zola legt sich in meinen Arm. Jede Lust auf Sex, die eben noch zwischen uns war, hat sich in eine süße Trauer verwandelt, und ich berühre Zolas Bauch.

»Wie spät?« Zola schreckt auf.

»Warum?«

»Mo holt uns um zehn ab.« Zola streift mein T-Shirt über.

Ich sehe aus dem Fensterspalt. Der Hafen ist voller Familien. Zwei Frauen stehen vor mir und unterhalten sich auf Deutsch.

»Wos issn jetzt mit den Wolen?«

»Na do!«, die andere hebt die Kamera. Sie tragen denselben blonden Dutt.

»I seh nix. Also woist, de bschissenen Wole. Da moch i lieber 'n Fodo von den Welln.«

»Warum lachst du?«, ruft Zola vom Besucherklo.

»Nix«, sage ich. »Ich will nur nicht nach Deutschland.«

»Matt!«, ruft sie. Sie steht am Waschbecken, und ich will meine Arme um sie legen, aber klopfe nur die Hanffussel der Taue ab. Zola und ich sehen uns im Spiegel an.

»Sorry«, sage ich. Zola lächelt.

»Warum?«

»Ich meine, ich dachte, du wolltest …«

»Matt, wir könnten …« Zola lacht.

»… Wir sind schließlich verheiratet.«

»Für meinen Pass, Matt.« Zola trocknet sich die Hände an meinem T-Shirt ab und geht raus.

Für einen Rand lasse ich an einem Automaten für meine Schwestern zwei Münzen stanzen, die eine Walze zu länglichen Scheiben presst. Das Relief eines Wals und das Logo von Pietersdorp sind zu sehen.

Zola und ich teilen uns eine Portion Fish 'n' Chips. Der Laden kündigt seine baldige Schließung an. Ein McDonalds wird demnächst hier eröffnen. Sogar die alten Blechmülleimer sind verschwunden. Die neuen tragen den Slogan: *I'm proud to be black.*

»Hallo, ich bin Otto«, sagt der schlanke Schwarze, als Zola und ich über den Markt schlendern.

»Oh, woher?« Ich frage mich, warum man mir immer den Deutschen ansieht.

»Aus der Hauptstadt.«

»Ich auch.« Wir geben uns die Hand.

»Windhuk«, ergänzt er. Ich nicke. Seine Masken sind identisch mit denen der anderen Stände.

»Malawi«, sagt er zu Zola und klopft für uns auf einen runden Holzkopf, »ganz okay … Und das hier, Burundi, Eins-a-Handwerk. Dauert aber *drei Wochen* mit dem Laster hier runter.« Er verdreht die Augen und lacht.

»*Finally!*«, ruft jemand und drückt uns von hinten. Moses dreht Zola im Arm und stößt einen Holzelefanten um. Immer wieder schlägt er mir auf die Schulter und hält Zola fest, um sie zu betrachten.

»You! Are! So! Beautiful!«, ruft er exaltiert. Zola dreht sich zur Seite und legt eine Hand auf den Bauch.

»Es ist ein Junge, ich kann's sehen!«, sagt er auf Englisch. Er ist dicker geworden und trägt kleine goldene Ohrringe.

»Vielleicht nenne ich ihn Mo.« Zola wirft die Arme in die Luft, und ich sehe sie erstaunt an. Moses ächzt und umarmt sie auf Knien.

Im Auto schreien sich Bruder und Schwester Neuigkeiten auf Xhosa zu, während Shakira aus den Boxen kreischt. Moses hupt den ganzen De Kerkdam entlang vor Freude und fährt Schlangenlinien mit dem neuen Pick-up. Zola ist glücklicher, als ich sie je gesehen habe.

Die Dächer kleiner Häuser werden gedeckt, wo vor kurzem noch die Hütten brannten. Schon spannen sich Stromdrähte, und Kanalisationsrohre warten neben frischgehobenen Gräben.

Die Tür zu Zolas Haus ist wie immer unabgeschlossen, aber das Haus ist leer. Moses schaltet alle Lichter an und lässt uns im Wohnzimmer warten.

»Are you reeeeady?!«, schreit er von hinten.

»Yebooooo!«, antwortet Zola und schlägt die Hände vor den Mund. Das Haus riecht anders, frischer. Eine Lampe brennt zum ersten Mal im Flur.

»Mo!« Zola drückt ihr Gesicht an mich, und Moses öffnet die Tür. Jemand hat ihre Poster abgehängt. Die Wände sind babyblau getüncht. Ein Kinderbett steht an der Wand, wo zuvor die Schwester schlief, und Zolas Bett ist mit einem größeren vertauscht worden. Zola wirft sich auf die Kissen und schreit in den Stoff. Sogar das Bad, das ich und Zola gemeinsam gekauft haben, ist endlich eingebaut. Das ganze Haus duftet nach Jasmin.

Zola streichelt das Kinderbett, über dem ein Mückennetz mit Herz hängt. Auf einer Kommode steht ein kleiner Fernseher.

Moses legt eine Aguilera-CD ein und bringt uns Grenadilla Twists.

»Und wie gefällt's euch?«

»Cool«, sage ich benommen. Unser Flug geht in drei Tagen.

Moses und Zola reden auf Xhosa, lachen, kurz schlagen sie sich mit Kissen.

»Jetzt pass auf.« Moses packt eine Fernbedienung aus. Er schaltet den Fernseher ein, und wir sehen uns die Kricketergebnisse an. Zola seufzt und streichelt das silberne Plastik des Fernsehers.

»Ratenzahlung«, sagt Moses stolz.

»Matt, ich habe einen Fernseher!«, ruft sie wie ein Kind. Moses schaltet auf eine Soap um.

»Wo sind die anderen?!«, frage ich. Ich habe das Gefühl, die Schwester, Mandwambe und der debile Cousin warten in einem Schrank auf uns.

»Ubuntu«, antwortet Moses, als wäre in dem Wort eine Welt.

»Tee?« Zola springt von einem Bein aufs andere, Richtung Küche.

»Yebo!«, ruft Moses und studiert die Gebrauchsanleitung.

Zola singt zum Brodeln des Wasserkochers, öffnet den Kühlschrank.

Sie kommt mit Kuchen und kalten Koteletts zurück, und wir essen, während die Rothaarige, die einst gegen den Alkohol kämpfte und Aids hat, in einem Krankenhausbett liegt. Ein gutaussehender Arzt hält ihre Hand.

»Und ihr habt geheiratet?« Moses leckt sich die Finger. Ich sehe Zola an.

»Woher weißt du das?«

»Buschtelefon!« Moses und Zola schlagen ab.

»Ich meine, ähm, wir haben unsere Namen behalten und so …«, erkläre ich, aber das Schlagen der Eingangstür unterbricht mich.

»Mein Kind!« Mandwambe steht in der Tür und breitet die Arme aus.

»Ngosi!« Die Schwester schiebt mich grob zur Seite.

Zola wird gedrückt und bewundert. Der Cousin und Zonga werfen sich aufs Bett.

»Du bist zurückgekommen!« Mandwambe wischt sich eine Träne von der Wange. »Willkommen zu Hause.« Sie dreht mir den Rücken zu.

»Moses?« Ich will wissen, was das Ganze soll, aber er schaltet zurück auf die Sportergebnisse.

Hard Hat Area

In Mosselrivier sehe ich den Jungs zu, die auf ihren Boards über Wellenkämme schnellen und zurückpaddeln.

»Epic!«, ruft mir Kobus vom Hochstuhl aus zu. Er ist heute Rettungsschwimmer. Die Wellen formen sich perfekt wie Skateboardrampen. Es ist der beste Surf seit Wochen.

Hinter großen Brillen sonnen sich Mädchen, die ihre Bikinis zum Eincremen herunterrollen. Kinder schleudern für ihren Hund die langen Kelpalgen, die die Flut ans Ufer geschwemmt hat. Eine Gruppe rotverbrannter Männer spielt Rugby. Ich falte Hose und T-Shirt zusammen zum Kopfkissen. Zu Fuß von Zwelihle hierher war weiter, als ich dachte.

»Hey Mister«, weckt mich Kobus und nickt zum Meer. Er trägt seinen Neoprenanzug. Meiner liegt noch in Sommerdal.

»Go ahead«, John grinst und stößt sein Freundin an. Ich will seine Flossen leihen und habe nur meine Unterhose an.

»Howzit!«

»Cool.« Es ist beißend kalt, aber auf meinem Rücken spüre ich die Sonne. Ich bin am Leben.

»Go, go, go!«, schreien die anderen, und ich paddle und nehme eine Welle, als hätte ich nie etwas anderes gemacht. Sanft trägt mich die Strömung wieder raus, bis ich hinter den anderen liege. Kobus packt mich am Bein, um mich zu erschrecken, die anderen johlen. Ich stehle seine Welle, er schießt hinter mir her, dann paddeln alle mit Geschrei in die erste der hohen und schnellen Freakwellen.

Wir werden mitgerissen, runtergedrückt und tauchen im kochenden Schaum wieder auf. Wir sind unbesiegbar!

Kalt lege ich mich in die Sonne und zittere, ich spüre den Sand, der an meine Haut weht, und stelle mir vor, ich bin in Jeffreys Bay, die Küste hoch, Surferparadies, das Wasser ist warm, und die Musik spielt die ganze Nacht.

Mosselrivier ist ein leeres Nest, selbst in den Ferien. Zola und ich haben mit den verlassenen Häusern Monopoly gespielt auf unseren Spaziergängen. Straßenzüge gekauft und verkauft, Grundstücke bebaut und hässliche Kästen abgerissen. Zolas Lieblingshaus war ein schlichter Bau neben einer mächtigen Akazie, das obere Stockwerk mit großen Balkonen in alle Richtungen.

An der Baustelle hängt noch das Schild, das jemand eilig geschrieben hat: »Hard Hat Area!« Wir fanden es lustig. Neben den akkuraten Rasenflächen wirkt es wie ein Graffiti. Und es klingt nach einem schwulen Rave.

Auf dem nackten Beton oben sehe ich aufs Meer, das langsam und stetig auf die Kelpwälder und die scharfen Felsen zurollt. Von den Bergen schieben sich flache Wolken vor die Sonne. Die kühle, salzige Luft macht mich leicht, und ich vermisse Zola. Ihr Schweigen. Ihr Blick, der immer etwas anderes sieht.

Hat Moses sie überredet zu bleiben? Vielleicht war es ein Moment in Sommerdal, eine Schönheit, die es hier gibt und nicht in Berlin, die Zola hat zögern lassen. Vielleicht hat sie ihr Glück mit dem neuen Zimmer gefunden, in dem kein Platz für mich ist. Tasche und Board haben auf Moses' Pick-up nur darauf gewartet, zum Strand getragen zu werden.

»Shit!« Blöde Angewohnheit, *Scheiße* auf Englisch zu sagen. Ein Nagel hat meine Hose aufgerissen. Ich will mir einen runterholen gegen die Einsamkeit, aber meine Hand zittert, sie ist zu kalt vom Meer.

Bei den letzten Häusern von Mosselrivier sehe ich auf den schmutzigen Schaum, der weich über die Gezeitenbecken treibt. Zwei alten Frauen sehen aufs Meer, als käme ein Schiff.

Laut Tafel wird die Öde vor mir in ihren ursprünglichen Zustand gebracht. Kein Haus und kein Mensch sind mehr zu sehen. Feuerrote Armleuchter wachsen aus der Erde, und eine Art Edelweiß mit dicken Blättern blüht im Sand zwischen den gelblichen Findlingen.

Die Segelschiffe der ersten Siedler könnten auftauchen. Oder Buschmänner, die mit Stöcken nach Fischen stochern in ihren Gezeitenfallen. Wir sind so mit Argentinien, Feuerland, sagte Johan mal in einem gesprächigen Moment und hielt beide Zeigefinger zusammen. Er hat zarte Hände für jemanden, der im Garten arbeitet.

Die Kontinente gehörten einst zusammen. Alles driftet auseinander, selbst das Universum. Ich sehe mich um.

Leeres Land. Ich sehe aufs Handy. Keine Nachricht von Zola.

In einer kleinen Bucht kauern Gestalten vor einer Höhle. Sie stehen auf und wandern langsam in meine Richtung. Sie gehen leicht gebückt und sind in graue Decken gewickelt. Jeder hält einen Stock in der Hand, der Erste in der Reihe rasselt mit einer Colabüchse. Sie sprechen Xhosa miteinander.

Die Jungs sind jünger als Kobus und John und mit hellem Lehm beschmiert. Nur ihre Augenränder stehen dunkel hervor.

»Moloweni«, sage ich.

»Howzit?«, antwortet der Größte.

»Hi bru, hast du was zu essen?«, fragt der Kleine auf Englisch.

»Sorry.« Ich suche in meinen Taschen und finde nur ein Mentos.

Wir setzen uns, und jeder von ihnen leckt einmal daran und schließt die Augen. Mein Magen knurrt.

»Was esst ihr sonst?«

»Würmer!«, lacht der Große.

Der Dickste unter ihnen hat geschorene Haare. Er zeigt mir eine leere Schokoriegelpackung.

»Wo kommst du her?«

»Pietersdorp.« Ich nicke hinter mich. Sie stoßen sich in die Rippen und lachen.

»Bloemfontein.« Der Große deutet auf sich.

»Bellville«, sagt der Dicke.

»Sein Vater hat eine Autofabrik«, erklärt der Große. Der Kleinste singt mit der Hand auf der Brust »Ooooh Zwehelihihileeeh!« und verbeugt sich.

»Hast du noch mehr zu essen?«

»Was macht ihr hier?«

»Wir leben hier.« Der Große weist auf die Höhle.

»Wir werden Männer!«, ruft der aus Zwelihle. »Aber wir dürfen nicht mit Frauen reden.«

»Kennst du Zola?«, frage ich den Kleinen.

»Yebo!«, rufen sie zusammen.

»Ich meine Zola. Die Tochter von Mandwambe, aus dem Chor.«

»Zola Seven!«, sagt der Dicke. Die Jungs strecken die Finger aus wie zum Schwur.

»Kwazelihne, Jerome?«, versuche ich es.

»Du kennst Jerome?« Der Große guckt erstaunt.

»Bist du beschnitten?«, will der Kleine wissen.

Ich schüttle den Kopf, die Jungs sehen enttäuscht aus, aber der Kleine zeigt mir seinen geschwollenen Penis.

»Hier.« Ich gebe ihnen 20 Rand, aber sie schütteln den Kopf.

»Wir dürfen nichts kaufen.«

Wir starren eine Weile auf die Schokoladenpackung, die wie eine seltsame Pflanze zwischen uns liegt.

»Kennst du Eminem?«, fragt schließlich der Dicke aus Bellville. Ich nicke, und eine Gemeinsamkeit leuchtet in ihren Augen auf.

»*Can the real Slim Shady please stand up!?*«, kreischt der Große.

»Wir sind Krieger!«, skandieren sie.

»Yeah!«

»Wir sind Männer!«

»Yebo!« Wir schlagen ab, und eine späte Sonne bricht aus den Wolken.

Surfer

Die Sonne ist untergegangen, und mein Hunger lässt langsam nach. Ich trinke ein Bier auf der Terrasse des Restaurants.

Ein Feuer brennt am Strand. Stimmen und die Klänge einer Gitarre wehen herüber. Unter dem Holzdeck liegt ein verlassener Grillplatz, wo mein Gepäck liegt. Ich breite den Stoff eines Schirms in der Feuerstelle aus und lege mich in die gemauerte Koje in der Wand. Stimmen später Gäste sind noch über mir zu hören. Autotüren schlagen. Das Meer atmet schwer.

Durch einen Spalt kann ich die Sterne sehen. Sie flackern, als würden sie erlöschen, und leuchten doch. Wenn man wüsste, wer im selben Augenblick zu ihnen hochsieht. Wenn sich Blicke spiegeln könnten, wie Satelliten den Strahl der Daten wieder zur Erde zurückwerfen.

»Howzit«, sage ich, wer auch immer da ist. Ich habe vier Nachrichten.

Wo bist du?, schreibt Zola.

Isst deine Freundin Fleisch? Weihnachtsbraten? Freuen uns xxx. Ich habe meiner Mutter nichts von dem Kind erzählt.

Du hast noch meinen iPod!!!, teilt Evelyn mir mit.

Matt!, lautet Zolas letzte Nachricht, *please, wir können das aussortieren ;-) Talk to me. Love lol. Auch von Mama ›;/*

Ich schalte das Telefon aus. Ich hasse Emoticons.

»Bring booze«, ruft jemand, als ich auf die Schemen am Lagerfeuer zugehe. Es sind John und Kobus und ein paar Mädchen um die 15, die ich am Nachmittag auf ihren

Handtüchern gesehen habe. Sie lassen eine Flasche Bacardi Breezer kreisen und singen Schlager auf Afrikaans.

»Howzit?«

»Wie chran det?«

»Fine.«

John bekommt einen Lachanfall, und das Mädchen mit dem schrägen Pony neben ihm ebenfalls. Ich trinke einen Schluck und höre zu. Ich soll ihnen nachsprechen.

»Chrut, Chrut.« Ich spreche wie sie das *g* als *chrr* aus.

»En baie dankie!«

John kriegt sich nicht mehr ein.

»You Germans are crazy people«, sagt das dicke Mädchen. Sie hat fröhliche Augen.

»I like Germans.« Sie lehnt sich an mich.

Kobus schlägt ein Riff und singt auf Deutsch, *Oh, ischwell Liebe machren, oh-oh, weil isch welldech vörnatschn!* Gelächter.

»Vernaschen«, verbessere ich ihn.

»Sie will wissen, ob du eine Freundin hast!«, schreit John auf Englisch.

»Ich bin verheiratet.«

Die Runde verstummt. Kobus schlägt einen traurigen Akkord und knutscht mit seiner Freundin. Ich verstecke meine linke Hand, weil ich keinen Ring trage. Das Mädchen neben mir nimmt einen Schluck aus dem Breezer. John rülpst, die anderen Mädchen rauchen Kette.

»Ick like Duitse«, sagt die Dicke. Ich ziehe sie hoch. Hand in Hand gehen wir zu den Dünen. Sie ist klein. Ich nehme sie in den Arm, und sie zieht ihre Hose mit einem Arschschlenker hoch.

Mondlicht steht über den Wellenkämmen, die aus dem Dunkel heranrollen. Draußen tosen die Brecher, aber das Meer gleitet nur sanft ans Ufer.

»Vogelbaai.« Sie zeigt auf das Licht am Horizont.

»Wie heißt du?«

»Meyra. Und du?«

»Matthias. Wie alt bist du?«

»16«, lügt sie. Sie streckt sich und versucht mich zu küssen, aber ich ziehe sie zu einem Lichtschein in den Büschen.

Im Schein eines Feuerzeugs leuchtet ein spitzes Mädchengesicht auf. Sie hält die Flamme unter eine Glühbirne ohne Fassung und saugt mit einem Strohhalm. Ein süßlicher Geruch weht zu uns herüber. Neben ihr spricht ein anderes Mädchen rasendes Afrikaans.

»Hi!«, rufe ich ins Dunkel. Die Mädchen kreischen auf.

»Meyra, is jou crazy?«

»Dis is Matt, n lekker duitse surfer.« Meyra nimmt meine Hand. Die Glühbirne wird uns gereicht. Ich halte das Feuerzeug darunter. Der Rauch betäubt den Mund, und ich huste. Nach mir saugt Meyra gierig am Halm und schnappt nach Luft.

»Alles okay?« Ich lache. Meyra nickt. Wir liegen im warmen Sand.

Das Meer rückt näher, und die Stimmen der Mädchen klingen wie wabernde Sirenen. Meyra legt ihren Kopf an meine Schulter, und ich streichle ihr Haar. Es ist weicher als das von Zola. Eins der Mädchen geht kotzen.

»Cool.«

»Ja, cool.«

»Willst du noch?«

Ich schüttle den Kopf. Mein Gesicht juckt. Meine Füße kribbeln. Ich will über den Strand rennen, ins Meer, über den Ozean, … gleichzeitig ist es okay, sitzen zu bleiben.

Die beiden Mädchen reißen ihre Tops hoch und wieder runter und schreien. Meyra atmet schnell.

»Was ist das für ein Zeug?«

Die beiden Mädchen sehen sich eine Weile in die Augen und reißen wieder ihre Kleider hoch.

»Komm«, sage ich zu Meyra. Ich will gehen, mich bewegen.

»I'm free!«, schreit Meyra und breitet die Arme aus. Wir rennen über den harten Sand ans andere Ende der Bucht, steigen auf die Felsen und springen wieder herunter.

»Ich hab noch nie Tic geraucht. Du?«, sagt Meyra atemlos.

»Was geraucht?« Ich folge ihr zwischen den Felsen, bis ich sie am Zaun zum Ferienlager wiederfinde. Ihre Stirn glänzt, sie hat die Knie angezogen.

»Dis sfeg, baie sfeg«, murmelt sie. Meine Haut kribbelt. Ich hätte Lust auf einen Joint, irgendwas. Ich habe mich nicht mehr plattgemacht seit dem Abi, denke ich, krank, was bin ich für eine traurige Gestalt, was will ich hier eigentlich, dachte ich wirklich, ich könnte Zola mitnehmen? Sollte sie mit, mit mir, in mein Leben? Wo ist mein Leben? Ich betrachte meinen Fuß, auf dem die hellen Streifen der Plastiksandalen zu sehen sind. Meyra stöhnt.

»Hey, alles ist gut, alles wird gut.« Ich streichle ihre schlaffe Hand.

Die Ebbe kommt, und das Wasser schießt flach auf den Sand. Krause weiße Linien wandern draußen, und der Mond steht still über dem Wasser, als beobachte er uns.

Meyra drückt sich an mich, ihre Knie sacken ein. Ich küsse sie, aber mein Mund ist taub. Ich spüre nur Nässe.

»Baie slecht«, murmelt Meyra und lässt sich kurz vor dem Feuer in den Sand fallen.

Kobus und John knutschen mit ihren Freundinnen. Zwei Mädchen sehen starr in die Flammen.

»No friends!«, ruft einer aus der Dunkelheit. Mehr stoßen zu uns, die Jungs mit Käppis, die Mädchen braungebrannt und großäugig wie die anderen. Frische Breezer werden geöffnet, Stöcke aufs Feuer gelegt. Eine ganze Reihe Mädchen stolpert Arm in Arm ins Licht und wandert wieder davon.

»Matthew!«, ruft Kobus vom Parkplatz. Zwischen ihren Bakkies stehen die erwachsenen Surfer und trinken.

»Houuuzzeet?«

Kobus antwortet mit kleinem Finger und Daumen abgespreizt. Einer mit großem Silberkreuz auf der nackten Brust reicht uns kaltes Bier, und wir stoßen an. Pink Floyd, The Wall, dröhnt aus einer Ladeklappe.

»Teacher!«, schreit jemand zum Refrain und dreht auf. Ein Lied, das meine Mutter gehasst hat in ihrer Schulzeit.

Draußen in den Wellen schimmert etwas.

»Mann, es ist ein weißer Wal«, sage ich zu Kobus.

»Vielleicht.« Er rollt sein T-Shirt hoch.

»Gibt's so was wie Albinos oder so?«

Kobus zuckt die Schultern.

»Eh, die sind nur zwei, drei Monate hier. Die hauen jetzt ab«, erklärt der Surfer mit dem Kreuz.

»Alle?«

»Ja, zu heiß jetzt. Für Sex und so.« Er dreht sich um und ruft etwas auf Afrikaans den Mädchen zu, die vorbeischlendern. Sie bleiben nicht stehen, sondern drehen ihre Runden.

Ein vom Mond beleuchteter Rücken taucht auf und wieder unter. Ich laufe zum Strand und wate auf die Sandbank.

»Hey! Nimm mich mit!«, rufe ich und gehe tiefer. Ich könnte auf seinem Rücken reiten, raus, in Welten, die keiner kennt. Zwischen den Wellen sehe ich ihn keine hundert Meter von mir. Das Meer ist kalt und real. Ich habe Lust zu schwimmen.

Der Sog ist da, und ich lasse mich rausziehen.

»Bist du verrückt!?« Kobus packt mich am Fuß. John greift meinen Arm.

»Hey, seht ihr diese geilen Wellen?«, rufe ich auf Deutsch. Wir könnten surfen. Kobus lacht.

»Mann, jetzt sind Haie da!«, ruft John. Eine Welle

taucht uns unter, und die beiden ziehen mich zurück ins Flache.

Die Mädchen stehen ängstlich am Ufer und sehen uns zu. John und Kobus lassen mich nicht los, bis ich am Feuer sitze.

»Teacher …!«, hallt es vom Parkplatz, ein Motor jault auf.

Ich muss zurück. Ich renne in die ersten Wellen, die mich umwerfen. Was für eine Gewalt, wie mächtig. Und wie klein wir.

»Fuck you«, ruft Kobus wütend, aber ich ziehe ihn und John raus. Ein Brecher rollt uns auf den harten Sand.

»You are fucking crazy!« Er gibt mir einen Tritt.

»Ich bin deutsch«, schreie ich, und alle lachen, die uns nachgelaufen sind. Kobus hilft mir auf. Sein Blick ist unsicher. Ich bin ihm unheimlich. Ich bin älter.

»Nur Spaß!« Ich lege meinen Arm um ihn. Die Mädchen schwärmen aufgeregt hinter uns her.

»Was heißt *goodbye* auf Afrikaans?«, frage ich Kobus.

»Totsiens.«

»Totsiens!«, rufe ich den Ozeanen zu. Und den Walen. Aber vom Meer weht nur kühl die Gischt.

Penner

Als ich in meiner Koje aufwache, liegen die ersten Leute am Strand. Ein starker Wind bläst und lässt die Sonnenschirme flattern. Algenbäume liegen tot am Ufer. Weiße Sandflöhe springen zu Tausenden auf, wenn man näher kommt. Das Meer ist unruhig und weiß. Keiner ist draußen.

Evelyn erkenne ich kaum wieder ohne Armeehosen und T-Shirt. Sie sitzt mit ein paar der kleinen Downies am Rand der Lagunenmündung zwischen Sandeimern und Taschen. Sie trägt ein anderes Kleid und sogar die langen Haare offen.

»Hi.«

»Hi.« Evelyn mustert mich, die Kleinen sehen mich erstaunt an.

»Wo ist Zola?«, will einer wissen.

»Zu Hause«, sage ich.

»Warum?«

»Weiß nicht.«

»Wann kommt sie wie-wieder?«

»Pscht!« Evelyn scheucht sie zurück zu ihren Sandkuchen. Ich trinke gierig den kalten Tee und esse die Vollkornbiskuits.

»Hey!« Evelyn nimmt mir die Tüte weg. Sie holt ein Brot aus der Tüte.

»Ist nicht ganz aufgegangen, sorry.«

Es fällt dumpf auf die Decke zwischen uns. Evelyn sieht müde aus.

»Hey, Madonna spricht wieder«, sagt Evelyn. »Und Elvis will ständig Streesemann jagen.«

Wir lächeln uns an.

»Falls du an Neuigkeiten interessiert bist. Und Elvis fragt ständig nach dir.«

»Hmm.«

»Matt«, sie seufzt. »Du glaubst nicht, wie scheiße die Stimmung in Sommerdal ist. Janine heult die ganze Zeit wegen Martin. Wir haben keinen Strom wegen der Überlandleitung. Johanna hat MS oder so was …«, zählt sie auf. Sie schluchzt und dreht sich weg. Die Kleinen sehen uns erschrocken an.

»Was ist?«

»Interessiert es dich wirklich? Dir ist das doch alles egal!«, ruft sie wütend.

»Hey!« Ich berühre ihren Arm. »Ist es wegen … weil ich abgehauen bin?«

Evelyn zieht den Rotz hoch.

»Wer redet denn von dir!? Du denkst immer nur an dich! Und Leonard gibt mir die Schuld!« Evelyn nimmt einen Kleinen in den Arm, der anfängt zu weinen.

»Sorry …!« Evelyn hält seinen Kopf.

Ich spiele eine Weile mit den anderen. Wir scheuchen die Enten auf und lassen kleine Blätter im Wind davontreiben. Evelyn lächelt uns zu, als wir knietief in die Lagune hineinwaten, um unsere Boote zu fangen.

»Sommerdal war noch nie lustig«, sage ich, als ich zurückkomme.

»Doch, am Anfang«, widerspricht Evelyn und bringt mich zum Lachen.

»Wieso hast du Zola sitzenlassen?« Evelyn schnäuzt sich.

»Ich? Wer sagt das denn?«

»Ich dachte, ihr wolltet nach Berlin. Ihr habt doch geheiratet?«

»Wir haben geheiratet, *damit* sie nach Berlin kann. Aber jetzt … Weiß nicht, was sie will.«

»Mathilda ist weg …«, sagt Evelyn schnell.

»Wo?«

»Mit Gerd, dem Arzt. Irgendwo oben in der Karoo.«

»Wie? Zusammen?«

»Matt, ich weiß nicht, ob ich bei Leonard bleiben kann.«

»Warum, ihr wolltet doch …«

»Ach, Leonard. Kaum ist Mathilda weg …«

»Und was willst du machen?« Ich nehme ihre Hand.

»Vielleicht gehe ich zurück.« Sie sieht mich an. »Vielleicht mal nach Berlin. Hat mir schon immer gefallen.«

Der Wind bläst heftiger und weht uns Sand in die Augen. Wir packen ein Picknick und tragen die Taschen zum Auto.

Evelyn umarmt mich, bevor sie einsteigt, und küsst mich kurz auf den Mund.

»Sehen wir uns?«

»Klar«, sage ich und denke an meinen Flug morgen.

»Matt?!« Evelyn sieht mich an. »Ich glaube, du wärst ein guter Vater.«

»Kommt drauf an, von wem das Kind ist.« Ich sehe auf ihren Bauch.

»Blödmann«, sagt sie und schlägt mir auf den Arm. »Aber falls ich mal ein Kind will, sage ich dir Bescheid.«

Ich warte, bis sie vorne am Meer abbiegen. Der Bus steht Evelyn. Und die Kinder, die hinten an den Scheiben kleben.

Von meinem letzten Geld esse ich Kuchen auf der Terrasse und versuche, mich wie ein Tourist zu fühlen. Eine Stumpfheit ist in mir, die die Schönheit nicht mehr wahrnehmen will, weil sie bald vergangen ist. Als Zolas Nummer auf meinem Telefon erscheint, drücke ich sie weg. Ich will nach Hause.

Die Kellner und Köche drängen sich an der Brüstung. Unter uns schwimmt ein Mädchen in Kleidern zwischen den Enten. Sie treibt auf dem Rücken und lässt nur ihr Gesicht herausragen.

Polizisten stehen im Sand und krempeln ihre Hosen hoch. Unter Geschrei lässt sich das Mädchen herausziehen. Sie schlägt um sich, stolpert, die Polizisten lachen verlegen. Am Parkplatz stehen die Surferjungs und johlen. Einer reicht den Polizisten ein Handtuch, die Umstehenden klatschen.

Meyras Gesicht ist krebsrot von der Sonne. Sie wird grob auf die überdachte Fläche des Pick-ups gestoßen. Kobus' und Johns Freundinnen feixen mit den anderen. Ein älterer Mann verhandelt mit den Polizisten. Meyra liegt zusammengerollt auf der Ladefläche.

»Meyra?« Ich berühre ihren Fuß.

Sie hält sich die Augen zu und stöhnt.

»Sir?« Die Polizisten winken mich wieder raus.

»Haben Sie einen Ausweis?«

Wir gehen zum Restaurant, und ich ziehe meine Tasche aus einem Busch. Sie durchsuchen sie vor den anderen und tasten mich ab.

»Leben Sie am Strand?«

»Nein.«

»Is dqt die bergie, dqt ons gesœk het?«

Der andere schüttelt den Kopf. »Is'n Duitser.«

»Nehmen Sie Drogen?«

Bevor ich antworten kann, schieben sie mich zu Meyra und steigen ein. Der Pick-up fährt mit einem Ruck an und hält an den Felsen, wo wir auf das langsame Heranrollen der Wellen sehen können.

In der nächsten Kurve kotzt Meyra. Die Polizisten rufen wütend etwas auf Afrikaans, aber halten nicht an. Meyras Kopf liegt schwer in meinem Arm, und jede Kurve lässt uns auf die andere Seite rollen.

»Hey!«, sage ich, und Meyra hebt schwer die Lider.

»Piet! …« Sie kotzt den Rest auf mein Bein.

Die Polizisten schalten die Sirene ein und drängen sich an den Ampeln vorbei.

Vor dem meterhohen viktorianischen Zaun der Wache

in Pietersdorp halten sie und rauchen eine Zigarette. Eine
indische Polizistin, die mich um einen Kopf überragt,
führt uns ab. Hinter dem Tresen beugen sich Beamte auf
zu kleinen Stühlen über ihre Hefte. Ein Radio rauscht
zwischen zwei Stationen. Als Meyra und die Inderin verschwunden sind, pfeifen sie hinterher.

»Change.« Ein Polizist reicht mir eine alte Schlafan-
zughose. Meine Shorts sind nass. Ich soll mich in einer
Kammer umziehen, in der ein Jean-Claude-van-Damme-
Poster über einem Haufen Mikrowellen hängt.

»Wait!«, wird mir gesagt. Ich warte in einem kleinen
Büro voller Papiere. Auf dem Tisch steht ein Schild: *Insp.
Jaeger.* Über einer Wand mit Kopien hängt ein Bild von
Udo Lindenberg. Mit Autogramm.

Weswegen haben sie mich eigentlich festgenommen?

Ein untersetzter Mann mit Lesebrille setzt sich.

»Möchten Sie Kaffee?«

»Danke, ja.«

Mit einer Handbewegung schickt er einen Polizisten
los und mustert meine Papiere. Er erinnert mich an
Onkel Herbert.

»Was ist der Grund Ihres Aufenthalts?«, fragt er in
etwas steifem Englisch.

»Urlaub.«

»In Sommerdal?« Er lächelt.

»Ja.«

»Gute Leute.« Er sieht mich an, als erwarte er eine
Antwort.

Ich nicke unbestimmt.

Kaffee kommt in zerstoßenen Bechern, und er lehnt
sich zurück.

»Zucker?«

»Danke.«

Inspektor Jaeger seufzt und kippelt zurück zu seinem
Schreibtisch. Er unterdrückt ein Gähnen.

»Sie fliegen heute zurück?«

»Morgen.«

Er sieht auf mein Ticket.

»Vielleicht verlängere ich«, sage ich. »Ich wollte eigentlich noch ein bisschen unterwegs sein.«

Er nickt, als würde er überlegen.

»In Mosselrivier hat man sich beschwert, dass ein Drogendealer am Strand lebt …«

»Was?!«

Er winkt ab. »Hier ist es überhaupt nicht erlaubt, am Strand zu schlafen. Auch kein Lagerfeuer«, sagt er langsam, »kein Alkohol …, keine Glasflaschen … Mensch, früher sind wir mit unseren Buggys am Sonntag von Sandy Beach bis nach Vogelbaai gefahren. Bei Ebbe. In den alten Tagen.«

Der große Polizist hinter mir pult in den Zähnen.

Wir trinken still unseren Kaffee, während auf dem Flur zwei fröhliche Männer in Trainingsanzügen vorbeigeführt werden.

»Wilderer«, seufzt der Kommissar, »sie haben immer einen guten Anwalt.«

Er sieht mir freundlich in die Augen.

»Sie klauen die Langusten. Und die Abalone. Und die Chinesen bringen dafür das Metaamphetamin, das Tic. Die Kids sind süchtig danach. Aber es macht dich kaputt.«

Und es wirkt nicht lange, will ich sagen.

»Das Einzige, was ich tun kann«, er steht auf, »ist, Sie zum Flughafen bringen zu lassen.«

Der Polizist führt mich durch einen langen Gang in ein Zimmer mit Gitter. Im Schatten der Zelle kauern Gestalten auf dem Boden.

»Howzit?«

»Fuck you«, murmelt jemand.

Auf der einzigen Pritsche liegt ein fetter, tätowierter Mann, der seinen Rausch ausschläft. Neben ihm hockt ein ausgemergelter Gestalt mit blutiger Kopfbinde.

»Hast du ne Kippe?«, fragt er mich.

»Sorry.«

Die Wand ist übersät mit Namen und *Was here* wie der Leuchtturm am Kap der Guten Hoffnung.

Draußen lachen Männer. Jemand im Büro nebenan wirft mit Papierkugeln in den Eimer vor uns. Ein Walkie-Talkie krächzt, und der Dicke auf der Pritsche stöhnt. Die Jungs, die neben mir hocken, zählen ihr Kleingeld.

»Was machst du hier?«, fragt mich der eine.

»Oh, Diebstahl, big time«, gebe ich an.

Sie grinsen.

»Und ihr?«

»Mord«, antwortet der eine.

»Vergewaltigung«, sagt der andere und fuchtelt in der Luft.

»Sisulu hier hat die ganze Familie abgestochen, crazy!« Sie geben sich fünf.

»Was?!« Mir läuft es kalt den Rücken runter.

»Just joking, Mann!«, beruhigt er mich.

Der Fette auf der Pritsche wacht mit einem Furz auf. Er stöhnt, dann rüttelt er an den Gitterstäben.

»André!«, schreit er und hämmert gegen die Stäbe.

»Was glotzt du so?«, fährt er mich an. Die anderen sehen auf den Boden. Der Dicke hebt die Faust.

»Hey, help!«, rufe ich.

Der lange Polizist schließt auf. Aber er lässt nicht mich, sondern den Dicken raus und reicht ihm sein Uniformhemd.

Trauer

Ich bin schweißgebadet. Der Dünne mit der Kopfbinde stöhnt jetzt, die anderen dösen.

Ich lege mein Gesicht in die Hände und sehe die Kastanienallee an einem Samstagabend. Rufe kommen aus dem Park in der Dämmerung. Eine Frau wie Gwen Stefani fährt auf einem Fahrrad vorbei. Ihre Haare fliegen im Wind, und sie dreht sich nach mir um. In der Entfernung ist das Klingeln der Tram zu hören, die den Hügel hinab bremst. Ich fliege über Seen, ein Kajakfahrer unter mir, ein Vogelschwarm steigt aus dem Schilf auf. Berlin ist eine Collage warmen Grüns.

»Matt!« Jemand hustet trocken.

»Hamba!« Mandwambe steht vor den Gittern. Sie trägt das dunkle Sangomagewand mit bunten Perlenketten. Den Rasierpinselhut hält sie in der Hand. Ein junger Polizist schließt eilfertig auf und führt uns in ein Nebenzimmer. Mandwambe setzt sich schwer auf die Bank und schweigt. Ich warte neben ihr.

Der Raum ist kahl bis auf ein Porträt des Präsidenten und eine Uhr mit großen, schwarzen Zeigern. Mandwambe wischt sich den Schweiß von der Stirn. Sie ächzt und lässt kleine Geräusche hören, als wäre ich nicht da. Die Uhr tickt. Ich rieche Meyras Kotze an meinem Hemd.

Der Polizist kommt zurück und reicht Mandwambe mit einer Verbeugung ein Glas Fanta, das sie in einem Zug austrinkt.

»Setz auf!« Sie reicht mir den Hut.

»Was?«

»Los!«

Der Hut ist schwer und etwas zu groß.

»Steh auf!«

Ich stehe vor ihr und mache ein würdiges Gesicht mit den Rasierpinseln auf dem Kopf. Mandwambe grinst.

»Wann wirst du endlich erwachsen, he?«

»Wozu?«

»Du und Zola …« Sie nimmt mir den Hut ab.

»Das Kind ist nicht von mir«, sage ich schnell. Mandwambe schlägt mir auf den Hinterkopf.

»Gott entscheidet. Nicht du.«

Der Polizist nimmt Mandwambe das Glas ab, indem er höflich mit der Linken seine Rechte stützt. Mandwambe wartet, bis er weg ist, und schließt die Augen. Ich beobachte den Minutenzeiger über uns.

»Zola, Zola. Sie reißt mir das Herz raus«, spricht sie mit einem Stöhnen. »Sie will nicht auf mich hören.«

Ich nicke. »Na ja, sie ist alt genug.«

»Nicht in unserer Kultur. Und man heiratet auch nicht so.«

»Wir wollten …, ich dachte … es ist einfach passiert.«

Mandwambe öffnet die Augen und sieht an die Wand.

»… einfach passiert!« Sie stöhnt. »Zola und Moses. Sie sind wie weiße Kinder. Sie wollen nichts wissen von Afrika!«, sagt sie wütend. »Sie denken, alles wird gut, sie müssen nichts dafür tun!« Sie lässt ihre Arme laut auf die Beine fallen und wischt sich das Gesicht trocken.

»Ich mag Afrika.«

»Du bist so stark, Matthew, aber du willst schwach sein.«

»Was?«

»Tss!« Sie wedelt mit der Hand.

»Zola ist stark«, sage ich leise.

»Sie ist *stubborn*!« Mandwambe schlägt mit der flachen Hand auf die Bank.

»Stur?« Etwas an Mandwambe erinnert mich an Zola. Ich mag sie zum ersten Mal.

»Ich könnte hierbleiben«, spreche ich vorsichtig, »und könnte ihr helfen …«

Mandwambe schüttelt den Kopf und nimmt meine Hand.

»Du musst nach Hause fahren und ein Mann werden.« Mandwambe steht auf und geht aus dem Zimmer.

Der Sekundenzeiger der Uhr hängt. Die Uhr steht. Niemand bringt mich zurück in die Zelle.

Ich denke an die Jungs hinter Mosselrivier mit ihren hellen Lehmkörpern. Sind sie Männer danach? Kobus und John, wann werden sie erwachsen?

Ich stehe auf, gehe an der Zelle vorbei und an den Polizisten hinter dem Tresen.

»Hey!« Es ist der Dicke aus der Zelle. Er winkt mich zurück und wirkt sehr offiziell.

»Weswegen warst du hier?«

»Am Strand schlafen?«

Er lacht und reicht mir meine Hose. Sie ist gewaschen und gebügelt. Er zeigt auf meine Tasche und das Board, die schon am Eingang stehen.

»Viel Glück«, wünscht er mir, als ich ihm die Schlafanzughose zurückgebe.

»Danke.«

Auf der Straße wartet Moses auf mich. Er begrüßt mich mit einem *handshake* und umarmt mich.

»Bruder, haben sie dich gut behandelt?«

»Ja, war okay.«

Er lädt meine Sachen ein. Mandwambe ist verschwunden.

Nach dem De Kerkdam nimmt er eine Straße hinter der Müllverbrennungsanlage, bis wir vor einem grünen Haus stehen. Autos parken davor, sanfte Musik spielt, es klingt nach einem Beatlesmedley.

Pater Michael tritt vor die Tür.

»Wo bleibt ihr? Deine Mutter wartet auf euch!«

Er umarmt Moses, dann mich.

»Gut, dich zu sehen.« Er mustert irritiert meine Kleider, Moses spricht mit ihm auf Xhosa.

»Ah, ein *Strandloper*«!, ruft er und schlägt mir auf die Schulter. Moses und er lachen.

Die Mamas vom Ubuntu-Komitee sitzen auf den Sofas, zwei weitere Kirchenmänner, die Schwester in einem rosa Kleid, der hagere Cousin in einem zu großen Anzug. Sogar Zonga hüpft in einem frischen Hemd herum.

Mandwambe erscheint in ihrer Sangomatracht und küsst jeden von uns auf die Wange.

»Mein Sohn!«, ruft sie und fährt Moses durchs Haar, dann werden wir reihum von unbekannten Leuten gedrückt und geherzt. Das Zimmer wirkt leergeräumt bis auf den Tisch, auf dem Kartoffeln und Koteletts dekoriert liegen. Kerzen brennen, die Gäste unterhalten sich leise und nehmen sich Essen auf Papptellern. Statt einem Dalibild hängen van Goghs Sonnenblumen an der Wand.

Pater Michael wechselt die Kassette. Zolas Gospelchor singt aus dem Ghettoblaster, und eine Cremetorte wird aus der Küche gebracht. Alle Anwesenden klatschen, und Zola steht neben mir in einem blauen Kleid.

»Matt«, sagt sie, aber die Mamas kneifen sie in die Wange, Zonga zieht an ihr und bekommt einen Schlag auf den Kopf. Nachdem jeder einmal ihre Hand gedrückt, sie geküsst oder ihren Bauch getätschelt hat, stehen wir zusammen am Eingang.

»Schön, dass du gekommen bist.« Zola sieht auf ihre Hände.

»Ja. Bist du glücklich?«

Zola sieht mich erschrocken an und zieht mich auf den Hof zwischen die Autos.

»Matt, warum bist du weggegangen?« Zola schiebt mit dem Fuß einen Stein.

»Du kannst noch mitkommen.«

»Ich wollte immer mit!« Zola atmet laut aus. Sie hält etwas zurück.

»Aber?«

Mandwambes laute Stimme ist zu hören.

»Und ich dachte, du wolltest nicht mehr«, sage ich erleichtert.

»Matt …« Sie nimmt meine Hände und sieht auf den Boden.

»Gibt es Schnee in Berlin?«, fragt sie plötzlich. Ich lache.

»Ich hoffe. Es hat lange nicht mehr geschneit.« Ich ziehe Zola an mich, sie legt ihren Kopf an meine Brust.

»Stimmt es, dass man den Schnee essen kann?«

»Wenn er ganz frisch ist.«

Im Haus singen die Frauen unisono ihr *Ayayayayayay!* Pater Michael spricht. Wir lassen los und lauschen dem Abend. In Zwelihle ist man nie allein.

»Mann, wo seid ihr denn?« Moses drängt uns zurück ins Haus. Sanfter Kwaito läuft. Kwazelihne und seine Freunde tanzen mit den Mamas. Einer der Kirchenmänner steckt eine Lichterkette an, und Tannenbäume über unseren Köpfen beginnen zu blinken.

»God is great«, ruft eine Frau.

»God bless him!«, antwortet jemand, und die Lautstärke wird aufgedreht. Moses stellt Zola einem Mann vor, der sie mit einem Goldzahn anlächelt. Ein Kirchenmann mit Glatze fragt mich über die Mauer in Berlin aus.

Jerome kommt mit Freunden und trägt den gleichen Parka wie immer. Keiner scheint ihm böse zu sein für seine Diebstähle in der Familie. Er wird besonders herzlich begrüßt. Er küsst Zola auf die Wange und gibt mir die Hand. Mandwambe bricht ihm fast den Rücken und lässt nicht los.

»Hey, Matt, my friend …«, Zolas Cousin wedelt sinnlos mit den Armen, »… mein *saanie* hier wird Polizist in deinem Land.« Der Dicke mit den Pockennarben neben ihm grinst verlegen. Kwazelihne schlägt ihm auf die Schulter.

»Sie nehmen nur Deutsche«, sage ich.

»Bru!« Er zeigt auf Zola und mich und legt die Zeigefinger zusammen. »Wir können alle Deutsche werden, wenn ihr in *Duitsland* seid.«

»Was redet ihr da?«, fährt Mandwambe dazwischen.

»Gerry, ich will Präsident werden von deinem Land!«, ruft einer mit roten Augen, der Zolas Mutter nicht bemerkt hat. Ein anderer sagt etwas auf Xhosa, und Mandwambe starrt mich an. Pater Michael redet auf Zola ein. Als er mich sieht, lächelt er und berührt ihre Stirn. Zola strahlt.

»Was ist das überhaupt für eine Party?«

»Mein Onkel«, ruft Zola gegen den Lärm.

»Was?«

»Es ist seine Trauerfeier.«

»Seine was?«

»Er ist tot.«

Abreise

Am Morgen weckt uns Mandwambes wütendes Geschrei. Es ist schon hell, als ich in die Küche komme. Zolas Mutter flucht ausführlich auf Xhosa und schlägt mit einem Kochlöffel auf den Wohnzimmerschrank.

»Warum willst du meine Tochter stehlen? Bist du etwas Besseres? Nur weil du aus Germany kommst?«

Die Schwester eilt mit einem Baby aus dem Kinderzimmer und drängt mich beiseite.

»Was ist los?«, frage ich Zola, die sich schnell anzieht. Ich packe meine Sachen ein, auf denen ich am Boden geschlafen habe.

»Mama Zizi ...«, sagt Zola und seufzt. »Pater Michael hat es ihr gesagt.«

»Was?«

»Dass ich in Berlin leben will.« Zola geht ins Bad. Ich bin erstaunt, dass ausgerechnet Mandwambe nichts davon wusste.

»Zola!«, schreit die Mutter. Moses sucht etwas im Zimmer und macht das Peacezeichen. Er sieht aus, als hätte er überhaupt nicht geschlafen.

»Sie kommen«, sagt er nur.

»Wer?«

»Die aus Sommerdal.« Er geht raus und schließt die Tür. Mandwambe reißt sie wieder auf.

»Zola!«, ruft sie und stürmt raus. Als sie zurückkommt, sieht sie mich scharf an.

»Alle in Sommerdal fragen nach dir. Was hast du angestellt?!« Sie schlägt den Kochlöffel an den Türrahmen.

»Nichts!«

»Nichts?! Hier ist Zolas Platz, aber meine Tochter geht mit einem Dieb davon!« Sie knallt die Tür zu, und Moses öffnet sie.

»Ich kann euch hinbringen, wenn ihr wollt.«

»Danke.«

»Mama Zizi hat sogar schon einen Job für Zola gefunden«, erklärt Moses und grinst.

»Wo?«

»Bei *broomdevil*, einer Reinigungsfirma. Sie tragen blaue Kittel, und die Bezahlung ist kack.«

»Von wegen Buschtelefon. Wieso weiß eure Mutter nichts?«

»Sie will es nicht wissen. Sie will, dass Zola gehorcht.«

Zola sagt kein Wort, als sie zurückkommt, und ich helfe ihr packen. Sie betrachtet jedes Buch im Regal sorgfältig und schlägt es auf. Ich sehe sie an. Wie lange kennen wir uns? Keine zwei Monate. Ich denke an das, was Evelyn über vorige Leben erzählt hat.

»20 Kilo, Zola«, erinnere ich sie. »Und wir haben jede Menge Bücher in Berlin.«

»Matt …« Zola hustet, und wir sitzen zusammen auf dem Bett.

»Geht's?« Unsere Hände berühren sich. Wir küssen uns kurz wie am ersten Tag.

»Genug!«, sage ich im Spaß, aber Zola rollt sich zusammen und schließt die Augen. Ich lege mich zu ihr und streichle ihren Rücken.

»Ich pass auf dich auf«, flüstere ich.

Eine Viertelstunde später fährt der Sommerdalbus auf den Hof. Ich höre Elvis und Madonna. Johan spricht mit Mandwambe auf Xhosa.

»Wir müssen los!«, dröhnt Leonards Stimme durchs Haus.

»Wir m-müssen los«, kreischt Elvis, und der Kochlöffel knallt wieder gegen die Tür.

»Ruhe!«, ruft Zolas Mutter auf Deutsch.

»M-matti, Matti! Aufstehen!« Finger trappeln an der Tür. Madonna schleicht ins Zimmer. Zola nimmt ihre Hand und zieht sie zu uns. Elvis legt sich dazu, und das Bett ächzt.

»Schläfst du?«, fragt er Zola.

»Nein.« Sie lacht. Madonna schließt die Augen.

»Was denkst du?« Zola fährt über Madonnas Haar.

»Da s-sind kleine Lichter. Die k-können s-sprechen.«

»Was sagen sie denn?«

»Mi-mi-mi«, spricht Madonna mit hoher Stimme, »w-wir sind Engel! Wir wollen mitf-fahren.«

»Schau sie dir an«, lacht Leonard in der Tür. »Wie kleine Kätzchen.«

Johan und Mandwambe sind hinter ihm, und Zola steht schnell auf.

»Ein schönes Zimmer!« Madonna befühlt das Moskitonetz über dem Babybett.

»Und wer bezahlt das alles?!« Mandwambe schlägt die Hände vors Gesicht, Johan legt einen Arm um sie.

»Warum gibst du es nicht Porceline und Zonga?«

»Was macht ihr alle hier?«, will ich wissen.

»Wir lassen dich doch nicht einfach so abfahren!« Leonard klatscht in die Hände. »Ihr gehört doch zur Familie!«

»Mann, hier war ich seit Jahren nicht mehr.« Johan sieht sich vor dem Haus um.

»Da war mal 'ne Tankstelle.« Er zeigt auf eine Hütte, vor der Hühnerfüße verkauft werden.

»Jo, hier war doch der Schießplatz.« Leonard kaut am Bügel seiner Sonnebrille und sieht zufrieden zur Baustelle, wo neue Häuser entstehen.

»G-guck!«, ruft Elvis. »Ein Wal!« Er steht im Wohnzimmer vor dem Fernseher. Ein Glattwal mit weißen Kalkplatten am Kopf taucht unter und schlägt mit der

Flosse aufs Wasser. Zolas Familie eilt durchs Haus und beachtet uns nicht.

Madonna winkt dem Wal. Die Flosse steigt auf.

»E-er winkt z-zurück!« Elvis reißt den Arm hoch, und die Flosse schlägt auf. Elvis schubst mich.

»Das ist doch nur ein Film.«

»Wendy heißt sie«, erklärt Madonna. Elvis nimmt meine Hand wie ein Puppenspieler und grüßt Wendy. Und tatsächlich taucht der Wal auf und schießt eine Fontäne in die Luft. Das heisere Röhren aus seinem Atemloch klingt wie aus Jurassic Park.

Die Sirene der Grundschule läutet, aber die Kinder und Lehrerinnen bleiben am Zaun stehen, um dem Geschrei zuzuhören.

Zolas Abreise hat sich herumgesprochen. Alle Mamas sind da, die Kirchenmänner, Kinder, Freunde von Moses und Kwazelihne. Mandwambe drückt Zola und jammert laut. Zola weint, die Schwester schlägt sich auf die Brust und reißt an meinem Arm. Ich sehe sie das erste Mal leidenschaftlich.

Eine der Mamas, die so schwer ist, dass sie kaum gehen kann, kneift mich in die Wangen.

»Sweet Boy«, sagt sie und schüttelt den Kopf. Die Frauen beginnen zu singen.

»Oh Lord!«, ruft Pater Michael mit ausgebreiteten Händen und wippt zum Rhythmus des Gesangs. Jeder der Umstehenden umarmt Zola. Als Moses sie zum Auto führt, hält Mandwambe sie fest. Zola weint, und Mandwambe wirft sich auf die Knie und reißt an ihrem Haar.

»Mein Kind!«, schreit sie auf Deutsch. Alle Aufmerksamkeit gehört jetzt ihr.

»Amen!«, antworten ihr die Sängerinnen, »Aaaa-hamen!«

Zola trägt eine Winterjacke und Espadrilles. In der Hand nur eine Tasche, durch deren Plastikperlen ihr neuer Pass zu sehen ist.

»Haltet die Ohren steif«, rufe ich, erleichtert über den schnellen Abschied.

Moses hupt an den Ecken, Mädchen reichen Zola Chipstüten, kleine Armbänder, Kinder rennen neben uns her. Zola sieht bleich aus. Als wir den De Kerkdam erreichen, spricht sie schnelles Xhosa und greift ins Steuer. Ihre Hände zittern.

»Es ist nur eine Reise.« Moses nimmt ihre Hand weg. »Du kommst zurück.«

»Ich bin noch nie geflogen!«, sagt Zola leise, als wir an Geschwindigkeit gewinnen. Ihre Handfläche auf meinem Arm schwitzt.

»Weißt du was, du kannst dir den ganzen Flug über die neuesten Filme ansehen.«

»Gibt's schon diese Screens in den Sitzen?«, will Moses wissen.

»Ja, ey, du kannst sogar anhalten, wenn du aufs Klo musst.«

»Wow. Ich würde gerne mal nach Übersee fliegen.«

»Und wenn die Luft zum Atmen ausgeht?« Zola hustet, Moses und ich lachen.

»Sweetie, bald riechst du die Luft der Freiheit. Keine Sorgen mehr in Germany, ne, Matt?«

Als die Vorstädte von Pietersdorp hinter uns liegen, singen er und Zola zu Madonnas *American Dream* auf Xhosa.

»Was singt ihr eigentlich dazu?«

»Das Leben.«

»Love«, antwortet Zola fröhlich.

In den Bergen hören wir eine Sendung mit Abdullah Ibrahim aka Dollar Brand, der nach Kapstadt gezogen ist, nach Hause. Aber er kommt in ein anderes Land zurück, sagt er. Er spielt ein bekanntes Stück auf dem Klavier, und das Filigrane, Unentschlossene des Jazz weht herüber aus einer Welt, die wie die Lagune und das Meer hinter mir verschwunden sind.

Afrika

»International«, rufe ich, aber Moses schert aus, und die Autobahn endet in einer Siedlung. Links rosa Häuser, rechts Bretterbuden.

»Abkürzung«, sagt Moses.

Eine schnurgerade Straße zieht sich in Richtung Berge. Tausende sind auf der Straße unterwegs mit Karren, Fahrrädern, Kartons, in Schuluniformen, Arbeitskleidung. Kioske, aus Reklametafeln gezimmert, stehen an der Teerstraße, kleine Spazas, ein Prediger auf einer Leiter, Kühe.

Wir fahren schnell, und ein roter Bus folgt uns.

»Was machen die denn hier?« Ich drehe mich um. Neben Leonard vorne sitzt Mandwambe.

»Abschied kommt noch.« Moses hupt Fußgänger von der Straße.

Übergangslos, wie sie gekommen sind, verschwinden alle Menschen, und wir sind auf einer dreispurigen, neuen Straße, die am Terminal endet. Moses parkt direkt vor dem Eingang.

»Moses, das ist ein Behindertenparkplatz.«

»Matt, das ist Afrika«, lacht er. »Und außerdem …« Er zeigt auf den Sommerdalbus hinter uns und schielt.

Mandwambe übernimmt das Kommando. Leonard, die Mamas, Pater Michael, Elvis und Madonna und sogar Jerome ist dabei. Alle versammeln sich unter dem weiten Schwung des Vordachs.

»Hamba!« Mandwambe ignoriert den alten Mann, der an der Schleuse die Flugscheine sehen will. Die ganze Gruppe folgt ihr zum Erste-Klasse-Schalter. Zwei Frauen mit Rucksäcken machen Fotos von uns.

»Germany«, befiehlt Mandwambe.

»Tickets please …«, sagt das Mädchen schüchtern. Sie trägt drei senkrechte Schönheitsnarben auf den Wangen. Mandwambe sagt etwas auf Xhosa.

»Aber das ist ein normales Ticket …«

»Sie ist schwanger.« Mandwambe starrt das Mädchen an.

Moses drängt sich dazwischen.

»Sorry my love.« Er lehnt sich weit über den Tresen.

»Your passport please …«

Zola reicht ihn ihr zögernd, aber das Mädchen lächelt sie zuversichtlich an. Sie faltet das Heiratszertifikat auseinander und gibt es Zola zurück.

»Congratulations.«

»Enkos«, flüstert Zola. Zu viele Augen sind auf sie gerichtet. Unser Gepäck verschwindet mit dem Förderband. Das Mädchen kann kaum tippen, weil Moses auf sie einredet.

»Dritte Reihe, außen. Das ist der beste Platz«, teilt sie ihm mit. »Next please!«

»Ihr habt ein Upgrade! Businessclass! Champagner zum Frühstück!«, ruft Moses stolz.

Pater Michael dirigiert uns zu einer Sitzgruppe. Zola und ich müssen uns zusammensetzen. Pater Michael spricht etwas auf Xhosa, die anderen nicken andächtig. Neugierige scharen sich hinter ihnen.

»Zola!«, ruft Mandwambe, und die Frauen reden beruhigend auf sie ein. Eine der Frauen tanzt seitwärts auf uns zu und tupft Zola mit einer Paste kleine Punkte um die Augen, dann nimmt Pater Michael seinen weißen Schal ab, legt ihn erst mir um, dann Zola. Als er fertig ist, schweigen wir. In Zolas Augen stehen Tränen. Fast der ganze Flughafen ist inzwischen um uns versammelt.

Die Mamas und Mandwambe stimmen ein raues Lied an, das sogar andere Frauen mitsingen. Nach und nach klatschen alle zum Rhythmus in die Hände. Pater Michael berührt sanft Zolas Kopf, und Zola öffnet die Augen.

»Jesus Christus hat euch vereint«, sagt er und schüttelt mir die Hand.

»Was?«, frage ich benommen. Die Leute klatschen, und Jerome ist der Erste, der Zola umarmt.

Madonna schenkt mir einen Apfel. Elvis reicht mir seinen Schraubenzieher, Leonard klopft mir auf die Schulter.

»Mathilda und ich, wir haben nie geheiratet«, sagt er bedauernd.

»War das echt?«

»Für Xhosa schon. Es ist mehr eine spirituelle Vereinigung«, tröstet Leonard mich.

»Zola ist so schön«, ruft Madonna.

»Oh … was ist mit Mathilda?«

»Mathilda l-lacht!«, erklärt Elvis mit einem Händeklatschen. Leonard grinst schief.

»Also danke. Danke für alles«, sage ich, aber Leonard lässt seine Hand auf meiner Schulter.

»Du hast es fast geschafft.«

»Was?«

»Die gute Tat. Schon vergessen?«

»Shit.« Ich denke daran, dass jetzt ein neuer Sozialdienst auf mich wartet.

»Janine hat's g-geschafft.« Elvis reißt die Augen auf.

»Janine!?«

»U-und Evelyn!«

»Jeder auf seine Weise.« Leonard lächelt etwas traurig.

»Nicht euer Ernst. Die beiden?«

»Im Ernst, Matt. Janine hat Johanna von ihrer Familie erzählt«, sagt Leonard, »von ihrem Vater.«

»Und?«

»Du hast wieder nichts mitgekriegt, oder?« Leonard seufzt.

»Aber Evelyn?« Ich lasse nicht locker.

»Ohne Evelyn … hätten ich und Mathilda ewig so wei-
tergemacht und …«

»Mama Schuh wird Hausmutter, M-matt!« Elvis nickt
dazu.

»Und MacFarlaine geht nach Tansania«, ergänzt
Leonard.

»Seit wann das?« Ich bin baff.

Leonard umarmt mich und reibt die Hand hart über
meinen Kopf wie Mandwambe.

»Kommt wieder, wenn ihr Lust habt. Für dich und
Zola ist immer Platz.«

»Danke, … hey, aber damals, als der Stein in den
Bus …«

»Ich weiß.« Leonard hält Madonna fest, die zappelt.
»Ohne dich wäre ich in den Gegenverkehr …«

»Und?« Ich bin Leonard nicht böse, dass er mir die
Zeit in Sommerdal nicht anrechnet.

»Jeder hat eine andere Aufgabe im Leben«, sagt Leonard, und Elvis umarmt mich.

»Wir sind frei!«, rufe ich, als die anderen weg sind. Sogar
Jerome hat mir Glück gewünscht und Mandwambe mich
gesegnet.

Zola und ich sitzen im Café, von dem man aufs Flug-
feld sehen kann.

»Ja.« Zola spricht mit dem Blick in den wolkenlosen
Himmel, der blau über den Bergen steht.

»Hey! Ich wollte schon immer zweimal verheiratet
sein. Oder sind wir jetzt geschieden?«

»Matt! Das war nur ein *blessing*.« Zola lächelt, aber ist
nervös.

»In Berlin kann uns das nicht passieren.« Ich mache die
Mamas mit ihren theatralischen Gesten nach. Zola lacht.

»Du warst lange nicht mehr … so lustig.«

»Wirklich?«

»Ich dachte, du magst mich nicht mehr.«

»Warum?« Ich lege meinen Kopf an ihren. Zola hat einen anderen Duft. Etwas von Zwelihle ist darin, Holz, das in der Sonne bleicht. Ein Zitronenaroma, das mir fremd ist und das auf Zolas Haut zu etwas Weiblichem wird, selbstvergessen, eine Frau.

»Alles wird gut«, sage ich verwirrt, weil ich an Berlin denke und ein Leben, in dem Zola ihr Kind bekommen wird ohne mich.

»Zola?«

»Hmm?«

»Wollte Jerome dich auch heiraten?«

»Jerome?« Zola lacht, als wäre es ein Scherz. Sie sieht aus dem Fenster.

»Aber?«

»... an Mamas Geburtstag. Er wollte mich mitnehmen, nach Deutschland ... Heimlich, so wie du.«

»Weil er dich liebt?«

»Er liebt nur sich selbst!« Zola hustet.

»Wärst du mitgegangen?«

»Matt!« Zola sieht mich entsetzt an. »*Du* warst doch da.«

»Ja. Sorry, manchmal rede ich schneller, als ich denke«, sage ich. Zola sucht etwas in ihrer Tasche und legt einen blauen Hundertmarkschein auf den Tisch.

»Der ist ja uralt!« Ich halte ihn hoch.

»Mama hat ihn mir gegeben. Sie sagt, er ist viel wert. Fünfhundert Rand.« Zola nimmt die Speisekarte.

»Mark ist schon lange abgeschafft, Zola ... Wie wollte Jerome eigentlich die Tickets bezahlen?« Ich hole meine letzten fünf Rand aus der Hosentasche.

»Jerome hat das Haus verkauft.« Zola liest weiter. »An einen Engländer.«

»Euer Haus? ... Aber es gehört euch doch gar nicht.«

»Ja!«, antwortet Zola nicht ohne Stolz.

»Zwei Pfannkuchen und Kaffee«, bestelle ich, als das

Mädchen mit dem Block vor uns steht. Zola schlägt die Karte zu und lächelt. Wir halten uns an den Händen und sehen raus zu den großen Maschinen, die mühelos landen und starten.

»Mrs. Mdekanibe?« Das Xhosamädchen vom Schalter zupft nervös an ihrem Uniformkragen.

»Mrs. Mdekanibe. Sorry, können Sie kurz mitkommen?«

Wir nehmen unsere Taschen und folgen ihr hinter die Absperrung. An der Rückseite der Röntgenmaschinen gehen wir durch einen fensterlosen Gang. In einem Büro aus Pappwänden erwartet uns ein schmalgesichtiger Mann, der aufsteht, um uns die Hand zu reichen.

»Hallo, ich bin Richard Jones. Ich bin der Staffmanager. Bitte nehmen Sie doch Platz.« Der Personalchef trägt ein zu großes Jackett seiner Fluglinie, an dem eine angeknautschte Aids-Schleife steckt.

»Es tut mir sehr leid, dass wir sie noch einmal belästigen müssen, aber Frau Zlunwane hat leider eine unserer Vorschriften beim Einchecken nicht beachtet.«

Das Mädchen ist verschwunden. Statt ihr steht ein sportlicher Mann in Zolluniform hinter uns. Zola presst meine Hand.

»Mrs. Mdekanibe«, er hält Zolas Ticketslip und ihren Pass in den Händen, »bei Ihrer Einreise nach Europa könnte es zu einem Problem kommen. Ich sehe in Ihrem Pass leider kein gültiges Visum.«

»Aber wir sind verheiratet«, sage ich mit trockener Stimme.

»Ja …« Er lehnt sich auf dem Resopaltisch aufmerksam zu uns. Er hat graue Schläfen, die nicht zu seinem zu jungen Gesicht passen, »… das sehe ich hier. Obwohl es nur ein vorläufiges Zertifikat ist. Verstehen Sie mich nicht falsch, ich glaube Ihnen das auch gerne. Wir hatten schon mal so einen Fall.« Er lächelt uns unverbindlich an. Er scheint auf etwas zu warten. Zola hustet. Ich schlage ihr vorsichtig auf den Rücken, und Mr. Jones lehnt sich in seinem Bürostuhl weit zurück. Er und der Beamte sehen sich an.

»Die Grenzpolizei dort ist sehr streng.« Er seufzt und liest auf dem Zertifikat, »... Herr Dameide?« Er reicht mir das Papier vorsichtig zwischen den Fingerspitzen. »Die sehen das wahrscheinlich anders.«

Ich sehe zum ersten Mal, dass Mrs. Mueller meinen Namen als ›Matteas Dameide‹ eingetragen hat. Ich lache. Es ist zu absurd.

»Hören Sie«, sage ich entschlossen, »meine Familie holt mich und meine Frau ab. Jeder kann dort für sie bürgen. Wir kommen für alles auf. Verstehen Sie?«

»Hmm.« Er scheint es sich zu überlegen, aber seine Miene verändert sich nicht.

»Sehen Sie, die internationalen Bestimmungen verlangen inzwischen von uns, dass wir einen Passagier, der wegen mangelnder Dokumente nicht einreisen darf«, er stößt kurz auf und hält sich die Faust vor den Mund, »dass wir diesen Passagier auf unsere Kosten zurücktransportieren müssen. Und ich glaube nicht, dass Frau Mdekanibe mit dieser Bescheinigung einreisen darf, verstehen Sie?«

Zola sieht an ihm vorbei auf ein Poster. Es zeigt eine unwirklich blaue Bucht auf den Malediven.

»Und wenn ich die mögliche Rückreise bezahle?«

Er lächelt, und ich merke zu spät, warum. Ich bin auf ihn eingegangen.

»Das könnten Sie«, sagt er knapp und schlägt Zolas Pass zu, »aber das würde uns den Ärger nicht ersparen. Es tut mir wirklich leid, aber wir können Frau Mdekanibe nicht mitfliegen lassen.«

Ich wundere mich, wie mühelos er Zolas Namen ausspricht.

»Okay«, sage ich genervt, »dann will ich Ihren Vorgesetzten sprechen.«

Mr. Jones grinst.

»Herr Dameide, ich bin mein eigener Vorgesetzter.«

»Dann dessen Vorgesetzten.«

Er lehnt sich in seinen Stuhl zurück und zeigt auf ein hölzernes Kreuz an der Wand.

»Versuchen Sie's.«

Der Grenzbeamte führt uns den Gang wieder entlang und lässt uns in der Halle stehen. Zolas Koffer und Taschen werden von einem alten Gepäckträger gebracht, der humpelt. Er holt uns einen Rollwagen und fragt, ob er jemanden für uns anrufen soll. Zola schüttelt nur den Kopf.

»Ich kann es fucking nicht glauben, Scheiße!«, rufe ich, als wir vor dem Terminal stehen. Zola hält ihre Perlentasche mit beiden Händen fest.

»Hey, wir finden einen Weg.« Ich will ihren Nacken streicheln, sie schlägt meine Hand weg.

»Zola, ich kann nichts dafür!«

»Du wolltest nie, dass ich mit dir nach Deutschland gehe!« Zola sieht wütend auf den Wasserturm, der den Tafelberg verdeckt.

»Ich? Du wolltest nicht mehr, kaum hattest du einen Fernseher und ein neues Zimmer … und einen Job!«, sage ich böse.

»Du kannst weg, ich nicht!« Zola hat Tränen in den Augen.

»Tut mir leid …« Ich will sie umarmen, aber sie geht einen Schritt zur Seite. In Zolas Augen ist ein stumpfer Glanz.

»Geh weg. Geh nach Hause«, spricht sie tonlos. »Ich brauche deine Hilfe nicht.«

Ein Elektroauto fährt mit einem Klingeln an uns vorbei und sammelt Passagiere auf. In der Entfernung pulst ein rotes Licht. Zola schweigt. Oder wartet. Der Sommerdalbus steht in der Taxischlange und blendet die Lichter auf.

»Okay«, sage ich, nehme meine Tasche und gehe zur Passkontrolle.

Herero

»Hatten Sie einen schönen Urlaub?«, fragt der blasse Mann und mustert mein Ticket. Er ist kaum älter als ich.

Er schlägt meinen Pass auf und legt ihn auf die Ablage zwischen uns. Auf dem Bild ist jemand mit Augenringen, der mit einem Jack-Nicholson-Grinsen in die Kamera sieht. Fix-Foto an der Karl-Marx-Allee. Keine vier Monate her.

»Und, schöne Mädchen kennengelernt?«, fragt der Beamte. Seine Finger fliegen über die Tastatur. »Nicht alle fliegen wieder zurück«, sagt er mit einem Lächeln. »Ich bin auch hier hängengeblieben.« Er reicht mir Pass und Ticket.

»Okay …« Ich halte mich fest.

»Fühlen Sie sich nicht wohl?« Er steht auf und sieht an mir hinunter.

»Doch, doch …« Ich richte mich auf.

»Hey, das ist Afrika«, sagt er aufmunternd. »Hier ist alles größer … und immer etwas heftiger.«

»Ja.«

Er hebt die Daumen, als ich gehe.

»Mister Mesufulele«, schallt es, »please proceed to Gate 4! … Enkos«, fügt die Frauenstimme verführerisch hinzu. Ich sitze in der Businesslounge neben zwei Männern, die auf ihre Laptops einhacken. Der schlechtgelaunte Kellner kommt zum zweiten Mal.

Im Welcome-Africa-Shop gegenüber stecke ich kleine Ndebele-Puppen für meine Schwestern in die Tasche. Ich bin allein.

Die Puppen sehen aus wie schwarze Power Puff Girls, denen die Augen fehlen. Für meine Mutter nehme ich einen Holzkamm. Er sieht aus, als wäre er in einem fernen Kral von Hand geschnitzt worden. Aber was habe ich schon von Afrika gesehen?

Zwei Sicherheitsleute mit Walkie-Talkies gehen an mir vorbei. Der eine tippt an seine Mütze.

»Howzit!«

»Sharp, sharp«, antwortet er und sieht mich verschmitzt an.

»Hier kann man so was von super klauen«, sage ich auf Deutsch, »und ihr Deppen schnallt es einfach nicht, oder …?«

»Yes Sir«, grinst er.

»… was ist das für ein Scheißland, wenn ich schwarz wäre, hättet ihr mich doch längst durchsucht.«

»Okay.« Sein Kollege geht unbeeindruckt weiter, aber er nickt mir zu, die Hände auf dem Rücken.

»Ach Scheiße. Ich meine, was soll ich jetzt in Berlin. Ohne Zola? Was soll ich hier … in diesem Irrenhaus, du hättest mal die Mutter sehen sollen.«

Er setzt seine Kappe ab und räuspert sich verständnisvoll.

»Hey, … Warum will sie erst mit und dann nicht und dann doch wieder und … Scheiße. Wem erzähle ich das?«

Ich lache, er lacht.

»Wenn Zola mich wenigstens gefragt hätte, was ich will.«

Er gibt mir die Hand und spricht in sein Walkie-Talkie im Gehen.

Ich stecke mehr Krimskrams ein für Freunde. Eine Handvoll Aidsschleifen aus Plastikperlen. Die Masken sind zu groß. Ich betrachte die Nelson-Mandela-Untersetzer. Wer will sein Glas auf Madiba abstellen? Der Mann war dreißig Jahre im Gefängnis.

»Deutschländer!«

»Fuck!« Ich lasse Mandela fallen.

»Mann, letzter Tag als Langfinger?«

Jerome schlägt mir auf die Schulter. Er hebt den Untersetzer auf und legt ihn zurück.

»Was machst du denn hier?« Ich sehe mich um. Wir sind im Abflugbereich.

»Hab 'n Kumpel hier.« Er betrachtet den Kitsch in den Regalen. »Und jetzt geht's heim, hmm?«

»Denke schon.«

»Hätt ich auch mal Lust zu.« Er sieht mir auffordernd in die Augen.

»Bru, dieser ganze struggle hier, Mann, nichts für mich.«

Jerome nimmt einen Zahnstocher und steckt ihn zwischen die Zähne.

»Ich fand's ... interessant.« Etwas reizt mich an ihm.

»Deutschland ist geil.« Jerome breitet seine Arme aus. »Du musst dir nur die richtigen Mädchen anlachen.«

Die Sicherheitsleute beobachten uns. Jerome fingert im Regal zwischen den Aidsschleifen.

»Ist doch alles kack hier. Alle beten, aber leben tun sie wie die Wilden.«

Wir starren eine Weile auf den Bildschirm über uns, auf dem ein Hai in Nahaufnahme gezeigt wird, dann ein Mann, der auf nur einem Fuß einen Krankenhausflur entlanghumpelt.

»Was ist mit Zola?«, fragt er und steckt die Hände in die Taschen. »Ich dachte, du bleibst da. Guter Samariter und so?«

»Hey, das Kind ist nicht von mir.«

»Und?«

»Zola liebt dich.«

Jerome starrt mich an. Ehrlich erstaunt.

»Mann, ich hab Zola vom Kindergarten abgeholt. In Windhuk. Sie ist meine Schwester!«

Ich starre zurück.

»Bist du schwer von Verstand. Sie redet nur von dir die

ganze Zeit. Der Deutschländer hier, der Deutschländer da.« Er macht eine Kotzbewegung.

»Und wer ist der Vater?«

»Ey, das ist Afrika. Was willst du? Krankenversicherung? Rente zahlen? Zu Hause kannst du den ganzen Abend über französische Filme diskutieren. Und danach sitzt du beim Arzt, weil du glaubst, du hast Pimmelkrebs, Alter.«

Er grinst breit. Er hat große Zähne bis auf den abgebrochenen.

»Was sagt Zola über mich?«

Jerome nimmt meine Tasche und packt die Souvenirs auffällig zurück ins Regal.

»Sie heult, sie ist glücklich, sie sagt deinen Namen im Schlaf. Was willst du mehr?«

»Wirklich?«

»Hereros.« Er deutet auf die Sicherheitsleute am Eingang.

»Was?«

»Namibia«, spricht er langsam, »schwarzer Mann spricht Deutsch.«

»Shit!« Ich hole den Rest aus meinen Hosentaschen. Wir gehen zusammen durch die Halle und stehen in einem Handyladen. Jerome grüßt den Jungen, der Kisten durch eine Tür schleppt. Dahinter liegen die Eingangshalle und der Taxistand.

»Und?«, fragt Jerome.

»Was?«

»Zurück zu Mami?«

Ich lache und halte Jerome mein Ticket hin.

»Willst du's versuchen?«

»Klar.« Er grinst und nimmt meine Tasche.

»Schönhauser 41, dritter Stock«, rufe ich ihm hinterher. Meine Familie, die Mädchen, alle werden ihn lieben.

»De Waal!«, schreit ein Mädchen, als ich durch die Halle laufe. Ich suche die Straße nach dem roten Bus ab.

»André, asseblief!« Sie versperrt mir den Weg mit einer herausgerissenen Buchseite in der Hand.

»Wat is jou girlfriends naam?«

»Zola«, sage ich und unterschreibe als der Wal.

*